Walter Bachmeier

Mord in der Berghütte

W0202657

Der Autor
Walter Bachmeier, geboren 1957 in Karlsruhe, wuchs in Münchsmünster in der Hallertau auf. Nach seiner Ausbildung zum Koch begann er unter dem Pseudonym zu schreiben. Sein erstes Werk war ein Kochbuch, das sehr erfolgreich verkauft wurde. Dies gab ihm den Ansporn, seinen Beruf aufzugeben und weiter zu schreiben. Im Laufe der Jahre entstanden so mehrere Erzählungen, Kinderbücher und Artikel in verschiedenen Tageszeitungen. Seit etwa 2012 widmet er sich voll und ganz der Literatur. Immer wieder finden in seinen Büchern auch Erlebnisse aus seinem Leben Platz.

Das Buch
Ein neuer Fall für Inspektorin Tina Gründlich
Als der erste Schnee in den Bergen des Salzburger Landes fällt, wird der Einsiedler Bruder Johannes tot in seiner Hütte gefunden. Inspektorin Tina Gründlich und ihre Partnerin Bärbel übernehmen den Fall und beginnen sofort mit den Ermittlungen. Die einzige Spur der Kommissarinnen scheint ein zahmer Waldkauz zu sein, der bei Johannes lebte und diesen während des Angriffs verteidigte …

Von Walter Bachmeier sind bei Midnight erschienen:

Mord in der Schickeria (Ein-Tina-Gründlich-Krimi 1)
Mord an der Salzach (Ein-Tina-Gründlich-Krimi 2)
Mord in der Alpenvilla (Ein-Tina-Gründlich-Krimi 3)
Mord im Pinzgau (Ein-Tina-Gründlich-Krimi 4)
Mord in der Berghütte (Ein-Tina-Gründlich-Krimi 5)

Affären, Alpen, Apfelstrudel (Chefinspektor Egger Fall 1)
Berge, Brotzeit, Bauernherbst (Chefinspektor Egger Fall 2)

Walter Bachmeier

Mord in der Berghütte

Ein Alpenkrimi

MIDNIGHT

MIX
Papier aus verantwortungsvollen Quellen
FSC® C083411
FSC
www.fsc.org

Originalausgabe bei Midnight
Midnight ist ein Digitalverlag
der Ullstein Buchverlage GmbH, Berlin Januar 2018
© Ullstein Buchverlage GmbH, Berlin 2018
Umschlaggestaltung: zero-media.net, München
Titelabbildung: © FinePic®
Autorenfoto: © privat
Satz: Pinkuin Satz und Datentechnik, Berlin
Druck- und Bindearbeiten: CPI books GmbH, Leck
ISBN 978-3-95819-928-6

Kapitel 1

Es war erst Ende Oktober, als der erste Schnee fiel. Bis unterhalb der Baumgrenze war alles weiß. Die Berggipfel hatten weiße Hauben aufgezogen und glitzerten in der Sonne. Auch im Tal war es merklich kühler geworden. Die ersten Bauern heizten ihre Kachelöfen an. Manche meinten, dies käme vom Klimawechsel, wogegen andere, vor allem Ältere, sagten, es sei immer schon so gewesen, dass alle paar Jahre der Winter eher käme. Die Kühe waren längst in ihre heimatlichen Ställe gebracht worden und das Heu für den Winter in den Stadeln untergebracht. Das Brennholz war zum Trocknen eingelagert und notwendige Arbeiten, wie Reparaturen an Haus und Hof, erledigt. Der Winter konnte also kommen. Ob nun früher, wie dieses Jahr, oder auch später, wie in anderen Jahren.

Der schwache Schein einer Taschenlampe huschte über den verschneiten Waldboden. Die Gestalt, die sie in den Händen hielt, schlich geduckt vorwärts. Sie stolperte mehr, als sie ging, denn trotz der Lampe sah sie nicht, wohin sie trat. Immer wieder taumelte sie über Äste, die halb vermodert am Boden lagen. Dann wieder sank sie leicht in den Boden ein, wenn sie auf ein feuchtes Moospolster trat. Sie versuchte, möglichst wenige Geräusche zu verursachen. Trotzdem knackte es hin und wieder unter ihrem Fuß. Ab und zu blieb sie kurz stehen und lauschte in die Dunkelheit. In der Ferne hörte sie einen Hund bellen. Dann ein Rascheln im Gebüsch. Erschrocken drehte sie sich um und leuchtete in den Wald hinein. Erleichtert schnaufte sie durch. Es war nur ein Eichhörnchen oder eine Maus, die über den Waldboden gehuscht war.

Die herabhängenden Äste der Latschen waren schneebelastet und feucht. Das machte der Gestalt aber wenig aus, denn in ihrer Motorradkluft war sie gegen jedes Wetter geschützt. Weiter ging es unter den Bäumen hindurch, bis sie an eine kleine Lichtung kam, an deren gegenüberliegender Seite die kleine Hütte stand. Ein schwacher Lichtschein fiel aus den Fenstern und der geöffneten Türe. Plötzlich näherte sich ein Schatten. Zwei unheimlich leuchtende Augen blickten sie an. Der Schatten flog direkt auf die Gestalt zu. Sie konnte sich gerade noch ducken, spürte aber den leichten Windhauch, der von den Flügeln dieses unheimlichen Nachtgespenstes, das sich als Eule entpuppte, verursacht wurde. Nur ein leises Rauschen war zu vernehmen. Auch als die Eule auf einem Ast des Baums unweit hinter der Gestalt landete, war nichts zu hören. Die Gestalt schlich weiter. Geduckt, von Weitem kaum erkennbar, ging sie auf die Hütte zu. Hinter sich vernahm sie wieder dieses Geräusch, das Rauschen. Nur leise zwar, aber doch hörbar, so dass sie sich erschrocken umdrehte. Wieder kam die Eule auf sie zugeflogen. Die Gestalt duckte sich erneut, spürte dabei aber, wie sich die Krallen des Nachtvogels in ihre Schulter bohrten. Wie ein Messerstich fühlte es sich an. Der Vogel schlug wild um sich. Konnte oder wollte nicht loslassen.

Trotz der schmerzenden Schulter hieb die Gestalt auf den Vogel ein. Schließlich ließ das Tier los und flog in Richtung Hütte davon. Ein Schemen flatterte durch die Türe hinein.

Die Gestalt wartete ab. Was nun? Weitergehen oder abwarten, was geschehen würde? Nichts passierte. Die Gestalt schlich vorwärts, immer darauf bedacht, nur ja kein Geräusch zu verursachen, das sie hätte verraten können. Das Blut rann unter der Kluft von der Schulter abwärts den Rücken entlang. Plötzlich kam jemand aus der Hütte und sah sich um. Die Gestalt wartete. Sie erkannte Bruder Johannes. Der alte Mann ging hinaus und in den Wald. Trotz der Dunkelheit schien er den Weg genau zu sehen. Er ging zwischen den Bäumen hindurch und verschwand.

Dies war die Gelegenheit! Die Gestalt rannte zur Hütte und

betrat sie. Das offene Feuer am Kamin flackerte leicht. Es verbreitete genug Licht, um sich in der Hütte orientieren zu können. Die Gestalt sah sich kurz um und ging auf eine Kiste zu, die an der Wand stand. Mit einem mitgebrachten Eisen brach sie das Schloss auf und öffnete den Deckel. Sie kramte in der Kiste.

Plötzlich griff die Eule erneut an. Sie stürzte sich mit einem heiseren Schrei auf die Gestalt. Diese wehrte sich. Sie schlug um sich, und endlich flog der Vogel zurück auf die Stange im hinteren Eck der Hütte. Plötzlich hörte die Gestalt eine Stimme, die von der Türe herkam und rief: »Was machst du hier? Was suchst du?«

Kapitel 2

Tina und Bärbel saßen in ihrem Büro, als der Anruf kam. Tina nahm ihn entgegen: »Major Gründlich?«

»Bruder Johannes wurde tot in seiner Hütte aufgefunden. Fahren Sie bitte sofort dorthin. Die Kollegen von der Spurensicherung und die Gerichtsmedizin sind bereits vor Ort«, wurde ihr gesagt. Natürlich wusste Tina, wer Bruder Johannes war. Schließlich hatte sie ihn bereits ein paarmal mit den Kindern besucht. Auch seine Lebensweise war ihr bekannt.

Während der Fahrt fragte Bärbel: »Wos moanst? Wea konn den oarma Menschn umbrocht hom? Dea hot doch neamand nix doa?«

»I woaß aa nit. Mia wean sehng, wos de SpuSi findt«, antwortete Tina darauf.

Bald waren sie an der Talstation der Seilbahn angekommen. Von der Mittelstation ging es nur noch zu Fuß weiter. Tina bedauerte die Kollegen, die ihre gesamte Ausrüstung von dort weiter zur Hütte hochtragen mussten.

Nach etwa anderthalb Stunden Fußmarsch waren auch sie an der Hütte angelangt. Neben ihr stand ein Mann mit einem großen Sack, in dem etwas schrie und zappelte. »Was ist das?«, fragte Tina und zeigte auf den Sack.

»Das ist der Waldkauz von Bruder Johannes. Wir mussten ihn einfangen und in den Sack sperren. Er hat keinen von uns in die Hütte gelassen«, erklärte einer der Männer in weißem Overall.

»Hmm«, machte Bärbel. »Also so eine Art Wachkauz?«

»So könnte man sagen«, antwortete der Kollege und grinste dabei.

Tina wandte sich dem Gerichtsmediziner zu. »Was haben wir bis jetzt, Herr Doktor Ortner? Was können Sie mir sagen?«

»Noch nicht viel. Nur dass der Mann mit einem Kreuz erschlagen wurde. Die SpuSi hat es schon eingepackt. Ein schweres Ding. Schmiedeeisen würde ich sagen.«

»Wie lange ist das her?«

»Ich kann das erst genau sagen, wenn die Obduktion abgeschlossen ist. Aber ich denke, dass er so acht bis zehn Stunden tot ist.«

»Also vermutlich letzte Nacht?«

»Könnte man sagen«, gab ihr der Gerichtsmediziner Otto recht.

»Wo ist die Leiche jetzt?«

Otto zeigte in die Hütte. »Er liegt noch da drin. Wir haben nichts verändert.«

Tina ging hinein, und Bärbel folgte ihr. Tina sog die Luft durch die Nase und roch den süßlichen Duft des Todes. In der Hütte war es wohlig warm, vermutlich kam das vom Kamin, in dem noch Glut zu sehen war. Das Blut, das in die festgestampfte Erde eingesickert war, tat ein Übriges. Ein Schwarm Fliegen stob hoch, als sie sich der Leiche näherte. Sie ging davor in die Hocke und betrachtete den Toten eine Weile.

Schad um ihn. Er war so ein freundlicher Mensch. Ich weiß nicht mal, wer er war. Man hört so viel, aber stimmen tut davon wohl nichts, dachte sie.

Unvermittelt richtete sie sich auf und ging wieder nach draußen. Sie wandte sich an Leutnant Riegler, den Leiter der Spurensicherung, und fragte ihn: »Haben Sie etwas gefunden, das uns erklärt, wer der Mann eigentlich war? Einen Ausweis oder Ähnliches?«

Riegler nickte und antwortete: »Ja, haben wir. Einen Ausweis. Er lag in einer Kiste mit persönlichen Gegenständen. Die war wohl vorher abgeschlossen, aber der Täter hat sie vermutlich aufgebrochen. Das Vorhängeschloss ist jedenfalls zerstört.«

»Und wer ist er nun?«

Riegler lachte kurz auf, ehe er antwortete: »Der bescheidene Bruder Johannes, der hier ein armseliges Leben geführt hat, ist einer der reichsten Männer im Land!«

»Entschuldigen Sie, aber das verstehe ich jetzt nicht?«, fragte Bärbel nach.

»Sagt Ihnen der Name Graugans etwas?«

»Graugans? Die Supermarktkette?«

»Genau die! Die gehört unserem ›armen‹ Bruder Johannes. Sein wirklicher Name war Johann Grau. Deswegen wohl der Name Graugans.«

»Aber warum macht der das? Warum lebt er hier als Einsiedler, wenn er sich doch ein Leben in Luxus leisten könnte?«

»Das herauszufinden ist Ihre Sache, Frau Gründlich«, antwortete Riegler.

»Haben Sie sonst noch etwas Relevantes in der Truhe gefunden?«

»Bisher nicht. Vermutlich hat der Täter das, was er suchte, mitgenommen. Aber wir suchen weiter. Eventuell gibt es ein Geheimfach darin. Wir nehmen die Kiste ohnehin mit.«

»Was machen wir mit der Eule?«

»Die übergeben wir erst einmal der Greifvogelstation in Rauris. Die wissen am ehesten, wie man mit ihr umgeht.«

»Könnten Sie die Eule untersuchen lassen, ob sich an ihren Füßen oder am Schnabel DNA befindet? Wenn sie Sie schon angegriffen hat, könnte es ja auch sein, dass sie den Täter angegangen ist.«

»Ich glaub, das machen wir dann besser in Rauris. Von uns langt keiner das Vieh an.«

Tina nickte zustimmend. »Gut, die Berichte dann zu mir«, ordnete sie an und winkte Bärbel zu, die bei dem Mann mit dem Sack stand, in dem sich die Eule befand. Sie unterhielt sich angeregt mit ihm. »Kommst du?«, rief ihr Tina zu. Bärbel sah kurz zu ihr herüber, nickte und sagte noch etwas. Dann kam sie zu Tina.

»Wos is?«, fragte sie.

»Mia foahrn iatz wieda ins Büro. Mia miassn rausfinna, worum der Mo a so glebt hot. Irgendwos stimmt do nit.«

Als sie wieder im Büro waren, machten sich beide sofort an die Arbeit. Bärbel war die Erste, die fündig wurde.

»I hob do wos!«, rief sie zu Tina herüber.

»Und wos?«

»De Gründungsgschicht vo dera Firma.«

»Les vur«, forderte Tina sie auf.

»Wurtwörtli?«

»Naa, sog ma des Wichtigste. Des longt nacha scho.«

»Oiso de Firma gibt's seit fünfadreissg Joahr. Dea Johann Grau hot a Einzelhandlsgeschäft vo seim Vadda in Soizbuag übanumma. Aus dem hot ea nacha noch und noch den Konzern aufbaut. Mittlaweil gibt's zwoahundatzwanzg Filialen in ganz Europa. De Familie hoit oanafuchzg Prozent Anteile. Oiso de Mehrheit. Davo ghern dem Johann sechsazwanzg Prozent, und da Rest ghert da Familie. Des sand sei Frau, vier Buam und oa Madl. Oa Bua – und iatz pass auf – dea hot goa koan Anteil. Dea is a Pfarra in Indien wurn. Oiso mehra so a Pater, a Missionar.«

»Aba a Anteil wead eahm woih ghern?«

»Des steht do nit. Aba wenn mer des logisch bedenga, dann miassats a so sei.«

»Wo is da Firmensitz?«

»In Soizbuag natürli.«

»So natürli ist des aa wieda nit«, antwortete Tina.

»I hob do no wos«, sagte Bärbel.

»Und wos?«

»Do geht's um de Firmenleitung. Des kanntat intressant füa uns sei.«

»Iatz red scho. Wos host?«

»Do steht, dass der Johann Grau vur ocht Joahr sein Sitz ois

Vorstandsvorsitzender aufgem hot und sei Dochta iatz de Firma leit.«

»Steht do aa worum?«

»Jo anscheinend hots do irgendwöche Schwierigkeitn gem. Dea Johann Grau hot quasi üba Nocht sein Postn aufgem und seina Dochta übaschriem.«

»Aba da Grund? Gibt's do an Grund dafüa?«

»Do steht bloß, dass de Firma in Schwedn an Haufn Gschäfta zuagsperrt hot, wei sa se nimma rentiert hom. Do sand auf oan Schlog üba zwoatausend Ongstöde auf da Stroß gstandn.«

»I glaub, mia miassn amoi mit seina Familie redn.«

»A mit dem Buam in Indien?«

»Ja, ruaf eahm on. Frog, wos ea woaß. Wann ea zu dera Beerdigung vo seim Vadda kummt, soy ea gleich zu uns kemma. Mia hättn do a poar Frong an eahm.«

»Wead des nit z'teier? Bis in Indien onruafn?«

Tina überging die Antwort. »Oiso, pack mers!«, sagte sie und nahm ihre Tasche. Sie ging noch hinüber zu ihrem Vorgesetzten, Herrn Hallermeier, um sich abzumelden und Bescheid zu geben, wo sie erreichbar war.

In Salzburg fuhren sie direkt zur Zentrale der Firma. Im Erdgeschoss befand sich die Rezeption, in der ein junger Mann saß. Er bemerkte Tina zunächst nicht, da er am Computer beschäftigt war. Tina räusperte sich laut und vernehmlich. Der junge Mann sah auf und blickte sie freundlich an. »Was kann ich für Sie tun?«, fragte er höflich.

»Wir möchten zur Geschäftsleitung«, antwortete Tina.

»Wen darf ich melden?«

»Polizeimajor Gründlich und Frau Kommissär Kürzinger.«

»Einen Moment bitte«, sagte er und nahm das Telefon.

Während er vermutlich mit der Geschäftsleitung telefonierte, sah sich Tina um. An der Wand neben der Eingangstür hingen Porträts. Sie zeigten offenbar die Inhaber und die Leitung der

Firma. Tina staunte. Da hing auch ein Foto von Bruder Johannes. Allerdings hätte sie ihn so nicht erkannt. Nur die Aufschrift unter dem Bild zeigte, dass er es war. Dort stand: JOHANN GRAU, FIRMENGRÜNDER. Weiter nichts.

»Sie dürfen zur Geschäftsleitung«, unterbrach der junge Mann ihren Gedankengang.

»Wohin müssen wir gehen?«, fragte Bärbel.

»Nehmen Sie den Aufzug. Oberstes Stockwerk«, erklärte er.

Sie fuhren gemeinsam nach oben. Dort erwartete sie bereits eine junge Dame, die aussah wie eine Sekretärin. Sie stellte sich gleich vor: »Guten Tag, ich bin Eveline Grau. Man sagte mir, Sie möchten mich sprechen?«

Tina war verblüfft. Sie hätte nicht gedacht, dass dieses – nun ja – Mädchen hier die Geschäftsleitung innehatte. Dafür wirkte sie viel zu jung und unerfahren.

Eveline erriet offenbar ihre Gedanken. »Ich glaube, ich muss Ihnen etwas erklären. Sie denken vermutlich, ich wäre zu jung für die Leitung eines so großen Unternehmens? Habe ich recht?«, fragte sie süffisant lächelnd.

»Nun, ja, ich meine, nein. Eigentlich dachte ich, Sie wären älter.«

»Sie gehören also auch zu denen, die meinen, eine Frau gehöre hinter den Herd? Ich habe Betriebswirtschaft studiert und führe deshalb hier das Geschäft.«

»Nein, so hab ich das nicht gemeint. Ich dachte nur, weil Sie noch so jung sind …«

»Jung? Ich bin über dreißig.«

»Das sieht man Ihnen aber gar nicht an«, sagte Bärbel, die darauf sofort einen Rempler von Tina bekam.

»Nun erst mal zum Grund für unser Erscheinen hier«, begann Tina. »Ich muss Ihnen leider mitteilen, dass Ihr Vater tot aufgefunden wurde.«

Eveline wurde blass und setzte sich auf einen der mit rotem Samt bespannten Besucherstühle.

»Was ist passiert?«, fragte sie tonlos.

»Nun, Ihr Vater wurde augenscheinlich umgebracht. Jedenfalls lassen die Umstände dies vermuten.«

»Wer? Wer hat das getan?«

»Das wissen wir noch nicht«, antwortete Tina darauf, die Eveline mitleidig ansah.

Eveline sprang auf. »Ich muss die Familie informieren«, sagte sie dabei. Tina wollte noch etwas erwidern, aber da war Eveline schon durch die Tür verschwunden.

Tina sah sich um. Das Büro war gediegen eingerichtet. Nicht so, dass man behaupten könnte, hier wäre viel Geld investiert worden. Nein, eher das Gegenteil war der Fall. Fast konnte man meinen, die Einrichtung käme von einem schwedischen Möbelhaus. Kein schwerer Eichenschreibtisch, keine mahagonigetäfelten Wände. Nichts, was darauf schließen ließ, dass hier der Sitz der Leiterin einer großen Lebensmittelkette war. Nur die Besucherecke erregte ihre Aufmerksamkeit. Seltsamerweise standen hier eine Couch und ein paar Stühle, die mit rotem Samt bespannt waren. Der Samt war offenbar erst vor kurzem neu aufgezogen worden, denn die Stuhlbeine und die Armlehnen wiesen bereits erhebliche Kratzer auf, der Bezug aber schien makellos. Der Tisch davor bestand augenscheinlich aus Kirschbaumholz, und in der Ecke befand sich ein kleiner Tisch, auf dem eine Vase mit frischen Rosen stand. Über all dem hing ein Gemälde, das einen alten Mann zeigte, der auf seiner leichten Hakennase eine altertümliche runde Nickelbrille trug. Irgendwie hatte er Ähnlichkeit mit Bruder Johannes. Nur die Augen waren anders. Kalt und abweisend, kritisch dreinblickend. Man musste sich sicher in Acht nehmen, wenn man mit ihm zu tun hatte.

Die Tür zum Büro ging auf, und Eveline kam mit einer älteren Frau herein. »Darf ich vorstellen?«, sagte sie zu Tina. »Frau Grau, meine Mutter.« Frau Grau gab zunächst Tina, dann Bärbel die Hand. Sie musterte beide auffällig von oben bis unten. Beinahe hörte Tina ihre Gedanken. *Aha? Kleidung von der Stange? Die können sich wohl nichts Besseres leisten?*

Laut sagte sie aber: »Guten Tag, man hat mir mitgeteilt, Sie seien von der Polizei? Mein Mann ist ermordet worden?« Ihre Stimme klang ungewöhnlich rau. Beinahe so, wie man es bei einer Dame des horizontalen Gewerbes erwartet hätte.

»Ja, mein Name ist Polizeimajor Tina Gründlich.« Sie zeigte auf Bärbel. »Und das ist meine Kollegin Kommissär Kürzinger. Wir sind von der Mordkommission in Zell am See. Wir ermitteln wegen des Mordes an Ihrem Mann.«

Frau Grau sah sie verwundert an. »Zell? Wieso sind Sie dann hier? Hat die Salzburger Polizei denn keine eigene Mordkommission?«

»Doch schon, aber der Mord passierte bei uns draußen. Deshalb sind wir zuständig.«

Frau Grau zeigte auf das Sofa. »Bitte, setzen Sie sich doch. Sie haben sicher Fragen an uns?«

Tina und Bärbel nahmen Platz. Auch Frau Grau war wie der Mann auf dem Bild sicher mit Vorsicht zu genießen. Sie hatte eine strenge, ja beinahe unnatürlich abweisende Art.

Als Tina saß, sagte Frau Grau zu Eveline: »Bring uns doch einen Braunen.« An Tina gewandt fragte sie: »Sie trinken doch einen Braunen?«

»Ja bitte, aber ohne Zucker.«

»Du hast gehört?«, fragte Frau Grau Eveline.

»Ja, hab ich«, antwortete diese und verließ das Büro.

»Diese Kinder! Ständig muss man sie auf etwas aufmerksam machen. Von selbst kommen die ja gar nicht auf die Idee …«, sagte Frau Grau und lächelte nachsichtig. Beinahe meinte Tina, sie hätte so etwas wie Güte in ihren Augen gesehen, aber das war sicher nur eine Täuschung. »Also? Was kann ich für Sie tun?«, riss Frau Grau Tina aus ihren Gedanken.

»Ich hab nur ein paar Fragen an Sie. Ich …«

»Fragen Sie nur, fragen Sie. Wer nicht fragt, bleibt dumm«,

unterbrach sie Frau Grau. Tina räusperte sich. Irgendwie war ihr die Nähe dieser Frau unangenehm, ja sie fühlte beinahe so etwas wie Feindseligkeit. Frau Grau musterte sie ständig, als ob sie darauf lauern würde, dass sie einen Fehler machte, um sie gleich dafür rügen zu können. »Na? Was ist? Stellen Sie doch Ihre Fragen«, forderte Frau Grau sie auf.

»Nun, mich würde interessieren, warum Ihr Mann so gelebt hat. Als Einsiedler, beinahe könnte man sagen, als Mönch?«

»Schade, dass er nicht mehr lebt. Sonst könnte er Ihnen das erklären. Ich kann es leider nicht. Es war wohl sentimentales Getue, was er da an den Tag gelegt hat. Soziales Gewissen, hat er es genannt. Er habe die Schuld daran zu tragen, dass so viele Menschen arbeitslos seien und auf der Straße stünden, hat er gesagt. So ein Blödsinn! Die Leute wussten, was auf sie zukam, und wer nicht rechtzeitig reagiert, hat eben Pech. Es war seit langem bekannt, dass es unseren Filialen dort oben nicht gerade gutging. Wir hatten sogar so etwas wie eine Betriebsversammlung, bei der mein Mann den Angestellten die Lage genau erklärt hat. Jeder, aber auch jeder wusste, dass wir zumachen würden. Wir mussten das tun, sonst wäre die ganze Firma den Bach runtergegangen.«

»Wer profitiert eigentlich davon, dass Ihr Mann jetzt tot ist?«

»Profitieren? Jeder von uns profitiert davon. Unsere Kinder, ich und alle aus der Familie, die hier arbeiten.«

»Ihr Mann besaß wohl den Löwenanteil der Firma?«

»Ja das tat er. Ich hab tausendmal mit ihm darüber geredet. Ich habe versucht, ihm zu erklären, dass es doch keinen Sinn ergibt, den Hauptteil der Firma zu behalten, wenn er keinen Einfluss auf die Vorgänge mehr haben wolle.«

»Wie hat er darauf reagiert?«

»Er sagte, dass wir unsere Anteile noch früh genug bekämen und er vielleicht doch noch zurück in die Firma käme.«

»Wie hat er das gemeint?«

Frau Grau hob die Schultern. »Wie er das gemeint hat? Ich

denke, dass er uns nicht zutraute, die Firma so zu leiten, wie er es gerne gehabt hätte.«

»Und er wollte eventuell zurückzukommen, um Ihnen das Heft aus der Hand zu nehmen?«

»Ja, und ich bin sicher, er hätte das über kurz oder lang getan.«

»Warum? Standen größere Änderungen ins Haus?«

»Ja, wir wollen uns einen Geschäftsführer holen. Einen, der aus der Betriebswirtschaft kommt und hier mal wieder aufräumt.«

»Aber Sie haben doch Ihre Tochter an der Firmenspitze? Macht sie das nicht gut genug?«, fragte Bärbel.

»Gut genug? Nichts ist gut genug. Junge Frau, was würden Sie denken, wenn Sie Ihr Kind ständig fragt, ob es etwas so oder so machen soll oder vielleicht ganz anders? Ich erwarte bei so einer Stellung Selbstbewusstsein, Durchsetzungsvermögen und vor allem einen gewissen Egoismus.«

»Und all das hat Ihre Tochter Ihrer Meinung nach nicht?«

»Ha! Sie ist weit davon entfernt. Eine Träumerin, eine zweite Johannes Grau.«

»Was ist mit Ihren anderen Kindern? Ein Sohn lebt, glaub ich, in Indien?«

»Ja, Johannes. Er heißt wie sein Vater und lebt auch so. Er ist der Meinung, dass man die Welt verändern müsse und wenn er nicht damit anfinge, wer denn sonst? Seine Lebenseinstellung basiert auf dem Grundsatz von Boris Pasternak. Der soll mal gesagt haben: ›Was wir heute tun oder nicht tun, verändert die Welt von morgen.‹ So ein ausgemachter Blödsinn!«

Tina war zwar anderer Meinung, hütete sich jedoch, dies auszusprechen.

Bärbel fragte: »Was ist mit Ihren anderen Söhnen? Sie haben doch vier, wenn wir richtig informiert sind?«

»Nein, ich habe drei. Mein Mann hat vier. Der vierte war ein Unglück für die ganze Familie.«

»Wie darf ich das verstehen?«, fragte Bärbel.

Frau Grau beantwortete die Frage nicht. Sie schaute Bärbel nur abfällig an.

»Dann haben Sie selbst also neben Johannes noch zwei Söhne?«, fragte Tina noch nach.

»Ja, Markus und Lukas. Benannt nach der Bibel. Sie kennen sicher den Hintergrund?«

»Ja, kennen wir«, beeilte sich Tina zu versichern.

»Was ist mit denen?«, fragte Bärbel nach. »Sind sie auch in die Firma integriert?«

»Das müssen sie wohl. Schließlich besitzen sie jeweils auch einen Anteil, und dafür müssen sie schließlich auch was tun.«

»Was ist mit dem vierten Sohn? Es sind doch vier, die ihr Mann hatte, das haben Sie ja vorhin bestätigt.«

»Ja, der vierte ist Till, der existiert für uns nicht mehr.« Eveline kam mit einem Tablett zurück, auf dem die Kaffeetassen standen. Sie verteilte die Tassen und wollte sich an den Schreibtisch setzen. »Lass uns alleine, Kindchen. Geh spielen!«, sagte Frau Grau zu ihr.

Eveline antwortete: »Ja, Mama«, und verließ den Raum.

»Könnten Sie uns bitte erklären, was es mit Till auf sich hat? Wieso existiert er für Sie nicht mehr?«

»Liebes Kind, das ist eine lange Geschichte. Die Quintessenz besteht darin, dass er unsere Firma beinahe in den Ruin getrieben hätte. Momentan sitzt er in Wien im Häfn.«

Tina nickte verständnisvoll, sagte aber nichts weiter darauf.

Nur Bärbel fragte: »Was hat er denn angestellt?«

»Er hat eine Tankstelle überfallen und die Kassiererin erschossen. Sonst noch Fragen?«

»Sie sagten vorhin, dass alle aus der Familie hier arbeiten. Wer gehört noch dazu? Gibt es weitere Verwandte, die einen Anteil besitzen?«

»Ja, die gibt es«, sagte Frau Grau. »Schaun Sie nicht so entsetzt. Schließlich haben wir noch Geschwister und deren Kinder, und die wollen ja auch was abhaben vom Kuchen.«

»Haben die denn auch Anteile?«

»Um Gottes willen, nein! Anteile haben die keine. Wenn's nach Johannes gegangen wäre, hätten sie wohl welche bekommen. Aber das konnte ich zum Glück verhindern.«

»Wie meinen Sie das?«

»Nun, als es darum ging, die Anteile zu verteilen, die für uns übrig waren, also die einundfünfzig Prozent, wollte mein Mann nach Abzug seiner sechsundzwanzig Prozent den Rest unter uns und seiner Schwester, seinem Bruder und deren Kindern aufteilen.«

»Und Sie haben das verhindert?«

»Ja, sicher. Wo kämen wir da hin, wenn sich jeder ins gemachte Nest legt und nichts dafür tut?«

»Eins verstehe ich dabei nicht«, meinte Bärbel. »Sie sagten doch vorhin, dass es auch Verwandte gibt, die einen Anteil besitzen?«

»Das ist schon richtig. Ich von meiner Seite sehe es als Anteil an, wenn man hier in der Firma arbeiten darf. Noch dazu zu Bedingungen, die mein Mann aufgestellt hat. So haben die Geschwister meines Mannes einen Anspruch auf ein lebenslanges Arbeitsverhältnis. Sie dürfen auf keinen Fall betriebsbedingt gekündigt werden. Sie haben auch leitende Positionen inne. So ist zum Beispiel Friedrich, der Bruder meines Mannes, für das Marketing zuständig. Dann ist da noch Isolde, die für den Einkauf verantwortlich ist.«

»Isolde? Ist das eine Schwester Ihres Mannes?«

»Nein, das ist Friedrichs Frau.«

»Sie sagten auch noch, dass die Geschwister Ihres Mannes …«

»Ja ich weiß. Da gibt es noch die rote Hilde, die ist für das Personalwesen verantwortlich, und wir haben noch August, der überwacht den Fuhrpark, und Anton, der für die Sicherheit in den Betrieben steht.«

»Aha? Und das sind alles Angestellte auf Lebenszeit?«, fragte Bärbel.

»Ja, aber das wird sich bald grundlegend ändern. Jetzt, wo mein Mann tot ist, kann ich alle miteinander loswerden.«

»Wer bekommt die Anteile Ihres Mannes?«, fragte Tina.

»Das weiß ich nicht. Da hat er etwas mit unserem Rechtsanwalt ausgehandelt. Es gibt ein Testament, soweit ich weiß.«

»Befürchten Sie, dass Sie selbst keinen Teil davon bekommen?«, wollte Bärbel wissen.

»Befürchten? Ich? Nein, mein Kind. Ich befürchte gar nichts. Ich weiß, dass ich nichts bekomme. Ich will auch nichts. Ich habe vorgesorgt.«

»Wie darf ich das verstehen?«, fragte Tina.

»Nun, das ist sicher nicht Teil Ihrer Ermittlungen. Das geht Sie nichts an. Und jetzt darf ich mich entschuldigen?«, sagte sie, stand auf und verließ das Büro.

Bärbel sah ihr fassungslos nach. »Wos soggst iatz do?«, fragte sie.

»Nix. Aba oans is gwieß. Bei dera ihrm Fanclub werd i sicha koa Mitglied.«

Eveline kam zurück und sah sie verwundert an: »Haben Sie noch Fragen? Ich dachte, Sie wären fertig?«

»Ja, wir haben noch ein paar Fragen an Sie. Sie sind doch die Leiterin der Firma? Das sehe ich doch richtig?«

»Ja, das bin ich.«

»Welche Funktion hat Ihre Mutter? Ist die auch …?«

»Nein, Sie ist lediglich Beraterin der Geschäftsleitung. Manchmal nimmt sie ihre Aufgabe viel zu ernst.«

»Sie meinen damit, dass sie Sie bevormundet?«

Eveline nickte nur, aber Tina sah die Tränen in ihren Augen glänzen.

»Was ist mit Ihren Brüdern? Werden die auch so beraten wie Sie?«

»Nein, bei denen traut sie sich nicht einzumischen. Vater hatte ihr damals klipp und klar gesagt, wie die Aufgabenverteilung ist und dass sie sich da rauszuhalten habe.«

»Glauben Sie, dass sie sich jetzt noch daran hält?«

»Sie meinen, weil Vater tot ist?«

»Ja, sie hat doch jetzt gar keinen Grund mehr ...«

»Doch den hat sie. Vater hatte in seinem Vertrag, den er mit uns geschlossen hat, verfügt, dass die Verhältnisse so bleiben sollen, wie sie sind, selbst wenn ihm was zustoßen sollte. Andernfalls ...« Sie stockte.

Bärbel hakte nach. »Andernfalls?«

»Andernfalls müsste sie sofort aus der Firma entfernt werden.«

»Das hieße?«

»Dass sie schlichtweg hier nichts mehr zu sagen hätte und auch ihre Anteile verlöre.«

»Wer überprüft das? Ich meine, wenn keiner was sagt ...«

»Wir haben einen unabhängigen Notar. Den hat mein Vater eingesetzt, für den Fall, dass ihm etwas passiert. Der kontrolliert uns und trifft dann die Entscheidungen.«

»Wissen Sie, was in seinem Testament steht?«

»Nein, weiß ich nicht. Keiner weiß das. Nur unser Anwalt und der Notar.«

»Na gut«, sagte Tina. »Wir müssten dann noch mit Ihren beiden Brüdern reden. Wo finden wir die?«

»Die finden Sie gleich den Gang runter. Das nächste Zimmer ist das Büro von Markus und das übernächste das von Lukas.«

Tina beschloss, auch Eveline wegen Till zu befragen. »Was ist eigentlich mit Till, ihrem vierten Bruder? Ihre Mutter sagt, dass er in Wien im Häfn sitzt. Er habe eine Tankstelle überfallen und einen Mord begangen?«

»Tja, das ist auch so eine Sache. Mutter glaubt das immer noch. Sie hat Till nie gemocht, auch nicht als Kind. Er war schon immer das schwarze Schaf der Familie.«

»Wie meinen Sie das?«

»Dass meine Mutter glaubt, er sitzt?«

»Ja, und auch, warum Ihre Mutter ihn nie gemocht hat? Hat sie ihn denn nicht als ihr Kind betrachtet?«

»Ja, nein, ich weiß nicht, ob ich das sagen darf. Er ist ein uneheliches Kind. Vater hatte was mit unserem Kindermädchen, und da ist es eben passiert. Vater hat Till adoptiert, und seitdem gehört er zur Familie.«

»Wo ist Till jetzt?«

»Ich bin mir nicht sicher, aber ich glaube, ich habe ihn kürzlich gesehen, als ich auf einem unserer Märkte in Zell war.«

»Haben Sie ihn denn nicht angesprochen?«

»Nein. Ich war mir eben nicht sicher, ob er es war.«

»Wie ist das mit Ihrem Bruder Johannes, der lebt doch in Indien?«

»Ja, der Träumer. Er nimmt das ganze Geld, das er aus seinen Anteilen bekommt, und baut damit Schulen, Kindergärten, und kürzlich hat er sogar eine Schreinerei errichtet, in der die Kinder einen Beruf erlernen können.«

»Das ist doch sehr anständig von ihm. Er könnte das Geld auch nehmen, um sich ein schönes Leben zu machen, oder?«, fragte Tina

»Ja, das könnte er wohl, aber er will das nicht. Er sagt, es gäbe Wichtigeres auf dieser Welt.«

»Gut, vielen Dank, dann gehen wir jetzt zu Ihren Brüdern. Auf Wiedersehen!«

»Auf Wiedersehen!«, verabschiedete sie Eveline.

Tina klopfte an der nächsten Tür. Auf ihr stand Markus' Name und natürlich das Ressort.

»Rechnungswesen«, las Bärbel laut vor.

Tina öffnete die Tür, nachdem sie die Aufforderung dazu von drinnen gehört hatte. »Guten Tag …«, begann sie.

»Kommens nur herein. Meine Mutter hat Sie schon angekündigt. Sie sind doch die beiden Kripobeamtinnen? Sie kommen wegen unseres Vaters?«

»Ja, das ist richtig. Wir ...«

»Sie haben ein paar Fragen an mich?«

Tina fühlte sich überrollt, da der Mann – sie schätzte, dass er in etwa in ihrem Alter war –, sie ständig unterbrach und ihr zuvorkam.

Noch ehe sie weitersprechen konnte, sagte er: »Bitte, setzen Sie sich doch. Im Sitzen redet's sich leichter.« Dabei zeigte er auf eine Sitzecke, die ganz anders als die bei Eveline eingerichtet war. Picobello aussehend und doch alt. Offenbar ein Design aus den Fünfziger Jahren.

Vorsichtig setzte sich Tina. Bärbel nahm im Sessel neben ihr Platz. Tina sah sich um. Die gesamte Einrichtung des Büros schien aus dieser Zeit zu stammen.

Markus bemerkte ihre Verwunderung offenbar, denn er erklärte: »Sie wundern sich über die Möbel? Ich auch. Aber das lässt sich nicht ändern. Noch nicht. Das ist die Einrichtung aus der Zeit, als unser Großvater noch das kleine Geschäft in der Stadt hatte. Vater konnte sich nicht davon trennen. Wir mussten dies leider aushalten. Sicher sind Ihnen die Stücke in Evelines Büro auch aufgefallen. Da ist es ähnlich. Das sind Wohnzimmermöbel, die in der Wohnung unserer Eltern standen, als die Firma wuchs und erweitert wurde. Auch davon wollte sich Vater nicht trennen. Er sagte immer, dass man bei allem Erfolg nicht vergessen dürfe, wo man eigentlich herkommt.«

Tina schnaufte tief durch und antwortete: »Dann werden Sie sich wohl bald neu einrichten?«

»Sie meinen, weil unser Vater jetzt tot ist? Beileibe nicht. Ich werde die Möbel in Ehren halten. Alleine schon deshalb, um unsere Mutter zu ärgern.«

»Das versteh ich aber jetzt nicht?«, meinte Bärbel stirnrunzelnd.

»Müssen Sie auch nicht. Sehen Sie, unsere Mutter hat immer darauf geachtet, das Neueste und Beste zu besitzen, was es für Geld zu kaufen gibt. Nun meint sie wahrscheinlich auch, dass es hier in unseren Büros ebenso sein muss. Aber das hier ist mein Büro, und nur ich entscheide, was hier verändert wird und was nicht.«

»Das verstehe ich«, meinte Bärbel.

Tina sah ihn an, und ihr fiel auf, dass er nicht besonders traurig wirkte, obwohl sein Vater gestorben war. Sie sagte zu ihm: »Ich möchte Ihnen noch unser aufrichtiges Beileid zum Tod Ihres Vaters aussprechen. Ich habe da noch ein paar Fragen diesbezüglich.«

»Ach so, ja. Entschuldigen Sie. Ich bin noch ganz durcheinander. Wissen Sie, diese Nachricht kam so plötzlich, so unerwartet. Ich habe das noch gar nicht richtig verarbeitet.«

Tina fuhr fort: »Was glauben Sie, wer Ihren Vater umgebracht haben könnte? Wer fällt Ihnen dazu als Erster ein?«

»Erster? Sie meinen wohl Erste? Meine Mutter. Der würde ich das zutrauen. Ohne Wenn und Aber. Sie ist es doch, die am meisten verloren hat, als unser Vater beschloss, ein Einsiedler zu werden. Sie muss jetzt was tun für ihr Geld.«

»Was ist mit Ihrem Bruder Till?«

»Till? Unser schwarzes Schaf? Der auf keinen Fall. Er liebte unseren Vater über alles. Er hätte nie etwas getan, was ihm geschadet hätte. Erst recht nicht das, was man ihm vorgeworfen hat.«

»Sie meinen den Raubüberfall?«

»Ja, den mein ich. Mutter hat sogar Zeugen gekauft, die Aussagen machten, die ihn schwer belasteten.«

»Und? Hat es was genutzt?«

»Leider ja. Unser Bruder, eigentlich ist er ja unser Halbbruder, aber das wissen Sie sicher, konnte Zeugen benennen, die das Gegenteil aussagten. Aber das half alles nichts. Die anderen Beweise und Indizien waren einfach zu überzeugend. Man drohte Tills Zeugen sogar damit, sie wegen Meineids anzuklagen. Mutter ist noch heute davon überzeugt, dass er es getan hat. Zumindest behauptet sie das.«

»Welchen Grund gäbe es denn dafür?«

»Hass! Der pure Hass. Wissen Sie, Kleopatra ..., lachen Sie nicht, sie hieß wirklich so. Also Kleopatra war ein wunderschönes Mädchen. Sie war unser Kindermädchen. Mutter war dagegen eher so eine Art graue Maus. Da hat es sich natürlich irgendwann so ergeben, dass unser Vater mit Kleopatra ... Aber lassen wir das. Sie haben andere Fragen.«

Tina nickte. »Also Sie glauben, Ihre Mutter habe etwas mit dem Mord an Ihrem Vater zu tun?«

»Ja, auf jeden Fall. Wenn sie es nicht selbst getan hat, dann hat sie sicher jemanden gefunden, der es für sie erledigt hat.«

»Das ist aber eine schwere Beschuldigung, die Sie da aussprechen?«

»Ich weiß, aber es ist die Wahrheit.«

»Kommen wir wieder zu Ihnen. Wie würden Sie Ihr Verhältnis zu Ihrem Vater beschreiben?«

»Ich mochte meinen Vater sehr. Ich fand es schade, dass er sich so zurückgezogen hat. Dadurch hatten wir nur noch sehr wenig Kontakt. Ich werde dafür sorgen, dass sein Erbe in Ehren gehalten wird.«

»Wie ist das mit Ihrer Schwester? Sie ist doch sozusagen Ihre Vorgesetzte? Haben Sie ein Problem damit? Ich meine jetzt nicht, weil sie eine Frau ist. Ich denke vielmehr daran, dass sie ein gutes Stück jünger ist als Sie.«

Er hob die Schultern. »Wissen Sie, Eveline hat einfach eine bessere Ausbildung als ich. Das habe ich zu respektieren, und ich denke auch, dass sie ihre Aufgaben hervorragend löst.«

»Wie ist es dann mit Ihrem Bruder Lukas? Kommen Sie mit ihm zurecht?«

Er lachte kurz auf. »Tja, wissen Sie, es ist halt wie in jeder Familie. Mal ist alles gut, und ein andermal zanken wir uns gehörig.«

»Worüber zanken sie sich? Wo haben Sie Unstimmigkeiten? Hat es etwas mit Ihrer Stellung zu tun?«

»Wo denken Sie hin? Es geht dabei meist um die Ausgaben,

die mein lieber Bruder tätigt. Seine Liebe zur Kunst geht mir manchmal ganz schön auf die Nerven. Vor allem, weil er viel Geld zum Fenster hinauswirft, das wir in der Firma dringend benötigen. Er ist der Meinung, dass wir sozusagen auch anderen gegenüber eine gewisse Verantwortung hätten und er nun mal in der Kunst seine Erfüllung fände.«

»Was Sie gar nicht verstehen?«, fragte Bärbel.

»Verstehen? Ich verstehe viel, aber ich sehe es nicht ein, warum man Geld an die Wand hängen soll.«

»Was sagt Ihre Mutter zu seinen Vorlieben?«

»Ha! Sie ist ebenso wie ich der Meinung, dass dies alles Geldverschwendung ist. Vater war da ganz anders. Das war auch früher schon manchmal ein Grund für innerfamiliäre Auseinandersetzungen. Auch er fand, dass man junge Künstler fördern sollte. Schon so mancher unbekannte Künstler kam dadurch zu Weltruhm.«

Tina wurde nachdenklich. Irgendetwas gefiel ihr nicht. Sie fragte noch einmal nach: »Sind Sie wirklich der Meinung, dass Ihre Mutter am Tod Ihres Vaters mitschuldig ist oder es auch selbst getan haben könnte?«

»Wie oft soll ich es Ihnen denn noch sagen? Ja, ja und nochmals ja. Meine Mutter hat meinen Vater auf dem Gewissen. Egal wie Sie es angestellt hat! Sie ist schuld an seinem Tod!«

»Gut, dann habe ich vorerst keine weiteren Fragen an Sie. Auf Wiedersehen, Herr Grau!«

»Auf Wiedersehen!«, sagte er und geleitete die beiden noch zur Tür.

»Und? Wos moanst? Hot ea recht?«, fragte Bärbel.

»I woaß nit. Aba zuatraun dat i des dem Dracha scho.«

Sie gingen weiter bis zur nächsten Tür. Tina klopfte. Von drinnen kann ein eher zaghaftes »Herein?«. Sie öffnete die Tür und trat ein. Bärbel hielt sich hinter ihr. Tina blieb erstaunt stehen. Das hatte sie nicht erwartet. Nach allem, was sie zuvor gesehen hatte. Dies war ein Büro, das einem Generaldirektor alle Ehre gemacht hätte. Teak an den Wänden, an der Decke, und selbst die Schränke, die vollgestopft mit Aktenordnern waren, schienen aus Teak geschreinert zu sein. Alles edel und teuer. Der Schreibtisch augenscheinlich aus Eiche, und die Sitzecke war mit Samt überzogen, der mit Gobelin bestickt war. Die Bilder an den Wänden waren augenscheinlich Originale.

Der Mann – Tina schätzte ihn auf etwa dreißig Jahre – schien stolz auf die Gemälde zu sein, denn er stand sofort hinter seinem Schreibtisch auf und erklärte freudig: »Sehen Sie, das sind meine Bilder. Sie passen zwar nicht unbedingt zur Einrichtung, aber ich bin nun mal ein Liebhaber der Kunst und sponsere junge Talente. Wissen Sie, die jungen Maler haben es ohnehin nicht leicht, von ihrer Kunst zu leben, und so kaufe ich ihnen ab und zu ein Stück ab, wenn es mir gefällt. So manch einem habe ich auf diese Art und Weise durch meine Beziehungen schon zum Durchbruch verholfen.«

Tina räusperte sich, da sie merkte, dass Lukas Grau wohl nicht so schnell aufhören würde, über Kunst zu sprechen.

Bärbel brachte den Mut auf, ihn zu unterbrechen. »Entschuldigen Sie, Herr Grau. Wir sind wegen einer anderen Sache hier. Wir möchten unser Beileid aussprechen zum Tod Ihres Vaters.«

»Ach so, ja. Ist er endlich hinüber, der Alte? Hat ihm jemand dabei geholfen? Wurde auch höchste Zeit. Ständig hat man mir die Gelder gekürzt. Gelder, die ich unbedingt brauche, um der Kunst …«

»Entschuldigen Sie, aber wir haben zum Tod Ihres Vaters noch ein paar Fragen an Sie«, unterbrach ihn Tina.

Er sah sie erstaunt an. »Fragen? Sie haben Fragen an mich? Ich hab damit nichts zu tun, und ich weiß auch von nichts. Ich bin hier nur für die Entwicklungen der Firma zuständig. Ich habe lediglich dafür zu sorgen, dass wir die Firma erweitern. Wo und wie, das ist meine Angelegenheit. Investitionen, die getätigt werden müssen. Verstehen Sie?«

»Natürlich. Sie sind sicher sehr beschäftigt«, erwiderte Bärbel.

In Tina rumorte es. Sie konnte sich nicht erklären, warum. Sie fing an zu schwitzen, und sie fühlte, wie ihre Hände zu zittern begannen. Auch ihre Knie wurden weich.

»Ich glaub, wir gehen besser wieder«, sagte Tina, als sie Lukas' seltsamen Blick bemerkte.

»Sie wollen mich schon wieder verlassen? Aber ich bitte Sie. Ich hab Ihnen noch gar nicht meine Sammlung ...«

»Uns fehlt leider die Zeit dazu. Wir müssen arbeiten. Das verstehen Sie doch sicher?«, sagte Tina und ging zur Tür. Bärbel folgte ihr, als sie grußlos das Büro verließ.

Draußen lehnte sich Tina gegen die Wand. »A sötsame Familie. Lauta Deppn umanand«, sagte sie leise.

»Is dia nit guat?«, fragte Bärbel besorgt, als sie sah, dass Tina blass wurde.

»Naa, mia is sauschlecht. I kannt kotzn!«, antwortete Tina darauf.

»Soy i dia a Glasl Wossa bsurng?«

»Naa, i wü bloß raus do. Nix wia hoam und in mei Bett.«

»Guat, nacha mach mer Feieromd. I foahr. Gib ma an Schlüssl vom Auto.«

Tina kramte in ihrer Tasche und zog den Schlüsselbund heraus, den sie Bärbel gab.

Kapitel 3

»Hallo, Mama! Hallo, Tante Bärbel!«, begrüßte sie Tinas Sohn Tommy, als sie daheim ankamen. Auch Kathi, Tinas Tochter, die im Garten mit ihrem Dackel Poldi spielte, kam angelaufen.

Tina fiel sofort Tommys schlechte Laune auf. Sie fragte: »Ist was passiert, oder warum bist du so schlecht drauf?«

Er zuckte mit den Schultern und sagte betrübt: »Aber jetzt nicht schimpfen, Mama. Wir haben heut unsere Matheprobe rausbekommen, und ich hab eine Fünf.«

»Wie kommt das denn? Ich denk, du hast gelernt?«

»Ich weiß auch nicht. Ich hab doch gelernt und mit Papa geübt. Aber als wir die Aufgaben bekamen, war alles wie weggeblasen.«

»Davon geht die Welt ja nicht unter. Aber ich seh schon, wir müssen mehr tun«, beruhigte ihn Tina.

Tina und Bärbel gingen in die Küche. Dort hatte Frieda, die gute Seele des Hauses, bereits alles für das Abendessen vorbereitet.

Tante Frieda, wie die Kinder sie nannten, war die Schwester von Tinas Exmann Günther. Tina und Günther hatten sich in beidseitigem Einverständnis getrennt. Der Grund dafür waren eigentlich die Kinder gewesen. Ständig hatte es Reibereien wegen Tinas Arbeitszeiten gegeben, und Günther hatte nicht immer daheimbleiben können. Da war Streit vorprogrammiert gewesen. Günther war ihr aber auch nach der Scheidung stets ein treuer Freund geblieben, der jederzeit für Tina und die Kinder da war, wenn mal Not am Mann war. Natürlich nur, wenn er grade nicht arbeiten musste.

Bärbel war Tinas neue Lebensgefährtin, die bei ihr eingezogen war, als sie festgestellt hatten, dass sie mehr verband als nur Kollegialität und Freundschaft. Die Kinder hatten anfangs das Problem gehabt, dass sie nicht wussten, wie sie Bärbel ansprechen sollten. Schließlich einigten sie sich auf Tante Bärbel. Ansonsten waren sie eine ganz normale Familie. Poldi, den Familienhund, der eigentlich Leopold von der Praterinsel hieß, hatte Tommy von Hofrat Ernst Steiger als Welpen bekommen. Inzwischen war Poldi zwar aus den Flegeljahren heraus, konnte es aber trotzdem nicht lassen, ab und zu einen Pantoffel oder einen Socken von Tina oder Bärbel zu zerlegen.

Tina, Bärbel und die Kinder nahmen in der Küche Platz. Tante Frieda servierte das Abendessen. Es gab ungarisches Gulasch mit böhmischen Knödeln. Eigentlich eine Leibspeise Tinas, aber an diesem Abend mochte sie nichts essen. Ihr war nicht gut. Sie konnte zwar nicht sagen, warum, aber sie hatte einfach keinen Appetit. Lag es an der Leiche, die sie an diesem Tag gesehen hatte? Aber das konnte eigentlich nicht sein, denn solche Anblicke gehörten zu ihrem Beruf, und sie hatte sie schon oft erlebt. Ihr war kalt, und sie fröstelte.

Tante Frieda fasste ihr an die Stirn. »Kind, du hast ja Fieber!«, stellte sie erschrocken fest. Tante Frieda war zehn Jahre älter als ihr Bruder und Tina damit gute zwanzig Jahre jünger als sie. Deshalb behandelte Frieda Tina manchmal wie ein Kind. Vielleicht lag es daran, dass sie nie verheiratet gewesen war und somit auch keine eigenen Kinder hatte.

Tina wehrte ab. »Nein, Frieda. Ich hab kein Fieber. Mir ist nur kalt.«

»Kind! Du gehörst ins Bett!«, sagte Frieda beharrlich. »Ich würd vorschlagen, du nimmst erst mal ein heißes Kräuterbad und gehst dann schlafen. Ich mach dir noch einen Tee«, ergänzte sie.

»Du schaust aber wirklich nicht gut aus, Mama«, sagte Kathi.

»Ja, ja, schon gut. Danke für das Kompliment! Ich geh jetzt ins Bad.« Tina stand auf.

Tommy rief sofort: »Wart, Mama, ich helf dir!« Er stützte Tina, der schwindelig geworden war.

»Ich helf dir auch«, sagte Kathi. Zu zweit brachten sie Tina ins Bett. Bärbel folgte ihnen. Sie fragte Tina: »Soy i dobleim?«

»Naa, geh nua. I kimm scho kloar«, antwortete Tina darauf.

Die beiden und auch Frieda unterhielten sich nur in Abwesenheit der Kinder im Dialekt, da sie von deren Lehrern darum gebeten worden waren, mit den Kindern Hochdeutsch zu sprechen. Die Lehrer meinten, dies hätte Einfluss auf ihre Deutschkenntnisse. Frieda nutzte die Gelegenheit, Tina noch eine Tasse heißen Kräutertee ans Bett zu bringen. Kathi, wie immer besorgt um ihre Mutter, kam zu ihr und fragte: »Mama? Kann ich noch etwas für dich tun?«

»Nein, danke, meine Kleine.«

Tommy machte es ihr nach. Schließlich wollte er nicht hinter seiner kleinen Schwester zurückstehen: »Mama? Kann *ich* etwas für dich tun? Brauchst du eine Wärmflasche? Reicht dir der Tee noch? Brauchst du eine warme Decke?«

»Nein, Tommy. Lieb von dir. Aber ich brauche jetzt nichts.« Tommy ging wieder. Tina kuschelte sich in ihr Bett und dachte: *»Hoffentlich kommt jetzt nicht noch jemand, der besorgt um mich ist.«*

Kaum hatte sie den Gedanken zu Ende gedacht, trat Bärbel ins Schlafzimmer und fragte besorgt: »Brauchst du no wos? Konn i dia wos guats ondoan?«

»Ja, Bärbel, des konnst. Lossts mi bitt schön endlich schloffn.«

»No ja. I hobs bloß guat gmoant«, antwortete sie und ging wieder. Tina schloss die Augen und hoffte, endlich Ruhe zu haben. Aber ihr Kopf schien anderer Meinung zu sein. Plötzlich tauchte vor ihren Augen die Leiche des Einsiedlers auf. Wie er so dalag in seiner graubraunen Kutte mit eingeschlagenem Schädel. Die Blutlache auf dem gestampften Boden, die schon halb eingetrocknet war. Das gusseiserne Kreuz direkt neben ihm. Die Frau des Toten mit ihren eiskalten Augen, dann die Kinder. Völlig unterschiedlich. Man mochte kaum glauben, dass sie dieselben Eltern hatten. Diesen Till, den musste sie noch befragen. Wer von denen konnte der Täter sein? Nein, vielmehr, wer war der Täter? Dass es einer aus der Familie gewesen sein musste, war fast klar. Vielleicht sogar seine Frau? Schließlich finden siebzig Prozent der Mordfälle im sozialen Umfeld statt. Aber wieso lebte dieser steinreiche Mann als Einsiedler? Lag hier das Motiv? Er hatte Geld wie Heu, aber wie sagte seine Frau? Soziales Gewissen. Er hatte also ein soziales Gewissen. Nicht selbstverständlich in der heutigen Zeit. Aber das Geld? Das viele Geld. Was machte er damit? Er musste sich … Völlig erschöpft schlief Tina ein.

Der Traum, den sie danach hatte, war der reinste Horror. Sie fand sich im tiefsten Wald oben auf dem Berg wieder. Ziellos irrte sie hin und her. Da war eine Hütte. Wie bei Hänsel und Gretel. Rauch kam aus dem Kamin. Sie verspürte Hunger. Durst! Ich muss was trinken. In der Hütte ist sicher jemand, der mir ein Glas Wasser gibt. Sie stolperte mehr, als sie ging, auf die Hütte zu. Zuerst lauschte sie. War da nicht ein Geräusch? Ein Rauschen wie der Wind, der durch die Blätter eines Baumes bläst? Wo kam das her? Tina drehte sich um und sah einen riesengroßen Vogel, beinahe so groß wie die Hütte, auf sich zukommen. Die Augen weit aufgerissen. Den Schnabel geöffnet, um zuzupacken. Und da klappte der Schnabel laut auf und zu, so dass es »Klapp, klapp, klapp!« machte. Und die Füße kamen, bewehrt mit langen, messerscharfen Krallen, direkt auf sie zu. Die Eule! Das ist die Eule! Sie will mich packen. Aber warum? Ich hab ihr doch nichts getan? Die Eule packte zu. Tief drangen die Krallen in ihren Körper, in ihre Schultern. Der Schmerz ließ sie aufschreien. Was jetzt?

»Tina! Tina, aufwachen! Aufwachen, Tina!«, rief jemand und schüttelte sie. Die Stimme hallte in ihr nach. »Tina … ina … na … aufwachen … wachen … chen …«

Tina schlug die Augen auf und sah in ein vertrautes Gesicht. »Bärbel? Wos is denn? Wos is los? Worum weckst du mi?«

Bärbel, die Tina an der Schulter gepackt hatte, ließ sie los. »Du host schlecht tramt. Du host gschrian. Du host um di ghaut, wia wann di oana umbringa mecht.« Tina spürte, wie ihr Nachthemd an ihr klebte. Sie war völlig durchgeschwitzt. Sie fuhr sich mit dem Arm über die Stirn. Auch sie war nass. Pitschnass.

Tina schaute auf den Radiowecker, der neben ihrem Bett auf dem Nachtschränkchen stand. »Scho sieme? Wead Zeit zum Aufsteh«, sagte sie und kletterte aus dem Bett. Sie ging ins Bad und duschte ausgiebig. Bärbel bereitete soeben das Frühstück vor, als auch die Kinder nach unten kamen.

»Mama?«, fragte Kathi.

»Ja, was gibt's?«

»Geht's dir heute besser?«

»Mir geht's ausgezeichnet. Warum fragst du?«

»Na ja, wir haben dich vorhin schreien ghört, da hab ich richtig Angst um dich bekommen.«

»Ich hab nur schlecht geträumt«, erklärte Tina.

Tommy machte das Frühstück für sich und Kathi. Natürlich gab es, wie so oft, wieder mal eine kleine Streiterei. »Du hast schon wieder das ganze Glas Nusscreme ausgelöffelt!«, beschwerte sich Kathi bei ihrem Bruder.

»Ist doch gar nicht wahr! Das warst du selber!«, erwiderte Tommy.

Poldi beobachtete die Szenerie aus seinem Körbchen. Tommy warf ihm ein Stück Brot, das mit Marmelade beschmiert war, zu. Er schnappte es gekonnt und verschluckte es.

»Du sollst doch Poldi nicht am Tisch füttern!«, ermahnte ihn Kathi.

Die Kinder waren mit dem Frühstück fertig, als Tante Frieda kam. Tommy holte zwei Äpfel aus dem Kühlschrank und warf einen davon Kathi zu. »Hier, deine Brotzeit!«, sagte er. Tante Frieda sah ihnen zufrieden zu. »So ist's recht«, meinte sie. »Nicht immer nur das süße Zeugs vom Kiosk.«

»Servus, Mama! Servus, Tante Bärbel!«, verabschiedeten sich die beiden und verließen das Haus.

Kapitel 4

Es war schon nach halb acht, als Tina und Bärbel ebenfalls das Haus verließen. Im Büro erwartete sie bereits ihr Chef, Herr Hallermeier. »Wie weit sind Sie im Fall Grau?«, fragte er, ohne die beiden zu begrüßen.

»Guten Morgen, Herr Hallermeier!«, rief ihm Tina zu.

»Wie? Ach so, ja, guten Morgen, Frau Gründlich! Guten Morgen, Frau Kürzinger!«

»Also? Wie ist es mit dem Fall?«, fragte er erneut.

»Mit dem Einsiedler?«

»Ja, natürlich.«

»Da sind wir noch nicht weit. Wir brauchen erst noch die Ergebnisse der Spurensicherung, der KTU und der Gerichtsmedizin«, sagte Tina darauf.

»Waren Sie schon bei der Familie?«

»Ja, selbstverständlich. Das war unser erster Weg gestern. Wieso fragen Sie?«

»Nun, ich wurde gebeten, in dem Fall äußerst vorsichtig zu ermitteln. Die Herrschaften haben ...«

»Vorsichtig ermitteln? Das ist doch nicht Ihr Ernst? Wir machen unsere Arbeit so wie immer und nehmen keine Rücksicht auf irgendwelche Animositäten.«

»Das habe ich befürchtet. Ich möchte ...«

»Befürchtet? Wer fürchtet sich vor uns?«, fragte Tina gereizt.

»Niemand. Aber Herr Grau war einer der größten ...«

»Arbeitgeber? Nein, das war er nicht. Er war ein Einsiedler, der aus welchen Gründen auch immer in seiner Hütte erschlagen wurde!«, widersprach ihm Tina.

»Aber er war doch ...«

»Ein Einsiedler. Das war er, und das bleibt er. Das ist meine Einschätzung und Theorie«, beharrte Tina auf ihrer Meinung.

»Wie Sie wollen«, sagte Hallermeier und verließ ihr Büro.

»I schreib iatz mein Bericht«, beschloss Tina.

»I suach deraweil de Berichte durch, ob ma do wos finden, wos wichtig waar«, sagte Bärbel. Nach einer Weile rief Bärbel aus: »Mein Gott, dea oarme Mon!«

»Wos is?«, fragte Tina erstaunt.

»Do! I hob do grod den Bericht vo da Grichtsmedizin. Do steht, dass ea mit dem Kreiz, wo in da Hüttn woar, daschlong wurn is. Dea Mörder hot des Kreiz benutzt wia a Hackl. Dea hoat eahm mit da Spitzn vo dem Querboikn an Kopf eigschlong.«

»Oiso so draht, dass ea eahm richti dawischt hot?«

»Ja, dea hot genau gwusst, wos ea tuat.«

»Oiso koa Zufoismurd?«

»Naa, des glaub i aa nit. Aba vielleicht im Streit oda so?«

Tina gab ihr recht. »Ja, wenn des a geplanter Murd woar, nacha hätt dea Täter gwieß sei eigens Tatwerkzeig mitbrocht. A Messa oda an Prügl oda a Pistoin. Aba a so? I kanntat mia vurstön, dass dea Mörder – oda woars am End a Mörderin? – zu eahm auffiganga is und mit eahm redn woit. Do sands dann in Streit wecha irgendwos kemma, und do hot dea Mörder oda die Mörderin des Kreiz gnumma und zuagschlong. Wos sogg de SpuSi?«

»So weit bin i no nit«, sagte Bärbel und las weiter.

Tina schrieb an ihrem Bericht. Sie speicherte den Bericht ab und lehnte sich tief durchatmend zurück. »So! Firte mit dem Schmoarrn. Oiwei de blede Schreiberei! Es waar sicha vü wichtiga, draußn zu ermittln. Aba naa. Ma muass de Berichte schreim, dass wer wos zum Lesn hot!«, schimpfte sie.

»Schimpf nit. Mia braucha doch aa de Berichte vo da SpuSi und da Grichtsmedizin. De hom gwieß aa nit mehra Freid zum Schreim«, sagte Bärbel.

»Du host jo recht, Bärbel. Aba es is hoit amoi a aufwendige Soch.«

Tina schaltete den Rechner aus und stand auf. »Mia foahn iatz amoi los und schaun mer, wen dea Oasiedler ois kennt hot. Do muaß doch ebbatn gem, dea wo eahm bessa kennt.«

»Und wo wüst do onfanga?«

»I denk, bei da Bank. Do muaßn jo wea kenna.«

»Brauch mer do nit an Beschluss?«

»Ja, i geh amoi gschwind zum Hallermeier, dea soy se drum kümman.« Tina ging hinüber zu Hallermeier. Sie klopfte an der Tür und wartete ein wenig, bis sie die Aufforderung zum Eintreten bekam. »Herr Hallermeier. Ich brauche einen Gerichtsbeschluss für die Konten von Herrn Grau. Eventuell gibt es da eine Spur«, bat sie ihn.

»Ich kümmer mich drum«, versprach er.

»Gut, ich warte derweil in meinem Büro«, sagte sie und ging wieder. Sie warteten etwa eine halbe Stunde, bis Hallermeier mit dem Dokument kam. »Hier haben Sie Ihren gewünschten Beschluss«, sagte er. Tina nahm ihn entgegen.

Danach fuhr sie mit Bärbel zur Sparkasse nach Mittersill, da sie davon ausging, dass Grau seine Konten dort hatte. Der Filialleiter empfing sie in seinem Büro. Er war äußerst höflich und zuvorkommend. »Möchten Sie einen Braunen? Darf ich Ihnen etwas anderes anbieten?«, fragte er.

»Nein, danke. Wir möchten nur Einblick in die Konten von Herrn Grau haben. Sie wissen, dass er tot ist?«

»Ja, das ist mir bekannt. Haben Sie denn einen richterlichen Beschluss?«

»Ja, haben wir«, antwortete Tina und übergab ihm das Formular.

Er studierte es sorgfältig und ging hinaus. Es dauerte nicht lange, da kam er zurück. Er trug einen dicken Aktenordner mit sich und legte ihn auf seinen Schreibtisch. Er begann darin zu blättern. Ab und zu gab er ein »Ja?«, dann wieder ein »Nein« von sich. Manche Blätter nahm er heraus und legte sie neben dem Ordner auf den Tisch. Schließlich hatte er den ganzen Ordner durchsucht und nahm die Blätter, die er beiseitegelegt hatte. Er reichte sie Tina. Sie nahm sie und warf einen flüchtigen Blick darauf. Es waren mindestens fünfzig Seiten. Sie blätterte nun ebenfalls die Formulare und Dokumente durch. »Das kann ich jetzt unmöglich alles sichten. Können Sie mir vielleicht sagen, was darin steht?«

»Ja, das kann ich. Aber ich kann Ihnen leider nur einen kurzen Überblick geben.«

»Bitte«, sagte Tina und sah ihn aufmerksam an.

Der Filialleiter blickte betrübt, während er begann. »Nun, die Sache mit Herrn Grau ist ein wenig kompliziert. Er besaß zwar ein beträchtliches Barvermögen, als er zu uns kam, aber davon ist nicht mehr viel übrig.«

»Wie das denn?«, fragte Tina erstaunt.

»Nun, Herr Grau hat ... wie soll ich sagen? Er war sehr großzügig. Zu großzügig, wie ich meine. Ich habe ihm das übrigens auch selbst gesagt.«

»Wie darf ich das verstehen?«, fragte Tina.

»Herr Grau gründete eine Stiftung, in die er sein gesamtes Barvermögen einbrachte. Aber nicht nur das. Er ordnete auch an, dass seine Tantiemen, die er aus seinen Anteilen an der Firma bezog, bis auf einen kleinen Rest in diese Stiftung übertragen werden.«

»Was ist das für eine Stiftung?«, fragte Bärbel.

»Es handelt sich dabei um eine Stiftung für unverschuldet in Armut geratene Menschen. Zum Beispiel Arbeiter, deren Firma insolvent ging und die deshalb auf der Straße standen, ledige Mütter, Witwen und Waisen und so weiter.«

»Das ist doch sehr sozial?«, meinte Tina.

»Ja, das ist es durchaus. Aber die Sache hatte einen Haken. Ich habe ihn wirklich gewarnt.«

»Welcher Haken? Wovor haben Sie ihn gewarnt?«

»Na ja, er wollte die Leitung der Stiftung nicht selbst übernehmen und hat sich deshalb jemanden gesucht, der das für ihn gemacht hat.«

»Schön und gut, aber …«

»Daran ist weder etwas Schönes noch etwas Gutes. Wir hatten ihm angeboten, dies für ihn zu übernehmen. Aber das wollte er nicht. Er nahm einen seiner Angestellten und übertrug ihm die Verantwortung. Alles notariell natürlich.«

»Natürlich«, bestätigte Tina.

»Aber wo ist der Haken?«, fragte Bärbel.

»Der Haken dabei ist der Vorstand, also der Mann, den sich Herr Grau ausgesucht hat. Er war, nein, ist, ein aus unserer Sicht äußerst unzuverlässiger Mann.«

»Wie darf ich das verstehen?«, fragte Tina.

»Nun, der Mann spielt, ist drogenabhängig und vorbestraft.«

»Wie heißt er denn?«

»Das darf ich Ihnen leider nicht sagen. Aber ich kann Ihnen einen Tipp geben. Machen Sie sich über die Stiftung schlau. Am besten gehen Sie über das Gericht.«

»Wie heißt die Stiftung?«, fragte Tina weiter.

»Die Stiftung hat einen für mich seltsamen Namen. Sie heißt Gunkel. Das hat irgendetwas mit einer Eule zu tun. Soweit ich weiß, hielt er sich eine solche als Haustier.«

»Gut, wir werden uns über die Stiftung kundig machen. Gibt es sonst noch etwas, das wir wissen sollten?«

»Ja, ich kann Ihnen noch einen Tipp geben. Besorgen Sie sich doch auch einen Beschluss für die Konten der Stiftung. Sie werden staunen, was da los ist.«

»Finanziell?«

»So könnte man sagen, ja.«

»Wie ist das eigentlich mit der Hütte, in der Herr Grau gewohnt hat? Wem gehört die?«

»Die Hütte? Herrn Grau natürlich. Er hat das gesamte Waldgrundstück, das übrigens sehr groß ist, von einem Bauern gekauft. Er bezahlte dafür sogar nahezu das Doppelte von dem, was der Bauer gefordert hatte.«

»Wissen Sie, ob es ein Testament gibt?«

»Meines Wissens ja. Aber wer der Notar ist, der das Testament für ihn erstellt hat, weiß ich leider nicht. Vermutlich der Hausnotar oder Rechtsanwalt der Firma.«

»Hatte Herr Grau ein Schließfach bei Ihnen?«

»Nein, leider nicht. Ich hab ihm zwar dringend geraten, sich ein solches anzuschaffen, aber er wollte es nicht.«

»Wer hat noch Zugang zu seinem Konto?«, fragte Tina.

»Niemand außer ihm.«

»Auch nicht seine Frau? Seine Kinder?«

Der Filialleiter schüttelte den Kopf. »Nein, niemand. Er hatte es ausdrücklich verlangt.«

Tina stand auf und gab ihm die Hand. »Vielen Dank, Herr …«

»Friedel, Karl Friedel.«

»Also dann, Herr Friedel. Wenn wir noch Fragen haben, kommen wir auf Sie zurück.«

»Gerne, Frau Gründlich.«

Auch Bärbel verabschiedete sich. Draußen vor der Bank hielten sie kurz Kriegsrat. »Wos moanst? Soy mer dem Herrn vo dera Stiftung amoi auf d'Finga schaun?«, fragte Bärbel.

»Ja, i denk, do is gewaltig wos faul. Do stinkt wos«, stimmte Tina zu.

»Foahrn mer ins Büro. Do kenna mia eventuell mehra erreicha«, beschloss Bärbel.

»I hob aba an Hunga«, sagte Tina.

»I eigentli aa. Foahrn mer ins Einkaufszentrum. Do is om a kloans Café«, stimmte Bärbel zu.

Nach dem Mittagessen fuhren sie nach Zell ins Büro. Hallermeier schien auf sie gewartet zu haben, denn kaum saßen sie an ihren Plätzen, kam er herein.

»Und? Meine Damen? Wie sieht's aus? Was haben Sie herausgefunden?«, fragte er.

Tina erstattete ihm Bericht und bat ihn gleichzeitig um einen Gerichtsbeschluss, damit sie Zugang zu den Geschäftskonten und Geschäftsräumen der Stiftung bekamen. Sie recherchierte im Internet die Adressen und Namen des Stiftungsrats und gab sie Hallermeier. Ihr fiel dabei sofort etwas auf.

»Ja, des deaf doch nit woahr sei? Konns so wos gem?«, wunderte sie sich laut.

Bärbel wurde neugierig und kam zu ihr: »Wos host denn?«

»Do schau hi!«, sagte Tina und zeigte auf den Bildschirm.

»Dea hot doch glatt sei ganze Familie in den Stiftungsrat ghoit. No woart, Bürscherl. Dia wean mer auf d'Finga klopfn.«

»Tatsächli. Do is sei Frau, seine Kinder und da Schwiegavadda aa no dabei!«, staunte Bärbel.

Hallermeier kam mit den von Tina verlangten Dokumenten ins Büro. Auch ihm zeigte Tina, was sie soeben entdeckt hatte. Er besah sich das Ganze, zuckte aber dann mit den Schultern und meinte: »Ich denke mal, das hat alles seine Ordnung. Wenn Herr Grau nichts dagegen hatte, warum sollte Herr Hauptmann das nicht tun?«

»Herr Grau wusste vielleicht gar nichts davon? Er hatte wahrscheinlich nicht mal Einblick in die Konten«, erwiderte Tina.

»Gut, dann kümmern Sie sich mal drum. Aber verlieren Sie seine Familie nicht aus den Augen. Da scheint mir auch nicht alles ganz sauber zu sein.«

»Wie kommen Sie darauf?«

»Nun, ich hab mich erkundigt. So wie es aussieht, steht die Firma fünf Euro vor der Insolvenz.«

»Das gibt's doch nicht! Wie kann das sein?«

»Nun, die Konkurrenz schläft nicht, und der Alte hat sich aus dem Geschäft herausgehalten.«

»Glauben Sie, er wusste davon?«, fragte Bärbel.

Wieder zuckte Hallermeier mit den Schultern. »Ich weiß es nicht. Aber ich kann mir kaum vorstellen, dass er nichts gemerkt haben soll.«

»Wie soll er das gemerkt haben, wenn er sich nicht eingemischt hat?«, fragte nun Tina.

»Er besaß doch noch Anteile an der Firma. Die sind doch sicherlich im Wert gesunken. Das muss er gesehen haben«, erklärte Hallermeier.

»Ich schlag vor, wir kümmern uns erst mal um die Spuren. Sie haben doch sicher den Bericht schon drin?«, meinte Bärbel.

»Ja, der ist da. Sie werden staunen. Lesen Sie ihn mal!«, erwiderte Hallermeier. Dann verließ er das Büro.

Bärbel suchte im System nach den Berichten der Spurensicherung. »Do hom mern jo!«, rief sie nach einer Weile aus. Sie studierte ihn ausführlich und genau.

Tina konnte es nicht erwarten und rief nun ihrerseits den Bericht auf.

»De Kistn! De Kistn hot a doppelte Wand khob!«, rief nun Bärbel aus.

»Des woar jo zu erwoartn«, erwiderte Tina.

»Aba es woar nix drin«, meinte Bärbel enttäuscht.

»Fingaspurn gibt's aa koa«, sagte Tina ebenfalls enttäuscht.

»Aba Fuaßspurn. De gibt's haufaweis!«, sagte Bärbel.

»Des sogg nix. Ea hot jo schließli aa oiwei Besuacha khob«, gab Tina zu bedenken.

»Oiso so wia i des siech, hom mer nix, aba aa goar nix, wos uns weidahöfa kannt«, meinte Bärbel enttäuscht.

Tina warf noch einen Blick auf den Bildschirm und rief: »Hoit! Do is no wos! Do steht, dass no a Notizbiachl gfunna wurn is. Des woar in seine Kuttn drin.«

»Des brauch mer. I mecht wissen, wos do drinsteht.«

»Gehng mer zu da SpuSi und hoyn mers uns!«, beschloss Tina.

»Konnst du des alloanig mochn?«, bat Bärbel.

»Jo mach i«, antwortete Tina und verließ das Büro.

Bärbel blätterte noch einmal im Bericht der Spurensicherung, da sie meinte, zuvor etwas gesehen zu haben, dem sie zu wenig

Bedeutung beigemessen hatte. Schließlich fand sie, was sie suchte. Einzelne Blätter Kontoauszüge. Nicht zusammenhängend. Schließlich noch ein Brief von der Bank? Bank? Wieso Brief? Er hatte doch gar keine richtige Adresse dort oben? Bärbel nahm das Telefon und rief bei der Spurensicherung an. »Spurensicherung Riegler?«, meldete sich jemand.

»Herr Riegler? Kürzinger hier. War Frau Gründlich schon bei Ihnen?«

»Nein, aber Moment. Da kommt sie grade. Wollen Sie sie haben?«

»Nein, brauch ich nicht. Sie will nur das Notizbuch von Herrn Grau abholen. Ich hab mir Ihren Bericht noch mal angeschaut, und da hab ich bemerkt, dass ein Brief an Herrn Grau von der Bank gefunden wurde. Könnten Sie den Brief bitte Frau Gründlich mitgeben?«

»Ja, gern.«

»Das ist ja prima. Danke, Herr Riegler!«, sagte Bärbel und legte auf.

Tina kam bald darauf zurück. Sie legte den Brief, den Bärbel angefordert hatte, auf deren Tisch. »Wos wüst mit dem? Des is doch bloß a Benachrichtigung an den Herrn Grau?«

»Mi dadat intressiern, wos do füa a Adress draufsteht. Er hot doch durt om koane khob?«

Erst jetzt wurde Tina stutzig. »Du host recht. Zoag amoi her!«, sagte sie und nahm Bärbel den Brief aus der Hand. Sie las die Adresse. »Des is ja … oiso woast? Do steht an Herrn Johannes Grau, wohnhaft bei Frau Greil? Frau Greil? Wea is nacha des?«

»Do foahrn mer glei hi. Amoi schaun, wos uns de Frau zum song hot.«

Kapitel 5

Eine halbe Stunde später standen sie vor dem Haus, dessen Adresse auf dem Brief angegeben war. Tina drückte den Klingelknopf. Es dauerte eine Weile, bis jemand öffnete. Eine ältere Frau, vermutlich um die sechzig, stand vor ihnen. Tina fragte: »Sind Sie Frau Greil? Mathilde Greil?«

»Ja, das bin ich. Mit wem habe ich die Ehre?«

Tina zog ihren Ausweis hervor. »Mein Name ist Major Gründlich.« Sie zeigte auf Bärbel. »Und das ist meine Kollegin Frau Kürzinger. Wir sind von der Kripo in Zell und hätten ein paar Fragen an Sie.«

»Geht es um Bruder Johannes?«, fragte Frau Greil.

»Ja. Wir haben da etwas gefunden, das uns zu Ihrer Adresse geführt hat. Dürfen wir reinkommen?«

»Ja sicher«, antwortete Frau Greil und trat einen Schritt zurück. Frau Greil überholte sie im Flur und zeigte auf eine Tür: »Bitte, kommen Sie da hinein. Darf ich Ihnen etwas zu trinken anbieten? Einen Kaffee oder einen Tee?«

»Nein, danke. Wir brauchen eh nicht lange«, lehnte Tina ab. Sie gingen ins Wohnzimmer. Frau Greil zeigte auf die Couch, die augenscheinlich nicht mehr die neueste war. »Bitte setzen Sie sich doch«, bat sie. Tina und Bärbel nahmen Platz. Tina sah sich ein wenig um. Dies hier war eigentlich nur eine kleine, biedere Wohnung. Wahrscheinlich ebenso bieder wie die Bewohnerin, die sich jetzt ihnen gegenüber hinsetzte. »Sie haben Fragen an mich?«, fragte Frau Greil.

»Ja, nur ein paar kurze Auskünfte, um die ich Sie bitten muss«, antwortete Tina.

»Bitte, fragen Sie!«

Bärbel holte ihren Notizblock heraus, um mitzuschreiben.

Tina begann. »Wie war ihr Verhältnis zu Bruder Johannes? Vielmehr, hatten Sie ein Verhältnis mit ihm?«

Sie schaute an die Decke und dachte offenbar nach. »Verhältnis? Ich weiß nicht, ob man das so nennen kann. Ja, vielleicht doch. Wissen Sie, Johannes und ich kennen uns schon lange. Noch vor seiner Heirat mit diesem Drachen war ich mit ihm zusammen. Aber wie das Leben so spielt – sie hatte Geld, ich hatte keines. Nicht, dass es für Johannes notwendig gewesen wäre. Schließlich stammte er aus einer guten Familie. Aber letztendlich ...«

»Siegte doch das Geld?«

»Ja damals schon. Aber seit ein paar Jahren sind wir wieder zusammen. Johannes wollte sich scheiden lassen, aber da ist die blöde Sache in Skandinavien passiert, und so musste er handeln.«

»Er wurde zum Eremiten?«

»Ja.« Sie lachte. »So nennt man das wohl. Aber von einem Eremiten war er so weit weg wie Paris von Sydney. Er war Einsiedler, ja, das stimmt. Aber wenn die Leut gewusst hätten ... Sie hätten ihn sicher nicht so verehrt.«

»Sie hatten also ein Liebesverhältnis, wenn ich so sagen darf?«

»Ja, ein sehr inniges sogar. Ich war seine Vertrauensperson. So etwas braucht man im Leben. Mit seiner Familie hatte er nichts mehr am Hut. Er wollte mit ihnen nichts zu schaffen haben. Aasgeier, Gesindel, Sandler! Alles Mögliche hat er sie geheißen.«

»Was wissen Sie über seine wirtschaftlichen Verhältnisse? Über sein Geld und die Firma?«, fragte Bärbel.

»Genug, um zu wissen, dass er gewiss kein armer Mann war, wie er immer tat.«

»Er hatte also Barschaften zur Verfügung?«

»Ja, mehr als genug. Aber er hat alles verschenkt. Wissen Sie, er hat gesagt, dass all das Geld nur Unglück bringe, und so hat er die Stiftung Gunkel ins Leben gerufen.«

»Der monatlich gewisse Summen zur Verfügung standen?«

»Ja, alle seine Zinsen und Gewinne, die er aus der Firma bekam, hat er der Stiftung zur Verfügung gestellt.«

»Was wissen Sie über die Stiftungsräte?«

»Eigentlich nicht viel. Nur, dass der Vorstand, den Johannes eingesetzt hat, schamlos das Geld aus dem Fenster hinausgeworfen hat.«

»Wie darf ich das verstehen? Eine Stiftung hat doch auch ein Kontrollorgan. Da kann man nicht so einfach über Gelder bestimmen.«

»Da mögen Sie schon recht haben. Aber Johannes hat gemeint, der Gerhard wisse schon, was er tut.«

»Gerhard? Ist das der Vorname? Wie heißt er noch?«

»Gerhard Hauptmann. Ich weiß, ein berühmter Name. Aber dieser Gerhard hat mit dem Gerhart überhaupt nichts gemein.«

»Was können Sie uns über diesen Herrn Hauptmann sagen? Was wissen Sie über ihn?«

»Nun, er säuft, spielt, geht in spezielle Nachtlokale und verprasst das Geld der Stiftung. Sogar einen Chauffeur hat er. Er meint, ihm als Vorstand der Stiftung stehe dies zu.«

»Was sagte Herr Grau dazu?«

»Das sag ich jetzt lieber nicht. Aber er war sehr aufgebracht, als er das hörte.«

»Wollte er irgendwelche Konsequenzen ziehen?«

Sie lachte kurz auf, ehe sie sagte: »Davon können Sie ausgehen. Er wollte ihm den Posten entziehen lassen. Er meinte, dass er nicht als Einsiedler irgendwo im Wald hausen würde, nur damit der feine Herr Hauptmann den großen Zampano spielen kann.«

Bärbel notierte sich alles fein säuberlich. Dann fragte sie: »Wie ist das jetzt eigentlich? Herr Grau hat doch ein Testament gemacht? Wer erbt jetzt alles?«

»Was weiß ich? Die Familie jedenfalls nicht. So viel steht fest.«

»Sie vielleicht? Sie waren ihm doch immer eine Art Freundin, wenn ich das jetzt richtig verstehe.«

»Ich? Was um alles in der Welt sollte ich mit Anteilen dieser Firma anfangen? Das ist mir viel zu viel Verantwortung.«

»Das Geld vielleicht? Ich meine, wenn ich mich hier so umsehe …?«, sagte Tina.

»Ach das? Das bin ich so gewohnt. Ich würde hier niemals etwas verändern. Selbst wenn ich genügend Geld hätte«, meinte sie mit einer abwertenden Handbewegung.

»Wusste das auch Herr Grau?«

»Ja, es ging ihm ähnlich wie mir. Deshalb reichte ihm auch seine Hütte.«

»Waren Sie eigentlich mal oben bei ihm?«

»Einmal? Hundertmal! Tausendmal. Ich wollte ihn dazu bringen, doch wenigstens bei mir einzuziehen. Aber das wollte er auf keinen Fall.«

»Sagte er, warum?«, fragte Bärbel.

»Ja. Er hat gemeint, dass es ihm dort oben ganz gutgehe, und er wollte einfach seine Ruhe haben, wenn ihm danach war.«

»Und Sie haben das akzeptiert?«

»Was hätte ich tun sollen? Bei ihm einziehen? Das wäre wahrscheinlich das Verkehrteste gewesen, was ich hätte tun können.«

»Hatte er eigentlich sonst noch Kontakte? Ich meine außer Ihnen?«

»Ja, natürlich. Seine Bank, den Arzt, den Bürgermeister, den Pfarrer, sonst fällt mir keiner ein.«

»Arzt?«, fragte Tina. »War er denn krank?«

»Nein, das nicht. Aber er hat sich immer wieder mal durchchecken lassen. Vorsichtshalber, wie er meinte.«

»Und was ist mit dem Bürgermeister? Wozu hatte er Kontakt zu dem?«

»Das hing mit seiner Stiftung zusammen. Er fragte manchmal nach, ob es denn wieder neue Bedürftige gäbe.«

»Und? Bekam er Auskunft?«

»Ja, manchmal schon, aber nur dann, wenn die Betroffenen zugestimmt hatten, dass ihre Daten hergegeben werden durften.«

»Was ist mit dem Pfarrer? Was wollte der von ihm?«

»Der Pfarrer? Ach der! Der war eigentlich mehr besorgt. Er dachte, dass ihm Johannes Spenden wegnehmen würde. Ab und zu hat Johannes ja was bekommen, und der Pfarrer befürchtete, dass sein Klingelbeutel leer bliebe.«

»Traf das zu?«

»Ja und nein. Wenn Johannes Geld bekam, dann hat er das sofort dem Pfarrer gebracht.«

»Wissen Sie, ob ihn jemand bedroht hat? Ein Fremder oder gar jemand aus seiner Verwandtschaft?«

Sie schüttelte den Kopf und antwortete: »Ein Fremder? Nein, das nicht. Aber seine Frau. Ja die war einmal oben bei ihm und hat ihm gedroht.«

»Weshalb und wie?«, fragte Bärbel dazwischen.

»Nun, weil sie seine Anteile wollte, und als er die nicht herausrückte, hat sie zu ihm gesagt, dass er das noch bitter bereuen werde.«

»Sonst noch wer? Eins seiner Kinder vielleicht?«

»Nein«, sagte sie zunächst und dachte nach. Dann fiel ihr offenbar noch etwas ein. »Doch! Da war mal was. Einer von denen, ich glaub, das war Lukas. Der mit dem Kunstfimmel. Der war mal oben, weil ihm wieder mal das Geld ausgegangen war. Er hat Johannes um welches gebeten, und als ihm dieser keins gab, weil er selber keins hatte, drohte ihm Lukas, dass er schon sehen würde, was er davon habe.«

Tina sagte: »Das war's erst einmal, Frau Greil. Vielen Dank! Sie haben uns sehr geholfen. Wenn ich noch Fragen hab, darf ich dann noch einmal kommen?«

»Ja selbstverständlich. Jederzeit«, erwiderte Frau Greil und nahm die Visitenkarte, die ihr Tina gab.

»Hier, falls Ihnen noch etwas einfällt. Rufen Sie mich einfach an«, sagte Tina dazu.

Tina und Bärbel fuhren zurück ins Büro. Dort meinte Bärbel: »Iatz hom mer doch a poar Spurn kriagg?«

»Ja, a wengal wos scho. Aba ob do wos dron is?«

»Des mit dem Lukas gibt ma scho zum denkn«, sinnierte Bärbel.

»Aba des mit seina Frau aa«, setzte Tina drauf.

»Aba wea hot do wirkli a Motiv? Wea hot so an Zorn auf eahm khob, dass ea eahm daschlong hot?«, fragte Tina.

»A Motiv moan i, hom olle. Aba wea vo denen bringt so wos firte?«

»Des rauszfinna is unsa Oabat«, erwiderte Tina.

»Und wo fong mer on?«, fragte Bärbel.

»Wos schlogst vur?«

»I dat song, mia fanga bei dera Stiftung on. Bei dem Hauptmann oda wia ea hoaßt. Do scheints ma a bisserl im oargn z'lieng«, sagte Bärbel.

»Guat. Host recht. De Adress hom mer?«

»Jo hob i«, antwortete Bärbel.

Als sie in Zell ankamen, blieb Bärbel der Mund offen stehen. Das Grundstück war nicht einfach ein Haus mit Garten drum herum. Nein, es war ein riesiger Park mit einem schlossähnlichen Gebäude inmitten von Blumenrabatten.

Als Tina an der langen schmiedeeisernen Stange zog, die an einem galgenähnlichen Gestell befestigt war, geschah erst mal nichts.

Nach einer Weile krächzte eine rabenähnliche Stimme hinter einem Efeubusch, der an der Torsäule hochgewachsen war: »Wer sind Sie? Was wünschen Sie?«

Tina vermutete, dass es hier auch irgendwo eine Kamera gab und schaute suchend über das Tor. Tatsächlich! Da befand sich eine kleine Kamera. Sie bewegte sich, und ihre Linse schien die beiden regelrecht zu beäugen.

Tina zog ihren Ausweis und hielt ihn in diese Richtung. Dazu sagte sie: »Ich bin Major Gründlich von der Kripo Zell, und wir möchten Herrn Hauptmann sprechen.«

»In welcher Angelegenheit?«, krächzte sie Stimme wieder.

»Es geht um den Tod von Herrn Grau. Dem Gründer der Stiftung.«

»Und was wollen Sie wissen?«

»Das möchten wir gerne mit Herrn Hauptmann selbst besprechen«, antwortete Tina, die bereits darauf gefasst war, abgewiesen zu werden.

Zu ihrer Überraschung surrte etwas, und das große Tor schwang auf. Tina stieg ein und fuhr hinein. Sofort schloss sich das Tor wieder. Tina fuhr zwischen den Blumenrabatten hindurch und öffnete das Fenster. Tief sog sie den Duft ihrer Lieblingsblumen in sich auf. Vor den breiten Stufen, die hinauf zur verglasten Tür führten, blieb sie stehen.

Tina und Bärbel stiegen aus und wollten soeben nach oben gehen, als sich die Tür öffnete und ein Mann in feinem Nadelstreifenanzug herauskam. »Sie wollen mich sprechen?«, näselte der Mann, der Tina sofort unsympathisch war. Er hatte halblange, mit Pomade eingefettete Haare, ein blasses Gesicht und eine spitze Nase, die wohl in einer Holzwand stecken geblieben wäre, wenn man den Kopf dagegengeschlagen hätte. Er tänzelte mehr, als er ging, die Treppe herunter. Die Schuhe glänzten, als wären sie frisch lackiert. *Ein Lackaffe!*, ging es durch Tinas Kopf.

Sie antwortete aber höflich: »Wenn Sie Herr Hauptmann sind, dann ja.«

»Der bin ich. Mit wem habe ich die Ehre?«, fragte er.

Tina kam es vor, als flösse mit dieser Frage Schleim aus seinem Mund. Eigentlich wollte sie ihm ihre Hand nicht geben, viel lieber hätte sie eine Nacktschnecke angefasst. Aber ihr blieb nichts anderes übrig, als gelassen zu bleiben, als er zunächst ihre Hand nahm, einen Handkuss andeutete und dann auch noch Bärbel die Hand gab. Heimlich wischte sich Tina die Hand an ihrer Hose ab. Bärbel sah Tina Hilfe suchend an. Wahrscheinlich ging es ihr ebenso.

Tina stellte sich vor und zog dabei ihren Ausweis. »Mein Name ist Major Gründlich, und das« – sie zeigte auf Bärbel – »ist Kommissär Kürzinger. Wir sind von der Mordkommission in Zell und haben ein paar Fragen bezüglich des Todes von Herrn Grau.«

»Ach ja?«, antwortete er und fuhr fort: »Eine schlimme Sache das. Ich habe davon gehört. Man hat ihn erschlagen? Ist das richtig? Der arme Mann. Er hat so viel Gutes getan, und nun das.« Er sagte dies in einem Ton, dass es Tina kalt über den Rücken lief. Tina wäre am liebsten wieder gegangen. Als er dann noch sagte: »Darf ich Ihnen unseren Park zeigen?«, und ihr seinen Arm anbot, war es aus mit ihrer Gelassenheit.

Sie bebte innerlich, als sie antwortete: »Tut mir leid, Herr Hauptmann. Aber dafür habe ich leider keine Zeit.« Am liebsten hätte sie gesagt, dass sie keine Lust hatte, neben ihm, diesem schleimigen Aasgeier, durch den Park zu lustwandeln. Schließlich war der Park ja von Geldern finanziert, die anderweitig nötiger gebraucht wurden. Bärbel schien es ähnlich zu gehen, denn sie sagte: »Können wir nicht hineingehen? Wir müssten da ein paar Unterlagen sichten.«

»Aber selbstverständlich, die Damen!«, sagte er, und seine Augen blickten unstet von einer zur anderen. Irgendetwas versuchte dieser Mann zu verbergen. Tina hatte wieder einmal dieses seltsame Gefühl in der Magengegend, das sie immer warnte, wenn etwas nicht so lief, wie es sollte.

Während sie die Treppe hochgingen, kam unten ein Mann vorbei. Seiner Kleidung nach war er so etwas wie ein Gärtner oder Hausmeister. Hauptmann fauchte ihn an: »Herr Gellrich! Sehen Sie zu, dass der Weg zur Straße gekehrt wird. Da sieht es aus wie auf einem Abfallhaufen!« Tina hatte zwar nichts dergleichen gesehen, sagte aber nichts dazu. Auch nicht, als Hauptmann entschuldigend meinte: »Immer dieser Ärger mit dem Personal. Dabei sollte der Mann froh sein, hier arbeiten zu dürfen.«

Der Mann sah ihn abfällig an und antwortete: »Ja sofort, Herr Hauptmann.« Dieser Blick! Dieser hasserfüllte Blick! *Wenn Blicke töten könnten …*

Hauptmann schien dies nicht aufgefallen zu sein, denn er plauderte munter drauflos: »Wissen Sie, wir hier in der Stiftung sind nicht nur dazu verpflichtet, den armen Leuten finanziell zu helfen. Nein, Herr Grau hat auch ganz deutlich festgehalten, dass es zu unseren Aufgaben gehört, Menschen wieder in Lohn und Brot zu bringen. Er sagte immer: ›Schenke niemandem einen Fisch, sondern zeige ihm, wie man angelt!‹« Tina hatte eine passende Antwort auf der Zunge. Sie biss sich aber lieber auf dieselbe, bevor sie etwas Beleidigendes sagen würde. Elegant hielt Hauptmann ihnen die Tür auf. Er machte sogar eine leichte Verbeugung, während er hineinzeigte. »Darf ich bitten, meine Damen?«

Bärbel und Tina betraten das Haus. Bärbel entfuhr spontan ein »Wow!«. Nicht zu Unrecht, denn schon die Halle war eingerichtet wie ein Grandhotel. Wuchtige Eichenmöbel, an den Wänden Gemälde, die augenscheinlich echt waren. Keine Drucke. Auf dem Boden ein Perserteppich, der angesichts der übrigen Einrichtung ebenfalls echt sein musste. Tina war nicht sehr geübt, was die Einschätzung solcher Dinge betraf. Aber trotzdem – der Teppich strahlte in den schönsten Farben und ließ die Bilder an der Wand in ihrer Wirkung nahezu verblassen. Hauptmann erkannte dies wohl, unterließ es aber, einen Kommentar dazu abzugeben. Er führte sie weiter an der breit ausladenden Treppe vorbei hin zu einer Tür, die sich dahinter verbarg. Er öffnete sie und ließ Tina und Bärbel eintreten. Auch dieser Raum war überwältigend. War es eine Bibliothek? Die prall gefüllten Bücherregale an den Wänden ließen dies vermuten. Auch hier kostbares und teures Mobiliar. Eine Sitzecke in der hinteren linken Ecke war mit Leder, vermutlich Kalbsleder, bespannt. Die Lehnen geschnitzt und teilweise mit Intarsien belegt. Der Tisch davor wirkte ob der massigen Sitzmöbel nahezu klein und zierlich. Hauptmann zeigte darauf und sagte: »Bitte, nehmen Sie doch Platz!«

Tina und Bärbel setzten sich. Bärbel sah sich um. Sie flüsterte Tina zu: »So viel Prunk? Da stimmt doch was nicht?«

Hauptmann schien das gehört zu haben. Er sagte: »Das hier ist Eigentum der Stiftung. Herr Grau hat es uns zugestanden, uns so einzurichten. Er meinte, dass die Stiftung schon etwas Repräsentatives haben solle.«

»Herr Hauptmann? Wo waren Sie vorletzte Nacht?«, platzte es aus Tina heraus.

Hauptmann überging diese Frage. Er schien sehr von sich eingenommen zu sein. Er antwortete mit einer Höflichkeitsfloskel: »Darf ich Ihnen etwas zu trinken anbieten? Einen Kognak vielleicht? Wir haben einen sehr guten alten Kognak. Den hat uns einer unserer Sponsoren aus Frankreich mitgebracht.«

»Nein, danke. Wir sind im Dienst«, lehnte Tina ab und wiederholte die Frage: »Herr Hauptmann. Wo waren Sie vorletzte Nacht?«

Diesmal reagierte er darauf. Er schien zu überlegen. Dabei starrte er an die Decke. »Vorletzte Nacht? Lassen Sie mich mal nachdenken. Ich glaub, ich war …? Nein, jetzt weiß ich's. Ich war mit einem unserer Sponsoren unterwegs. In Kitzbühel drüben. Wir waren im Kasino.«

»Und waren Sie erfolgreich?«, fragte Bärbel spitz.

»Erfolgreich? Nun, wie man's nimmt. Zuerst hatte ich ja einen guten Lauf, aber dann war auch der Gewinn wieder weg.«

»Spielen Sie eigentlich mit eigenem Geld oder mit Geld aus der Stiftung?«, fragte Bärbel mit ein wenig Aggressivität in der Stimme.

»Ich spiele ausschließlich mit eigenem Geld. Das Geld aus der Stiftung rühre ich nicht an!«, antwortete er erbost.

»Wie viel verdienen Sie eigentlich hier als Stiftungsrat?«

»Es geht Sie zwar nichts an, aber mein Gehalt kann jederzeit öffentlich eingesehen werden.«

»Nun, dann hätten wir gerne Ihre Geschäftsunterlagen. Wir müssen da so einige Dinge überprüfen«, sagte Tina.

»Haben Sie denn einen …?«

»Gerichtsbeschluss?«, unterbrach sie ihn und fuhr fort: »Ja haben wir. Aber den braucht's normalerweise ja nicht. Die Unterlagen müssten auch jederzeit einsehbar sein, oder irre ich mich da?«

»Ja, sind sie. Aber ich gebe Ihnen gerne die Unterlagen mit. Sie wollen sie sicher dem Finanzamt zeigen?«

»Unter anderem ja.«

Er nahm das Telefon, das auf dem kleinen Tischchen stand und rief eine Kurzwahl an. Nachdem sich der Teilnehmer gemeldet hatte, sagte er: »Bring mir mal die Geschäftsunterlagen. Die Herrschaften von der Polizei wollen sie mitnehmen.« Kurz darauf kam eine junge Frau mit einem Stapel Ordner in den Händen in den Raum. Hauptmann stellte sie vor: »Das ist meine Tochter Isolde. Sie ist zugleich meine Sekretärin und ebenfalls Mitglied im Stiftungsrat.«

»Das wissen wir. Wir wissen auch, dass Ihr Sohn und Ihre Frau ebenfalls Mitglied sind«, antwortete Tina.

»Sie sind ja bestens informiert«, sagte er mit leiser Bewunderung in der Stimme.

»Das gehört zu unseren Aufgaben, wenn wir einen Mord aufzuklären haben«, erklärte ihm Bärbel.

Isolde bemerkte offenbar, dass das Gespräch in eine bestimmte Richtung ging. Sie sagte: »Papa? Du hast doch noch den Termin beim Herrn Gerichtsrat? Vergiss den bitte nicht.«

»Ach so ja!«, sagte er. »Sie entschuldigen mich. Sie hören ja, dass ich wegmuss.«

Das war in Tinas Augen ein glatter Rauswurf. So etwas hasste sie wie die Pest. Bärbel und Tina nahmen Isolde die Ordner ab und verließen die Bibliothek.

Draußen warfen sie die Ordner in den Kofferraum. Sie gingen dabei nicht gerade zimperlich vor. Die Ordner rutschten übereinander. Bei einem schienen die Blätter nicht richtig eingeheftet zu sein, denn ein paar davon fielen heraus. Eines davon hatte einen auffälligen Briefkopf, der Tina dazu veranlasste, das Blatt zu nehmen. »Autohaus Biberger«, las sie vor und studierte das Blatt, das offenbar eine Rechnung war. Adressiert an die Stiftung. »Schau amoi!«, sagte sie zu Bärbel und zeigte ihr die Rechnung. »Reparaturarbeiten an einem Maybach! Die Stiftung hot an Maybach!«, sagte sie entsetzt.

»Und woahrscheinli aa an Chauffeur dazua«, sagte Bärbel darauf.

»So gehngan de mit de Stiftungsgöda um!«, sagte Tina kopfschüttelnd.

»Schod, dass mia do nix mochn kinna. Aba do gibt's gwieß a Stö, de wo des übaprüfn kon«, überlegte Bärbel laut.

»Ja, de Stö is da Stiftungsrat«, erklärte Tina ihr.

»Und vielleicht de vo da Finanz?«, fragte Bärbel.

Tina legte das Blatt zurück und meinte: »Wurscht! Mia gem des weida. Nacha wean mer scho sehng, wos dabei rauskimmt.«

Sie fuhren zurück zu ihrer Dienststelle. Dort brachten sie die Unterlagen zu Hallermeier und legten sie ihm auf den Tisch. Er zeigte darauf und fragte: »Was ist das, und was soll ich damit?«

»Das sind die Unterlagen der Stiftung Gunkel. Die müssen überprüft werden. Bei denen stimmt irgendwas nicht. Kümmern Sie sich bitte darum?«, fragte ihn Bärbel.

»Ja gut. Ich geb sie weiter«, antwortete er darauf.

Tina und Bärbel gingen zurück in ihr Büro.

»Schreibst du den Bericht?«, fragte Bärbel Tina. Normalerweise hätte Tina dies abgelehnt und Bärbel darum gebeten, ihn selbst zu schreiben. Aber diesmal war es anders. Diesmal wollte sie den Bericht schreiben, selbst wenn Bärbel sich dafür angeboten hätte. Sie nahm sich vor, jedes, aber auch jedes Detail, und sei es noch so unwichtig, in den Bericht zu schreiben. Dieser Mann von der Stiftung war ihr zuwider.

Zunächst überlegte sie, wie sie anfangen sollte. Aber es fiel ihr nichts dazu ein. Vielleicht war es auch falsch, die eigenen Emotionen und Ansichten zu dem Mann und die Stiftung mit einzubringen. Vielleicht war er auch gar nicht so, wie es den Anschein hatte. Trotzdem. Sie mochte ihn und seine überhebliche Art nicht. Vor allem, wie er mit den Spendengeldern umging. Einen Maybach für eine Stiftung, die für Bedürftige da sein sollte. Wie viele Brote könnte man für einen Maybach kaufen? Wie oft Miete bezahlen? Wie viele Familien monatelang davon ernähren? Kein Wunder, wenn sich Grau darüber aufgeregt haben sollte! Vielleicht war das ja ein Motiv, ihn zu erschlagen? Egal. Im Moment wenigstens.

Tina begann zu schreiben. Sie passte dabei höllisch auf, nicht zu viel Emotion in den Bericht zu bringen. Einen persönlichen Eindruck, ja. Das ging noch. Aber ihren Abscheu, dieses negative Gefühl, das musste sie unterlassen. Ab und zu sah sie zu Bärbel hinüber, um zu sehen, was sie gerade machte, womit sie sich beschäftigte. Bärbel hackte regelrecht auf ihrer Tastatur herum.

Schließlich fragte Tina: »Wos tuast du do? Suachst wos?«

»Ja, naa, i hob do … Herrschaftszeit no amoi!«, bekam Tina als Antwort.

Schließlich stand sie auf und ging zu Bärbel hinüber. Sie schaute ihr über die Schulter. »Und? Wos suachst?«, fragte sie noch einmal.

»I vasuach grod mehra üba den Grau rauszfinna. Des konn doch goar nit sein, dass a Mon wia dea den ganzn Dog nix duat. No dazua, wo ea doch gwohnt is vo da Fruah bis auf d'Nocht zum Oabatn.«

Bärbel tippte noch ein paarmal auf der Tastatur herum, bis sie sagte: »No oiso! Do hom mern jo!«

Sie zeigte stolz auf den Bildschirm. »No? Wos soggst iatz?«

Tina ging näher ran und sagte: »Wow! Des hätt i nit denkt!«

Auf dem Bildschirm war eine Seite zu sehen, die eine Art

Plantage zeigte. »Palmöl? Ausgrechnet Palmöl? Wiaso …?« Bärbel klickte mir der Maus auf ein paar Überschriften.

Ein neues Fenster tat sich auf. Tina las leise: »Der Besitzer der Plantage, ein Kaufmann aus Österreich …«

»No? Wos soggst?«, fragte Bärbel abermals und grinste.

»Des gibt's doch nit! Wann hot dea des gmocht? Dea woar doch oiwei auf seina Hüttn?«

»Des frog i mi aa. Do hot anscheinend koana wos gwisst drüba!«, antwortete Bärbel nachdenklich.

»Do foit mia bloß oans ei! Schwoazgöd! Dea Mon hot Schwoazgöd khob! Des sand jo ganz neiche Perspektivn!«, sagte Tina.

»De Spua füaht in de Plantagen!«, meinte Bärbel.

»Do muaß es doch Untalagn gem. Hot ma denn in seine Hüttn nix gfunna?«

»Naa. I hob den Bericht vo da Spurnsicherung no amoi und no amoi glesn. Do is nix drin vo irgndwöche Papiere oda so. Bloß oans is mia aufgfoin. De Kistn. Do woar doch a doppelte Wand? Vielleicht woar do wos drin, und da Täter hot des mitgnumma?«

»Mia miassn in de Hüttn nauf und zwoar sofurt!«, rief Tina aufgeregt.

»Aba erscht foahrn mer hoam uns umziahng. A so kenna mia nit do nauf«, sagte Bärbel und zeigte auf ihre Hose und die Schuhe. Natürlich war es unmöglich, in Jeans und Ballerinas in Eis und Schnee zu einer Hütte zu wandern, die knapp unterhalb der Baumgrenze auf einem Berg lag.

Sie fuhren nach Hause und zogen sich um. Da sie in Wenns wohnten, das zum Ort Bramberg am Wildkogel gehörte, konnten sie auch gleich die Bergbahn in Neukirchen, das nur unweit entfernt lag, benutzen. Sie fuhren bis zur Mittelstation, um von dort aus zu der Hütte zu gelangen. Ihr Weg führte sie durch unwegsames und steiniges Gelände. Eisplatten und knietiefer Schnee erschwerten das Vorwärtskommen. Nach etwa anderthalb Stunden waren sie an ihrem Ziel angelangt.

Bärbel schnaufte erleichtert durch: »So iatz waarn mer do. Und iatz?«, fragte sie.

»Iatz schaun mer erscht amoi in de Hüttn nei. 'leicht find mer wos, des wo de SpuSi übasehng hot«, beantwortete Tina diese Frage.

Kapitel 6

Sie brachen das Siegel auf und öffneten die Türe. Bärbel schlug die Fensterläden zurück, damit etwas Licht hereindringen konnte. Dann betrat auch sie die Hütte.

Sie sahen sich um. Gleich rechts an der Wand befand sich offenbar das Bett des Einsiedlers. Es war aus roh behauenen Brettern gebaut, und als Unterlage dienten Tannenzweige. Auf diesen lag eine alte Pferdedecke. Als Kissen wurden augenscheinlich ein paar Moospolster benutzt. Der Boden, auf dem man noch deutlich die Blutspuren sehen konnte, war sauber gekehrt. In der linken, hinteren Ecke befand sich eine Feuerstelle, über der ein von außen völlig verrußter Kupferkessel an einer langen Kette hing. An der linken Wand war ein Regal befestigt, auf dem ein paar emaillierte Teller und Becher standen. Darunter war so etwas wie eine Kommode, die ebenfalls aus rohen ungehobelten Brettern bestand. Einen Stuhl oder einen Tisch suchte man hier vergebens. An der Decke hing eine Lampe, in der noch der Stummel einer Kerze steckte, die vermutlich aus Bienenwachs hergestellt war. Alles in allem machte die Hütte einen sauberen und aufgeräumten Eindruck.

Tina stutzte, als sie in die Ecke schaute, wo normalerweise die Eule saß. Sie konnte sich noch daran erinnern, dass unter der Stange am Boden ein größeres Brett angebracht gewesen war, auf dem die Hinterlassenschaften der Eule lagen. Neben dem Kot hatten sich dort auch etliche Kugeln aus Gewölle befunden. Aber diesmal? Es war nichts da. Das Brett lag zwar noch am Boden, von dem Gewölle und dem Kot war jedoch fast nichts mehr zu sehen. »Du, schau amoi«, sagte Tina zu Bärbel und ging zu dem Brett. Bärbel folgte ihr neugierig. Tina nahm das Brett und hob es hoch. Darunter kam ein Loch zum Vorschein, in dem offenbar etwas gelagert gewesen war, das jetzt fehlte. Der Abdruck einer Schachtel oder kleinen Kiste war deutlich erkennbar. »Schau, do muaß wos drin gleng sei«, sagte sie und zeigte hinein.

»Des wead de SpuSi mitgnumma hom«, mutmaßte Bärbel.

»Do is aba im Bericht nix davo dringstandn«, erwiderte Tina. Tina ließ das Brett vorsichtig sinken.

»Do muaß de SpuSi no amoi her«, entschied sie und ging nach draußen. Sie sah sich auch dort um.

Bärbel war ihr gefolgt und wandte sich gleich nach links, wo sich die Ställe der Tiere befanden. Sie öffnete einen davon und schaute hinein. »Wo sand eigentli de ganzn Viecha?«, fragte sie erstaunt.

»De hot oana vo de Kollegn mitgnumma. Dea hot im Nebenerwerb an kloana Hof, und do hot ea Plotz dafüa khob«, erklärte ihr Tina.

Bärbel kletterte in einen der Ställe hinein. Offenbar handelte es sich dabei um den Ziegenstall, denn sie kam sofort wieder heraus und hielt sich die Nase zu. »Pfui Teifi! Des stinkt do drin!«, rief sie angeekelt.

Der Stall, der sich gleich daneben befand, schien der Hühnerstall zu sein, denn als Tina hineinging, fielen ihr sofort die Nester auf, die wie in einem Regal neben- und übereinander angebracht waren. Sie besah sich die Nester, fasste aber nichts an.

Plötzlich fiel ihr bei einem etwas auf. Das Stroh darin lag ganz anders als das in den übrigen. Es sah so aus, als hätte nie eine Henne darin ein Ei gelegt. *Seltsam!*, dachte sie und fasste in das Stroh. Sie spürte einen Schlüssel, nahm ihn und zog ihn heraus. Es war ein ganzer Schlüsselbund. Er klirrte in ihren Händen, als sie die einzelnen Schlüssel betrachtete. Bärbel hatte dies offenbar gehört, denn nun kam auch sie in den Hühnerstall. Hier roch es zwar auch ein wenig, aber doch nicht so intensiv wie zuvor im

Ziegenstall. Dies schien Bärbel aber nicht so viel auszumachen. Sie hielt sich nur die Nase zu und fragte näselnd: »Wos host do gfunna? Is des wos Wichtigs?«

»I woaß nit«, antwortete Tina und sah sich die Schlüssel der Reihe nach noch einmal an. »Dea do scheint ma a Haustürschlüssl zu sei. Dea do? Des kanntat a Schrankschlüssl sei. Dea ondane, moan i, is von am Vurhängeschloss, und dea do? Des kanntat? Ja, aba des gibt's doch nit! Des is a Autoschlüssl! Wos tuat a Oansiadla mit am Auto?«, sagte sie und sah Bärbel fragend an.

»Wos woaß i? 'leicht hot ea irgendwo a Auto steh khob?«

»Jo aba no an Haustürschlüssl und an Vurhängschlossschlüssl? Des vosteh, wea mog. I jednfois nit.«

»'leicht is des a Schlüssl, wo zum Haus vo seina Freindin passt?«, vermutete Bärbel.

»I denk, mia miassn no amoi mit da Frau Greil redn. Vielleicht woaß de mehra?«, überlegte Tina laut.

Tina ging noch zu dem kleinen Schuppen, der unweit des Hauses stand. Die Türe war weder verschlossen noch versiegelt. Also war die Spurensicherung offenbar nicht darin gewesen. Sie öffnete sie und schaute hinein. Nur diffuses Licht kam durch die beschädigten Dachschindeln von oben herein. Langsam gewöhnten sich ihre Augen an das Halbdunkel. Sie sah Werkzeug herumliegen. Spaten, Pickel, eine Axt hing an der Wand. Eine kleine Werkbank war noch zu sehen und ein paar geflochtene Bienenkörbe. »De Bienen! Wo sand de Bienen? Dea hot doch …!«, rief Tina aus und rannte zur Hütte.

Bärbel sah ihr kopfschüttelnd nach. »Wo wüs na iatz hi?«, fragte sie sich.

Tina ging ins Haus und zur Kommode. Sie öffnete eine Lade und war nicht wenig überrascht, als sie eine Menge dünner Kerzen vorfand. Diese waren offenbar aus reinem Bienenwachs gefertigt, da es stark nach Honig duftete. Sie öffnete die nächste Lade und fand etliche Gläser, die mit Honig gefüllt waren.

Sie schloss auch diese Lade wieder und sah sich um. Hier war nichts, was darauf hindeutete, dass ein Imker, ein Hobbyimker, hier lebte. Sie wusste, dass Grau Bienen gezüchtet und gehalten hatte, aber wo waren die Stöcke? Wo hatte er jetzt im Winter die Stöcke untergebracht? Wo verarbeitete er die Ernte? Die Gerätschaften dafür mussten doch irgendwo sein. Auch darauf musste Frau Greil die Antwort wissen.

Sie ging wieder hinaus. Bärbel wartete derweil auf sie. Sie zeigte zum Giebel über der Türe und sagte: »Schau da des amoi on. So a scheens Kreiz. Ob ea des woih söm gmocht hot? Handgschnitzt schauts aus. Aba ob ea des aa no kinna hot?«

»Woaßt wos Bärbel? So langsam kemman mia Zweifel, ob dea Mon wirkli so heilig woar, wia ea doa hot. Do stimmt so ollahand nit.« Sie versiegelte die Türe wieder.

»Gehng mer. Foahrn mer wieda owe. Do find mer eh nix neichs meah«, sagte Tina zu Bärbel und lief los. Wieder ging es durch Büsche, an Bäumen vorbei, über felsige Wiesen und durch einen Bach, dessen Ufer mit Gras bewachsen war, das nun mit glänzenden Eiskristallen überzogen war. Genauso, wie sie hergekommen waren. Fast ebenso lange wie auf dem Weg hinauf brauchten sie, bis sie die Station der Bergbahn erreicht hatten.

Unten angekommen, holten sie sich ihre Jause aus dem Kofferraum, die sie zuvor von daheim mitgenommen hatten. Sie aßen ihre Brotzeit gemütlich auf einer Bank nahe der Talstation.

Plötzlich stupste Bärbel Tina an. »Schau amoi«, sagte sie dabei und zeigte zum Eingang. »Eveline! Wos macht de do?«, fragte Tina.

»Gehng mer hi und frong mers?«, meinte Bärbel.

Tina nickte und stand auf. Sie ging hinüber und tat überrascht: »Hallo, Frau Grau! Was führt Sie denn hierher? Wollen Sie auf den Wildkogel?«

Eveline sah sie überrascht an und antwortete: »Ach, Frau Gründlich! Was für eine Überraschung! Wollen Sie auch da rauf?«

»Nein, wir waren schon oben. Wir haben noch einmal die Hütte Ihres Vaters durchsucht und dabei ein paar interessante Dinge gefunden.«

»Ach ja? Was denn, wenn ich fragen darf?«

»Fragen dürfen Sie gerne. Aber ich darf Ihnen keine Auskunft darüber geben.«

»Ach so? Kann es nicht sein, dass da etwas dabei ist, das uns, ich meine der Familie, gehört?«

»Das ist durchaus möglich. Aber solange der Fall nicht aufgeklärt ist, bleiben diese Dinge bei uns. Als Beweismittel sozusagen.«

»Beweismittel? Haben Sie etwa etwas gefunden, das auf den Täter schließen lässt?«

»Das könnte durchaus sein. Das wissen wir erst, wenn wir es ausgewertet haben«, antwortete Tina zweideutig.

Die Gondel kam an. Eveline stieg ein und fuhr nach oben. Tina sah ihr gedankenverloren nach. Dann wandte sie sich ab und ging zu Bärbel.

»Ob de iatz woih zu da Hüttn naufgeht?«, fragte Bärbel.

»Mia werns sechn. Ruaf glei amoi de SpuSi on. De soyn do no amoi rauffoahrn und weidasuachn. I bin ma sicha, do is no mehra drom.«

»Und wenn de Eveline iatz in de Hüttn neigeht?«

»Nacha machts sa se strofboar. Des wead ihra hoffentli kloar sei. I hob schließli a Siegel auf de Tür bappt.«

»Moanst, de woaß wos, dass se boid objankern deafn?«

»Se is schließli Gschäftsführerin. Do muaß de des doch wissen und se muaß eigentli a wissn, dass de Anteile vom Johannes aa nix meah weat sand.«

»Aba 'leicht woaß se aa vo de ondan Sochn Bescheid?«

»Du moanst, des vo dera Poimölfoarm?«

»Ja, des kunnt doch sei, oda?« Bärbel nahm ihr Handy und rief bei der Spurensicherung an, bei der sich sofort jemand meldete.

»Spurensicherung, Riegler.«

»Hallo, Herr Riegler, Kürzinger hier. Wir müssen Sie bitten, noch einmal zu der Hütte von Herrn Grau raufzufahren. Wir glauben, dass da noch einiges zu finden ist. Achten Sie bitte auch auf die Grube, die unter der Stange ist, auf der die Eule saß. Da fällt mir noch etwas ein, Herr Riegler. Gibt es irgendwelche Spuren, die an den Krallen oder am Schnabel der Eule gefunden wurden?«

»Ja, die gibt es. Es sind nur Faserspuren. Wir haben sie an den Krallen gefunden. Sie scheinen von einer Lederkombi zu stammen, wie sie Motorradfahrer tragen.«

»Welche Farbe?«

»Schwarz und von hervorragender Qualität. Sonst hätten die Krallen wahrscheinlich das Leder durchbohrt.«

»Also ein teures Teil?«

»Davon kann man ausgehen.«

»Gut, danke für die Info! Auf Wiederschaun, Herr Riegler!«

»Auf Wiedersehen, Frau Kürzinger!«

Bärbel trennte die Verbindung. Sie starrte plötzlich zur Kasse und erstarrte.

Tina war dies nicht verborgen geblieben, und sie fragte sie: »Wos is? Du schaust, ois hättst a Maus im Bikini gsechn?«

Bärbel zeigte hinüber und sagte leise: »Oiso wenn des a Zuafoi is?«

Tatsächlich stand an der Kasse nun Markus Grau. Er kaufte sich soeben ein Ticket für die Seilbahn.

Tina stand auf und passte ihn ab, denn er musste an ihnen vorbeigehen. »Hallo, Herr Grau! Was führt Sie denn hierher?«

Er sah sie erschrocken an und sagte: »Ich will mal wieder rauf zum Wildkogel. Das Wetter lädt ja geradezu dazu ein.«

»Ach ja? Ihre Schwester ist auch grade raufgefahren. Ich vermute allerdings, sie will zur Hütte Ihres Vaters. Sie wollen nicht zufällig auch dorthin?«

Er lachte kurz auf und sagte: »Was soll ich denn dort? Da gibt es sicher nichts Verwertbares mehr zu finden.«

»Da haben Sie allerdings recht. Die wirklich wichtigen Dinge liegen schon bei uns.«

Er wandte sich ab und sagte nur noch: »Ich muss los, die nächste Gondel fährt gleich.«

Tina fiel auf, dass er es jetzt plötzlich sehr eilig hatte, obwohl bis zur nächsten Abfahrt immer noch genügend Zeit blieb. Sie setzte sich wieder neben Bärbel. Im nächsten Moment war ein Blubbern zu hören. Ein angenehmer Ton, aber kein natürlicher. Tina blickte in die Richtung, aus der das Geräusch kam. »I glaubs nit!«, entfuhr es ihr. »Schau da des on! Do scheints a regelrechts Familientreffn zum gem.«

Nun blickte auch Bärbel hinüber. »Des gibt's woih nit! Dea aa no!«, sagte Bärbel erstaunt. Obwohl es eigentlich Winter und entsprechend kalt war, kam eine Harley Davidson herangerollt. Der Mann, der soeben von seiner Harley stieg und den Helm abnahm, war kein anderer als Lukas Grau. Auch er ging zielstrebig zur Kasse und kaufte sich eine Karte. Auf dem Weg zur Seilbahn musste er notgedrungen an Tina und Bärbel vorbei. Er blieb stehen und sah die beiden verdutzt an. Er sagte aber nichts und ging schnell weiter. Tina blickte ihm nach. Dabei fiel ihr auf, dass die schwarze Lederkombi, die Lukas trug, an der Schulter einen Riss hatte.

»Siechst aa des, wo i siech?«, fragte Bärbel.

»Ja, die Kombi hot a Loch.«

»Des wü i iatz wissen, wo des herkummt«, sagte Bärbel und stand auf.

»Vielleicht hots eahm gschmissn?«, antwortete Tina.

»Na, nia nit. Des is a Riss«, widersprach Bärbel und folgte Markus, der soeben zu einer Gondel ging, die auf ihn zu warten schien. Noch bevor er einsteigen konnte, tippte ihm Bärbel auf die Schulter. Sie sagte etwas, das Tina nicht hören konnte. Dabei zeigte sie auf den Riss in seiner Jacke. Er reagierte offenbar heftig und ließ Bärbel stehen.

Bärbel kam schulterzuckend zurück.

»Und? Wos hot ea gsogg?«, wollte Tina wissen.

»Nit vü. I hob eahm gfrogg, wo dea Riss in seina Kombi herkimmt. Do hot ea bloß gmoant, dass mi des nix ongeht.«

»Foahrn mer wieda zruck ins Büro?«, fragte Tina.

»Ja, foahrn mer. Mia miassn eh no weidaschaun, wos mer iatz mochn.«

»I denk, mia soydatn uns iatz erscht amoi um de Plantaschn kümman. I bin gspannt, wos do rauskimmt.«

Im Büro nahmen sie an ihren Schreibtischen Platz. Bärbel suchte nach der Seite, die sie bereits gesehen hatte. Den Namen hatte sie sich vorsorglich auf einem Zettel notiert. Tina dagegen nahm sich das gefundene Notizbuch vor. Sie wurde allerdings nicht recht schlau aus dem, was darin stand. Zahlen und Daten unterteilt in Soll und Haben. Sie nahm das Bücherl und zeigte es Bärbel. Sie fragte: »Schau da des amoi on. Wos soy des ois bedeitn?«

Bärbel nahm es in die Hand und blätterte darin. Schließlich gab sie es Tina mit einem Lächeln zurück. »Des is Buchführung. Dea Mon hot Buach gführt. Do sand seine Einnahmen und Ausgaben drin aufgführt. Ois sauber notiert, wia ses ghert.«

»Und wos bedeit des iatz?«

»Dass da Herr Grau Einnahmen khob hot, de wo ea sauba mit seine Ausgabn obglicha hot.«

»Aba dea hot doch koane …«

»Foisch! Und wos dea für Einnahmen khob hot!«, widersprach Bärbel. Sie nahm Tina das Bücherl noch einmal aus der Hand und schlug es auf. Sie zeigte auf eine Seite und erklärte: »Schau, des do sand de Aktivkontn und des ondane de Passivkontn. Dann gibt's no de Aufwandkontn und de Ertragskontn. Dea Mon hot ois sauba aufglist.«

»Woher woaßt du des ois?«

»I hob hoit in da Schui aufpasst!«, sagte Bärbel und grinste sie an.

»Und wos mochn mia iatz damit?«

»Des gem mer unsam Fachmann für de Finanzn. Dea kennt se do gwieß aus«, antwortete Bärbel und gab Tina das Bücherl zurück.

»I brings glei owe zu dene«, sagte Tina und verließ mit dem Bücherl in der Hand das Büro. Irgendwie kam sich Tina seltsam vor. Sie hatten doch glatt die Rollen getauscht, und Bärbel war heute diejenige, die das Sagen hatte. Aber Bärbel machte das ganz anders als sie. Sie nahm nichts so bierernst und kommandierte sie nicht so herum, wie sie selbst es manchmal mit Bärbel und anderen Kollegen tat.

Sie hatte sich von Bärbel das Heft aus der Hand nehmen lassen. Vielleicht war es ja mal gut so, aber ob das gutging? Schließlich war sie nicht nur die Dienstältere der beiden, sondern auch vom Dienstgrad her die Höhergestellte. Falls etwas schiefginge, müsste auf jeden Fall sie den Kopf hinhalten und dafür geradestehen. Doch im Grunde war es ihr sogar recht, wenn Bärbel nun die Leitung übernahm. Sie hatte sich ohnehin schon so manchen Vorwurf vonseiten Hofrat Steigers gefallen lassen müssen, weil er meinte, dass sie Bärbel zu sehr bevormundete.

Sie kam in der Finanzabteilung an. Die Finanz gehörte zur Kriminaltechnik, was an sich schon ungewöhnlich war. Normalerweise waren die Beamten direkt dem Finanzamt unterstellt und hatten dort auch ihr Büro. Doch hier war das anders.

Tina gab das Bücherl ab und erklärte den Kollegen, was sie wissen wollte.

»Das kann dauern. Fragen Sie morgen noch mal nach!«, wurde ihr gesagt.

Sie ging wieder zurück ins Büro.

Bärbel wartete schon aufgeregt auf sie. »Stö da vur, wos i rausgfunna hob! Dea Gschäftsführa vo dera Firma, de sitzt übrigens in Indien, des is da Bua vom Grau. Dea wo eigentli Missionar is!«, rief sie.

»Dea Johannes?«

»Ja. I hob de Seitn duachblattlt, und do is mia aufggfoin, dass de ganzn Gewinne und Einnahmen, de wo de Firma hot, soziale Zwecke zuagfüaht wean. Dea Johannes Junior, dea hot durt etliche Schuin baut und Kranknstationen und ois vo dem Göd, des wo ea durt vodeant hot.«

»Und wem ghert de Firma iatz übahaupt?«

»Dem Johannes Senior. Oiso unsam Oansiedla.«

Tina setzte sich und dachte laut nach: »Oiso wenn de Firma iatz dem Johannes Senior, unsam Bruada Johannes, ghert hot, nacha weads do no an scheena Streit drum gem.«

»Oda es hotn scho gem, und da Bruada Johannes hots biassn miassn«, antwortete Bärbel darauf.

»I glaub, mia miaßn no amoi zu da Familie Grau foahrn. Schaun mer amoi, ob de übahaupt wos wissen vo dera Plantasch«, schlug Tina vor.

»Mechst do heit no hifoahrn?«, fragte Bärbel zweifelnd.

Tina sah zur Uhr und meinte: »I glaub, du host recht. Es is gscheida, wenn mer murng foahrn. Iatz is eh scho spät.«

»Woaßt, wos i mi frog?«, fragte Bärbel.

»Naa? Wos nacha?«

»Worum kumma de Graus vo Soizbuag do her und foahrn zum Wildkogel nauf? Do gibt's doch mehra Berg aufm Weg vo Soizbuag do her.«

»Des is doch ganz oafach. De sand nit in Wildkogel nauf, sondan zu dera Hütten vo eahnam Vadda«, antwortete Tina.

»I bin bloß amoi gspannt, wos de SpuSi dazua sogg«, sagte Bärbel.

»Den Bericht wean mer dann scho kriang.«

»Woaßt wos, Tina? I denk, mia mochn Feieromd füa heit. I bin miad, und Lust hob i aa koane meah.«

»Host recht. Zreißn dean mia heit eh nix meah. Außadem geht's mia irgendwia nit guat heit.«

Tina gab Hallermeier noch Bescheid. Dann fuhren sie nach Hause.

Tante Frieda staunte, als die beiden ankamen. »Habt Ihr schon Feierabend? Es ist doch grad mal fünf Uhr?«

»Mir ist nicht gut. Sind die Kinder auch da?«, sagte Tina.

»Klar, Mama!«, antwortete Kathi, die plötzlich hinter ihr stand.

»Wie war's in der Schule?«

»Interessiert dich das wirklich?«, fragte Tommy, der soeben neben seiner Schwester auftauchte.

»Natürlich interessiert mich das. Würde ich denn sonst fragen?«

»Ich mein ja nur. Seit zwei Wochen hast du keine Hausaufgaben mehr kontrolliert. Das gibt einem schon zu denken?«, meinte Kathi nachdenklich.

»Also gut, ihr zwei. Ich gebe mich geschlagen. Ich geb zu, dass ich in den letzten Wochen immer zu viel gearbeitet hab und euch deswegen ein wenig vernachlässigen musste. Aber das wird sich jetzt ändern, und zwar schlagartig!«

»Versprich nicht zu viel, Mama! Das hast du schon oft gesagt, und dann hattest du wieder so einen blöden Mord«, erwiderte Tommy.

Tina sah die beiden nachdenklich an. *Eigentlich haben sie ja recht. Ich vernachlässige sie schon viel zu sehr. Ich muss mich wirklich mehr um sie kümmern. Es geht doch nicht, dass ich die ganze Verantwortung für die beiden auf Frieda abwälze.*

»Also, dann fangen wir gleich mal an«, sagte Tina und hielt ihre Hand hin. Tommy schlug ein.

»So war das nicht gemeint«, sagte Tina und lachte.

»Eigentlich wollte ich eure Hefte haben.«

»Ach so. Dann musst du das auch sagen, Mama«, meinte Tommy vorwurfsvoll und ging in sein Zimmer hinauf. Kathi folgte ihm. Kurz darauf kamen beide wieder herunter. Jeder von ihnen hatte drei Hefte in der Hand, die sie Tina hinlegten.

»Soll ich dir helfen?«, fragte Bärbel.

»Ja, wenn du willst, kannst du Kathis Hefte nehmen, und ich

schnapp mir die von Tommy«, antwortete Tina und gab Bärbel die Hefte. Tina nahm sich zuerst das Mathematikheft vor. Sie wusste, dass Tommy beim Rechnen manchmal Schwierigkeiten hatte. Gleich bei der ersten Aufgabe begann sie schallend zu lachen.

Tommy, der danebenstand, fragte verschnupft: »Warum lachst du, Mama?«

»Ich seh grad die Aufgabe hier. Die hatte ich schon in der Schule. Die ist eigentlich ganz einfach.«

»Dann musst du sie mir erklären. Ich versteh sie nämlich nicht«, erwiderte Tommy.

Auch Bärbel sah auf und schaute Tina auffordernd an. »Na los! Zeig, was du gelernt hast!«

Tina las die Aufgabe vor: »Zwei Züge fahren zur selben Zeit los. Zug A in Bern und Zug B in Zürich. Die Städte sind 150 km voneinander entfernt. Zug B fährt mit 120 km pro Stunde Richtung Bern. Wie lange dauert es, bis sich die beiden Züge kreuzen? Und wie weit ist dieser Ort von Zürich entfernt, wenn Zug A mit 130 km pro Stunde Richtung Zürich fährt?« Nun geriet Tina ins Grübeln. Sie versuchte, die Lösung zu finden, kam aber nicht darauf.

Triumphierend meinte Tommy: »Siehst du, Mama? Es ist doch nicht so einfach, wie du tust.«

»Wart's nur ab. Ich komm schon noch drauf!«, sagte Tina und kratzte sich nachdenklich am Kopf.

»Gib mal her!«, sagte Bärbel und zog Tina das Heft weg.

»Nein. Lass das! Ich komm schon noch drauf! Ich weiß die Lösung. Es dauert halt ein bisserl. Es ist ja schon so viele Jahre her«, widersprach Tina.

»Jetzt komm schon. Gib her!«, sagte Bärbel und nahm das Heft wieder an sich.

»Nein! Ich hab gesagt, dass ich Tommys Aufgaben überprüf!«

Es ging noch eine Weile hin und her, bis es Tommy offenbar zu dumm wurde. Er nahm das Heft, schlug es auf und zeigte auf die nächste Seite: »Hier! Da ist die Lösung! Ich hab's selber schon ausgerechnet. Ihr braucht euch deswegen nicht mehr zu streiten«, sagte er. Dabei grinste er bis über beide Ohren.

Tina sah Bärbel an und musste ebenfalls grinsen. Bärbel erging es nicht anders. Sie kontrollierten die Hefte der beiden noch bis zum Ende. An sich gab es nichts zu meckern. Weder bei Tommy noch bei Kathi waren grobe Fehler zu finden. Nur eines störte Bärbel an Kathis Aufsatz. »Du, Kathi, das mit den Berufen von deiner Mama und mir musst du aber schon noch ändern. Es ist nicht so, dass wir Verbrecher erst jagen und dann erschießen. Es ist …«

»Ja, ich weiß«, unterbrach sie Kathi. »Aber das Verhaften ist doch so langweilig. Das sagt ihr selber auch immer, weil ihr dann so viel Schreibarbeiten machen müsst.«

»Gut, ich denk, darüber reden wir ein andermal. Jetzt geht's ins Bett. Es ist schon nach acht Uhr«, sagte Tina.

Die beiden verabschiedeten sich noch mit einem Kuss bei Tina und Bärbel.

»So! Seid ihr jetzt fertig mit dem Unterricht? Kommt ihr dann zum Essen?«, fragte Frieda, die kalte Platten in der Küche hergerichtet hatte. Bärbel stand auf und ging hinüber. Tina sah ihr nach. »Wos is iatz? Host koan Hunga?«, fragte Bärbel auffordernd.

»Naa, i woaß nit. Mia is nit guat«, antwortete Tina.

»Du gfoist ma. Scho wieda nix essn? So geht des nit! Iss wenigstns a bisserl wos. I mach da aa a Brot«, sagte Bärbel.

»Naa, i mog nix«, wehrte Tina ab.

»I mach da a Hehnasuppn«, bot Frieda an.

»Iatz no? Schau amoi auf d'Uhr. Des wead doch heit eh nix meah«, widersprach Tina.

»Und wenn i des trotzdem schaff? Nacha isst du aa oane?«, fragte Frieda und lächelte verschmitzt.

»Den Zauber mecht i sehng. Eigschlong. Wenn du des schaffst, dass i no vur ölfe a Suppn kriag, nacha iss i oane«, versprach Tina voreilig.

Bärbel und Frieda verschwanden in der Küche. Tina hörte sie tuscheln, und ab und zu kicherte Bärbel verhalten. Schließlich hielt Tina es vor lauter Neugier nicht mehr aus und ging zu ihnen: »Wos duschelts do? Lochts ebba üba mi?«

»Naa, mia doch nit«, sagte Bärbel und konnte dabei ein Lachen kaum unterdrücken.

Es war halb elf, als Frieda die Suppe auf den Tisch stellte. »Bitt schön, dei Supperl«, sagte sie dazu.

Tina sah verblüfft in den Topf. »Wia host iatz des gmocht? So a Hehna braucht do drei Stund?«, fragte sie.

»Nit, wenn mas ausm Packerl mocht«, antwortete Bärbel und grinste dabei.

»I mog nix ausm Packerl! Des woaßt du!«, antwortete Tina wütend. Sie war zornig, wusste aber selbst nicht genau warum. Die Suppe war mehr ein Vorwand.

»Iatzt geh, sei nit so a fade Staudn. Iss, sunst weast no wirkli kronk!«, forderte Frieda sie auf. Sie stellte einen Teller Suppe vor Tina hin.

Diese schob sie weg und sagte dazu: »I mog aba iatz nix essn!«

»Oiso woaßt. Du bist schlimma wia deine Kinda! De dadst schimpfn, wenns des mochatn!«, sagte Frieda unwillig.

»I geh iatz ins Bett!«, kündigte Bärbel an und ging in Richtung Bad.

»I geh aa. I bin miad!«, sagte Tina und folgte ihr.

Frieda stand da, mit einem Topf voll Suppe und murmelte vor sich hin: »Na dann em nit! Nacha gibt's de Suppn hoit murng.« Sie nahm den Topf und stellte ihn beiseite. Sie räumte noch auf und verließ dann das Haus.

Am nächsten Morgen klingelte wie immer um sechs Uhr der Wecker. Bärbel stand auf und sah zu Tina. »Wüst nit aufsteh? Es is Zeit. Mia miassn in d'Oabat.«

»Naa, i bleib heit dahoam. Mia is goar nit guat«, erwiderte Tina.

»Nacha gehst aba zum Dokta! Host mi vostandn?«, antwortete Bärbel unwillig.

»Jo i geh. Aba krankschreim loss i mi nit.«

Bärbel war eindeutig nicht mit Tinas Antwort einverstanden. »Wann da Dokta moant, dass du dahoam bleim soyst, nacha losst di aa gfälligst krankschreim.«

Tina wälzte sich aus dem Bett und maulte: »Ja, dass'd a Ruah gibst.«

Bärbel fuhr ins Büro.

Tina blieb noch am Frühstückstisch sitzen, da sie abwarten wollte, bis Tommy und Kathi ebenfalls aus dem Haus waren. Gegen acht Uhr kam Frieda. Sie schaute Tina nachdenklich an und meinte: »Du soydats schnöstens zum Dokta geh. Du gfoist ma goar nit.«

»Jo jo! Fang du aa no on. I geh nochher scho.«

»Nix do! Du ziahgst di iatz sofurt on, und i foahr di hi!«, befahl Frieda. Nur widerwillig ging Tina ins Schlafzimmer und zog sich an.

Danach brachte Frieda sie zu ihrem Hausarzt. Der meinte, nachdem er Tina gründlich untersucht hatte: »Also weißt du, Tina. Eigentlich müsste ich dich zur Kur schicken. Du bist völlig überarbeitet. Aber ich kenn dich ja. Ich schreib dir jetzt was auf, und das nimmst du bitte regelmäßig. Drei Tropfen auf ein Glas Wasser in der Frühe und einmal mittags.«

»Ist da Alkohol mit drin? Wenn ich im Dienst bin …«

»Ja, aber das macht nichts. Du bleibst erst mal ein paar Tage daheim«, unterbrach er sie.

»Du willst mich krankschreiben?«

»Selbstverständlich. Du brauchst eine Auszeit. Du bist völlig am Boden. Du hast sozusagen ein Rendezvous mit der Talsohle. Gut wäre auch, wenn du danach gleich mal Urlaub machen würdest. Ich schlag vor, drei Wochen.«

Tina sah ihn entsetzt an und protestierte: »Drei Wochen Urlaub? Drei Wochn Nichtstun? Nicht arbeiten? Das geht nicht! Nein, das geht auf keinen Fall!«

Der Arzt blieb ruhig und widersprach: »Das wird wohl gehen

müssen. Entweder das, oder in spätestens einem halben Jahr bist du in der Psychiatrie, und das wollen wir doch beide nicht, oder?«

»Nein«, antwortete Tina und sah ihn nachdenklich an. »Gibt es denn keine andere Möglichkeit? Ich mein, da gibt es doch sicher so Mittelchen, die man einnehmen kann, und dann ist man wieder fit für den Tag«, sagte sie.

»Sicher gibt es diese Mittelchen. Aber davon rate ich dringendst ab. Die helfen nur scheinbar, und auf die Dauer machen sie abhängig«, klärte er Tina auf.

»Gut, wenn's denn sein muss, schreibst mich eben krank«, seufzte sie.

Der Arzt schrieb ihr das Medikament auf und stellte die Krankmeldung aus. Er verabschiedete Tina: »Also, ich wünsch dir alles Gute, und wenn was sein sollte, meldst dich bei mir.«

»Ist gut, mach ich. Danke, Doc«, sagte Tina und verließ den Behandlungsraum.

Im Wartezimmer saß Frieda, die dort auf sie gewartet hatte. »Und? Wos sogg ea?«, fragte sie neugierig.

»I soy a poar Dog dahoam bleim und danoch drei Wocha Urlaub nehma hot ea gsogg.«

»Siechst as? I hob doch recht khob. Du brauchst a Weil dei Ruah.«

»Ja, ja, wia oiwei. Du host recht und i mei Ruah.«

Frieda fuhr Tina zunächst nach Zell, damit sie dort ihre Krankmeldung abgeben konnte.

Im Personalbüro traf Tina auf Hallermeier. Sie teilte ihm mit, dass sie nun für ein paar Tage ausfallen würde. »Ein paar Tage?«, fragte er entsetzt nach.

»Mindestens«, sagte Tina darauf, »der Arzt meinte, ich soll danach auch noch drei Wochen Urlaub machen.«

»Das geht nicht!«, rief Hallermeier aus. »Wo soll ich denn für Sie Ersatz hernehmen?«

»Bärbel ist doch da. Sie ist ein vollwertiger Ersatz für mich. Glauben Sie mir, die kann das.«

»Aber sie ist nicht weisungsberechtigt. Das kann im Falle eines Falles Probleme geben.«

»Dann erteilen Sie ihr halt eine Weisungsberechtigung«, erwiderte Tina.

Sie verließ das Personalbüro und ließ sich von Frieda nach Hause bringen. Bei Bärbel vorbeizuschauen unterließ sie lieber, denn sie kannte sich. Sie würde sich sicher wieder einmischen und so Bärbel den ganzen Fall unter Umständen versauen.

Daheim angekommen, setzte sie sich erst einmal ins Wohnzimmer. Sie überlegte. *Was tu ich jetzt den ganzen Tag? Rumsitzen und faulenzen? Nein! Das ist nicht mein Ding. Aber was bleibt mir sonst?*

Frieda kam mit dem Staubsauger ins Wohnzimmer und begann zu saugen. Kurzerhand stand Tina auf und nahm Frieda den Staubsauger aus der Hand. »Lass mi des mochn. Du findst gwieß wos anderschts, wos du doan konnst«, sagte sie dazu und begann zu saugen. Frieda sah ihr zunächst sprachlos zu. Sie zuckte mit den Schultern und ließ Tina mit ihrem Staubsauger alleine. Tina saugte gründlich und genau. Dies war eigentlich überflüssig, denn Frieda saugte beinahe jeden Tag die ganze Wohnung durch. Trotzdem fand Tina immer wieder ein paar Flusen, die sie unbedingt weghaben wollte. Besonders hartnäckige Flusen hob sie mit der Hand auf. Dazu beleckte sie ihren Zeigefinger und tupfte darauf. Dann blieben diese daran kleben, und so war es ein Leichtes, sie aufzuheben.

Frieda sah ihr von der Wohnzimmertür aus zu. Kopfschüttelnd meinte sie: »Oiso wann i oiwei so a Gschieß beim Saung mochn dadat, werad i nia nit firte.«

»I mechts hoit bsunders schee mochn!«, erwiderte Tina.

Frieda ging wieder weg. Sie konnte einfach nicht zusehen, wie sich Tina abmühte. Sie holte ihren Putzeimer aus der Abstellkammer und begann damit, die Fenster zu putzen.

Als Tina dies sah, schritt sie ein: »Loss des nochher mi mochn.«

»Und worum deaf i des nit? Spinnst iatz ganz?«, widersprach Frieda.

»Du soyst di nit so owidoan mit dera Putzerei. I konn des aa.«

»No, wenn des a so is, nacha konn i jo hoamgeh«, sagte Frieda und nahm ihren Mantel.

»Iatz bleib hoit do. So hob i des aa nit gmoant«, entschuldigte sich Tina, als sie bemerkte, dass Frieda beleidigt war.

»Aba gsogg! Scheinboar bin i übaflüssig«, antwortete Frieda und zog ihren Mantel an.

Tina merkte, dass es Frieda ernst war. Sie stellte den Staubsauger ab und ging zu ihr in den Flur. Dabei wäre sie beinahe über Poldi gestolpert, der schwanzwedelnd vor Frieda stand. Wahrscheinlich glaubte er, es wäre an der Zeit, Gassi zu gehen. Tina stellte sich vor die Haustür, als Frieda darauf zuging. Frieda versuchte, sie beiseitezuschieben, aber Tina spreizte sich mit den Füßen dagegen.

»Loss mi duache!«, schimpfte Frieda.

»Des kummt goar nit infrog! I brauch di. Du konnst nit so oafach geh!«

»Und ob i des konn! I hob nix davo gspannt, dass du mi brauchst! Staubsaung konnst söba und Fensta putzn aa. Oiso, wos soy i no do?«

»Iatz, Frieda! Hör auf zum Spinna! I brauch di!«

»Do merk i aba nix davo!« Frieda schien sich stur zu stellen.

Tina war schier am Verzweifeln. Sie konnte und wollte Frieda auf keinen Fall gehen lassen, da sie sie dringend nicht nur für die Kinder brauchte. Sie war eine wertvolle Hilfe im Haus, und was hätte Tina all die Jahre ohne sie gemacht? Also verlegte sich Tina aufs Betteln. »Bitte, Frieda, bleib do! Mia brauchn di doch. Sog, wos i füa di doa kon und i duas.«

Frieda überlegte nicht lange. Wie aus der Pistole geschossen kam: »I mecht, dass du mia in Ruhe mei Oabat mochn losst und du di do raushoitst.«

»Guat. In Urdnung. I dua nix meah«, stimmte Tina zu.

Frieda zog ihren Mantel wieder aus und hängte ihn an den Haken. Tina sah ihr erleichtert zu, als sie den Putzeimer nahm und sich wieder den Fenstern widmete. Sie hatten wegen der Fenster bereits eine lebhafte Diskussion geführt. Tina war der Meinung, dass man für die Fenster doch ein entsprechendes Mittel bräuchte. Frieda konnte sie aber davon überzeugen, dass es ein Eimer Wasser mit Spülmittel oder Essig drin auch tat. »Schließli«, so meinte Frieda, »konn ma Gläser aa damit spüln, und worum soy des dann füa de Fenster nit geh?«

Nun hatte Tina ein Problem. Wie sollte sie den Tag herumbringen? Was sollte sie den ganzen Tag über tun? Ausruhen, hatte ihr der Arzt geraten. Nichts tun. Nichts tun? Absolut nichts? Nein, das war nicht Tinas Ding. Sie konnte und wollte nicht faulenzen. Auf keinen Fall herumsitzen und Frieda bei der Hausarbeit zusehen. Was aber konnte, sollte sie tun? Für die Kinder etwas stricken? Handschuhe? Einen Schal? Eine Mütze? Würden Tommy und Kathi so etwas überhaupt anziehen? Selbst gestrickte Klamotten? Vielleicht für Günther? Einen Pullover? So etwas konnte man immer brauchen. Noch dazu jetzt, wo es aussah, als ob dieser Winter besonders kalt werden würde.

Tina beschloss, es damit zu versuchen. Dazu brauchte sie aber Wolle. Woher nehmen? Hatte sie nicht noch oben am Speicher ein paar Knäuel von früher? Früher, ja da hatte sie noch oft gestrickt. Als die Kinder klein waren. Strampelhöschen, Mützchen, ganz kleine Mützchen, die Kathi nun für ihre Puppen hernahm. Socken! Ja, das war es. Sie würde ein paar Socken stricken. Als Erstes für Günther. Der konnte sie sicher brauchen. Jetzt, wo es kalt wurde und er sicher am Bau noch einiges zu tun hatte. Dachstühle mussten fertig gemacht werden. Wo es noch dazu wahrscheinlich bald bis ins Tal schneien würde. Er als selbständiger Zimmermann hatte die Verantwortung dafür, dass die

Dächer, die er begonnen hatte, noch rechtzeitig fertig werden mussten.

Tina stand auf und verließ das Wohnzimmer.

Draußen auf dem Flur stand Frieda mit einem Schrubber in der Hand. »Wo wüst du hi?«, fragte sie Tina.

»I geh aufn Bodn nauf. Do muaß no a Woi lieng. I mecht an Günther a poar Sockn strickn. I hob ja sunst nix zum doan.« Tina ging weiter bis in den ersten Stock, wo die Zimmer der Kinder lagen. Dort gab es eine Falltür nach oben in den Dachboden. Tina suchte die Stange, um sie zu öffnen. Als sie endlich oben war und das Licht einschaltete, schlug sie die Hände vor den Mund. *Um Gottes willen! Wie sieht es denn hier aus? Da gehört mal aufgeräumt!*, dachte sie. Dann schoss ihr durch den Kopf: *Warum soll ich das eigentlich nicht gleich machen? Ich hab doch Zeit, und die Strickerei kann warten.*

Kurzerhand begann sie damit, die ersten Kartons, die herumstanden, zu öffnen. *Alte Schulhefte! Meine alten Schulsachen! Warum hab ich das Zeug eigentlich aufgehoben? Wozu? Um den Kindern zeigen zu können, wie gut ich in der Schule war? Blödsinn! Das Zeug muss weg! Das interessiert heute eh keinen mehr. Außerdem, was soll es bringen, den Kindern einen Vergleich zu ermöglichen? Was haben sie davon? Nichts! Gar nichts! Also weg damit!*

Tina schloss den Karton und stellte ihn in die Nähe der Falltreppe. Sie nahm sich den nächsten vor und öffnete ihn. *Oh Gott! Günthers Briefmarken! Warum hat er die damals nicht mitgenommen? Was hatte er gesagt? Ich glaub, er hat gesagt, dass ich die Tommy geben soll, wenn er alt genug dafür ist. Aber hat Tommy überhaupt ein Interesse an alten Briefmarken? Ich geb sie Günther zurück!*, dachte sie und stellte den Karton beiseite. Sie nahm sich den nächsten und öffnete ihn. *Die Eisenbahn! Günthers alte Eisenbahn! Die muss ich …*

Kapitel 7

Das Telefon unten klingelte und unterbrach damit ihre Überlegungen. »I geh scho!«, hörte Tina Frieda rufen.

Kurz darauf rief Frieda nach oben: »Des is dei Chef! Ea sogg, ea muaß dringend mit dia redn!«

»I kimm scho!«, rief Tina und kletterte nach unten. Als sie im Flur ankam, hielt ihr Frieda das Telefon entgegen. »Wos wü dea? Woaß dea nit, dass du krankgschriem bist?«

»Ja, woaß ea scho. I hob aa koa Ahnung, wos ea wü«, antwortete Tina und nahm das Telefon. »Gründlich?«, meldete sie sich.

»Hallermeier hier«, antwortete Hallermeier.

»Was gibt's Herr Hallermeier? Ist was mit Bärbel?«

»Nein, Frau Kürzinger geht es gut – glaub ich wenigstens. Sie hat den Fall im Griff und macht gute Fortschritte. Es geht um etwas anderes. Ich hab eine Bitte an Sie.«

»Die wäre?«, fragte Tina Unheil ahnend.

»Ich hab da soeben einen neuen Mord hereinbekommen. Den müssten Sie …«

»Ich bin krankgeschrieben, falls Sie das vergessen haben sollten. Ich kann nicht arbeiten.«

»Ja, ich weiß, aber dies ist eine Ausnahme. Ich hab sonst niemanden, den ich auf diesen Fall ansetzen könnte.«

»Und da falle ausgerechnet ich Ihnen ein?«

»Ja, es tut mir auch außerordentlich leid, aber wie gesagt …«

»Herr Hallermeier …«, begann sie, aber er unterbrach sie.

»Frau Gründlich, ich bitte Sie inständig, diesen Fall zumindest mal aufzunehmen. Sobald ich jemand anders dafür habe, können Sie ihm den Fall übergeben.«

»Herr Hallermeier. Ich bin krankgeschrieben, weil ich überarbeitet bin. Ich bin sozusagen am Ende meiner Fahnenstange oder, wie mein Arzt sagte, fast am Grunde der Talsohle angelangt.«

»Ich verstehe Sie ja, Frau Gründlich. Ich bitte Sie ja nur ungern darum, aber Sie wissen, dass unsere Personaldecke extrem dünn ist.«

»Das weiß ich. Aber trotzdem …«

»Frau Gründlich. Der Tatort ist bei Ihnen daheim in der Nähe. Fahren Sie doch bitte rüber, und sehen Sie sich das zumindest mal an.«

Tina schnaufte tief und laut hörbar durch, ehe sie antwortete: »Na gut. Wo muss ich hin?«

»In die Sulzau. Zur Gaststätte Siggen. In der dortigen Kapelle wurde eine Leiche aufgefunden.«

»Gut, ich fahre hin und sehe es mir an. Aber dann …«

»Sie haben was gut bei mir!«, rief Hallermeier, und seine Erleichterung war deutlich zu hören.

Tina bremste seine Begeisterung: »Ich hab gesagt, ich sehe es mir an und sonst nichts.«

»Das ist doch auch schon was! Schreiben Sie einen Bericht und …«

»Das werde ich nicht tun. Ich schreibe keinen Bericht. Ich sehe mir das an, und dann bin ich wieder weg. Wenn Sie einen Kollegen haben, der das übernimmt, kann er zu mir kommen, und ich teile ihm meine Erkenntnisse mit.«

»Das ist in Ordnung! Ganz wie Sie wollen. Aber bitte fahren Sie sofort da hin!«

»Gut, mach ich. Aber dann …«

»Dann haben Sie Ihre Ruhe von mir. Versprochen!«

»Ihr Wort in Gottes Gehörgang.« Tina legte wieder auf.

»Wos is iatz des? Du soyst oabatn? Spinnt dea denn komplett? Ruaf sofurt den Ernstl on und sog eahm des. Des geht doch nit!«, erregte sich Frieda.

»Iatz reg di nit auf, Frieda. I foahr bloß durt hi und schau ma des on. Dann woars des scho.«

»Ach geh. I kenn di doch! Wenn du oamoi Bluat grochn host, losst du nimma locka!«

»I schaus ma nur on! Vasprocha!«, erwiderte Tina und nahm ihren Mantel vom Haken. Sie hielt Frieda die offene Hand hin und sagte: »Gib ma dein Autoschlüssl bitte. De Bärbel hot ja mein Wong.«

Nur widerwillig und unter Protest gab ihr Frieda den Autoschlüssel. »Moch ma aba koa Duilln nei und kimm glei wieda zruck. I muaß no eikaffn geh.«

»I moch da dei Auto scho nit kaputt, und i bin glei wieda do!«, antwortete Tina und verließ das Haus.

Tina fuhr zum Tatort. Direkt die Straße hinauf, die zum Blausee führte. Am Anfang der Straße stand die alte Kapelle. Tina kannte sie seit langem. Schon mit ihren Eltern war sie oft hier oben gewesen. Vor allem im Sommer, wenn es heiß war, hatten sie Abkühlung im kalten Quellwasser des kleinen Sees gesucht. Eiskalt war das Wasser, denn es kam direkt aus dem Berg durch eine sprudelnde Quelle in den See. Nach oben zu fahren, war wegen einer Schranke unmöglich. Normalerweise musste man sein Auto auf dem großen Parkplatz des Gasthofs Siggen abstellen. Tina fuhr aber weiter bis zu der Stelle, an der sowohl die Einsatzfahrzeuge des Notarztes als auch der Polizei standen. Sie stieg aus und sah sich um. Der Tatort war abgesperrt, und ein paar Beamte hatten alle Mühe, die Schaulustigen und Gaffer davon fernzuhalten. Als Tina auf das Absperrband zuging, hob einer der Beamten das Band hoch und tippte mit dem Zeigefinger gegen den Schirm seiner Mütze. »Grüß Gott, Frau Major«, sagte er.

»Grüß Sie Gott, Herr Hutterer«, begrüßte sie ihn. Sie kannten sich aus früheren Fällen. Tina schätzte ihn als aufmerksamen und zuverlässigen Kollegen. Tina ging weiter auf die alte Kapelle zu. Sie betrachtete sie wie einen alten Freund. *Du hast dich kaum verändert!*, dachte sie. *Noch immer dieselben alten Balken und die alte Steintreppe hoch zur Türe. Die alten Bilder, unlesbar, obwohl …? Sie sehen aus, als ob sie restauriert worden wären.*

Neben der Kapelle stand eine Gruppe junger Leute. Studenten oder Schüler? Jedenfalls Wanderer. Sie hatten Rucksäcke dabei und jeder feste Bergschuhe an. Eins der Mädchen saß schluchzend am Boden. Ein Sanitäter kümmerte sich um sie. Tina trat an sie heran und fragte: »Was ist mit ihr?«

»Sie hat den Toten entdeckt«, antwortete einer aus der Gruppe.

»Wie kam das?«, wollte Tina wissen.

»Na ja, wir sind den Sieben-Kapellen-Weg gegangen, und hier wollten wir kurz reinschauen. Tanja ist voraus und hat den Toten gefunden.«

»Haben Sie sonst noch etwas gesehen oder gehört? War jemand in der Nähe, als Sie herkamen? Ist Ihnen irgendetwas seltsam vorgekommen?«

Der junge Mann überlegte und sagte kopfschüttelnd: »Nein, nichts Besonderes. Nur ein paar Wanderer, die wohl in die entgegengesetzte Richtung gelaufen sind, sind uns begegnet.«

»Ist Ihnen an denen etwas aufgefallen? Hatte es einer von denen besonders eilig?«

»Sie meinen, der Mörder könnte dabei gewesen sein?«

»Ich will es nicht ausschließen.«

»Tina? Kommst du bitte mal?«, rief Otto, der Gerichtsmediziner, nach ihr.

»Ich komm sofort!«, antwortete Tina. »Warten Sie bitte hier. Ich hab sicher noch ein paar Fragen an Sie«, bat Tina die jungen Leute. Sie ging zu Otto, der in der Türe der Kapelle stand. »Was gibt's?«, fragte sie ihn.

»Ich dachte, du willst sie noch mal sehen, bevor ich sie wegbringen lasse«, sagte er und zeigte in den Innenraum.

Tina fragte verdutzt: »Sie? Ist es eine Frau? Ich dachte, es wäre ein Mann?«

»Ja, noch relativ jung. Ich würde sagen, so um die dreißig.«

»Hast du einen Namen für mich? Hatte sie Papiere bei sich?«

»Ja, hatte sie. Sie heißt Eveline Grau und wohnt in Salzburg. Wie die wohl hierhergekommen ist?«

»Sag das noch mal!«, fragte Tina verblüfft.

»Sie heißt Grau, Eveline Grau.«

»Das gibt es doch nicht! Das kann kein Zufall sein!«

»Was meinst du damit?«

Tina zeigte aufgeregt in die Kapelle, in der die zugedeckte Leiche zu sehen war. »Sie ist die Tochter von unserem Einsiedler!«

»Stimmt! Dass mir das nicht aufgefallen ist?«, sagte Otto.

»Wie und wann wurde sie umgebracht?«, fragte Tina.

»Man hat sie erschlagen. Mit einem Beil oder Ähnlichem. Die Wunde erinnert mich an Johannes.«

»Du meinst auf die gleiche Art und Weise?«

»Ja, aber das Tatwerkzeug scheint ein anderes gewesen zu sein. Ein Kreuz ist hier nicht zu sehen.«

»Vielleicht hat es der Täter ja mitgebracht und wieder mitgenommen?«, mutmaßte Tina.

»Möglich wär das schon. Aber seltsam ist es doch.«

»Was sagt die Spurensicherung? Gibt es irgendwelche Anhaltspunkte?«

»Nein gibt es nicht. Jedenfalls jetzt noch nicht«, antwortete Riegler von der Spurensicherung von draußen her.

Tina war inzwischen näher an die Leiche herangetreten und zog das Tuch weg. Sie besah sich die Tote kurz und deckte sie wieder zu. Tina hatte genug gesehen und ging deshalb wieder nach draußen zu den Jugendlichen. Das Mädchen wurde gerade von einem der Sanitäter in den Krankenwagen gebracht. »Ich bräuchte dann noch Ihre Personalien«, sagte sie zu den jungen Leuten.

»Die haben wir schon bei Ihren Kollegen von der Streife abgegeben«, antwortete der anscheinend Älteste von ihnen.

Tina ging zu Hutterer und fragte: »Herr Hutterer? Wer hat Sie eigentlich gerufen?«

»Niemand. Wir waren schon da, als die Tote gefunden wurde.«

»Sie waren schon da? Wie kommt das? Sie sind zwar schnell, aber so schnell?«

Hutterer wurde verlegen und sah zu Boden, während er mit den Füßen scharrte. »Na ja, wissen Sie. Wir kommen manchmal hierher, um zu Mittag zu essen, und da …«

»Da wurde die Leiche gefunden, und man hat Sie gerufen?«, ergänzte Tina.

»Ja, so war es. Die jungen Leute sind zur Wirtin, Frau Brummer, gelaufen und haben sie gebeten, die Polizei zu rufen.«

»Da hatte sie es ja nicht weit.«

»Ja, wir sind dann auch gleich rauf und haben alles Nötige veranlasst.«

»In Ordnung. Ist Ihnen denn irgendetwas aufgefallen? War da vielleicht ein Gast, der sich seltsam benommen hat?«

»Nein, nicht, dass ich wüsste. Oder warten Sie mal! Da war einer, der ist mir schon aufgefallen. Das war so ein junger Kerl. Anfang bis Mitte dreißig würde ich sagen. Der war überaus nervös. Er hat immer wieder aus dem Fenster geschaut. Als ob er auf jemanden warten würde.«

»Können Sie mir den genauer beschreiben?«

»Lassen Sie mich mal überlegen. Ich glaub, der hatte …? Ja, Richtig! Ich hab mich schon gewundert bei dieser Kälte? Da hatte der eine Lederkombi an. So, als ob er mit dem Motorrad da wäre.«

»Eine Lederkombi also? Welche Farbe?«

»Schwarz. Ja, der war schwarz und hatte solche Embleme drauf. So wie man die von den Hells Angels kennt. Bunt und verrückt.«

»Hmmm, können Sie sich noch daran erinnern, welche Embleme das waren? Adler, Flaggen oder so?«

»Nein, ich glaub nicht. Das war alles durcheinander. Ich glaub, da war auch eine amerikanische Flagge dabei. Aber da bin ich mir nicht sicher.«

»Sonst nichts? Ich meine, haben Sie sonst nichts erkannt? Etwas Einmaliges, etwas, das andere nicht haben?«

»Doch! Jetzt, wo Sie es sagen! Ich hab mich auch noch gewundert, weil jetzt eigentlich gar nicht die Zeit dafür ist. Das war dieses Jahr schon. Der hatte das Abzeichen der Tridays drauf. Das war schon seltsam. So heißt das auch gar nicht mehr. Es heißt doch jetzt Club of Newchurch.«

»Ja, das stimmt. Sie haben mir sehr geholfen, Herr Hutterer. Vielen Dank dafür!«

»Nichts zu danken. Das ist ja unser Job.«

Tina ließ Hutterer stehen und wandte sich wieder den jungen Leuten zu, die immer noch dastanden und auf etwas zu warten schienen. Sie schaute sie an.

Der Ältere, augenscheinlich der Wortführer, fragte: »Brauchen Sie uns noch? Wir möchten nach Tanja schauen.«

»Im Moment hab ich keine Fragen an Sie, und Ihre Kontaktadressen haben wir ja. Falls Ihnen aber noch etwas einfallen sollte, dann rufen Sie uns bitte an. Fragen Sie nach Major Gründlich oder Frau Kommissär Kürzinger. Sie werden dann mit einer von uns verbunden«, sagte Tina und gab ihm ihre Visitenkarte.

Er nahm sie und lächelte kurz. »Das werden wir machen. Auf Wiedersehen!«

»Auf Wiedersehen!«, sagte Tina und ging weg. Im Moment konnte sie nichts weiter tun.

Sie stieg in das Auto und fuhr nach Hause. Frieda wartete schon ungeduldig vor der Haustür auf sie. »Wo bleibst denn so lang? I brauch mei Auto! I hob dia doch gsogg, dass i zum Eikaufn foahrn muaß. As Farin und da Zucka sand aus, und Nudeln hob i aa koane meah.«

»Iatz reg di nit auf. I bin ja do.«

»De Kinda sand aa scho vo da Schui dahoam. Se sand aba no zum Spün ganga. Zu den Nochboarskinda. Woaßt eh.«

»Ja, i woaß. Aba eigentli hättens zerscht eahna Hausaufgab mochn soyn.«

»Se hom koane auf, homs gsogg.«

Tina gab Frieda noch die Autoschlüssel und ging ins Haus. Während Frieda wegfuhr, zog Tina ihren Mantel aus und setzte sich im Wohnzimmer auf die Couch. Sie überlegte, was sie jetzt noch tun könnte. *Soll ich an dem Fall weitermachen, oder geh ich lieber auf den Boden, um weiter aufzuräumen? Eigentlich bin ich ja krankgeschrieben und sollte die Ruhe nutzen und genießen. Einfach nichts tun, den Tag verplempern. Draußen im Garten gibt's eh keine Arbeit. Das würd mir sicher guttun. Obwohl …? Nein, die Rosen schneid ich erst im Frühjahr! Die Gemüsebeete sind umgegraben, der Rasen ist gemäht und gemulcht. Was sonst noch? Die Werkstatt. Ja, die müsste auch mal wieder aufgeräumt werden. Aber der Boden?* Tina stand auf. *Scheiß drauf! Ich hab da oben angefangen, und jetzt mach ich weiter!*

Sie ging wieder hinauf. *Was wollt ich eigentlich hier oben? Ich hab doch was gesucht?* Sie ging zu den Kartons, die sie bereits beiseitegestellt hatte, und blickte noch einmal hinein. *Ah ja, die Eisenbahn. Günther hat gemeint, ich soll sie Tommy geben, wenn er alt genug dafür ist. Ist er alt genug? Zwölf Jahre ist er. Das müsst eigentlich reichen. Ich werd sie ihm heut Abend geben. Er freut sich sicher darüber.*

Tina nahm den nächsten Karton und öffnete ihn. *Die Briefmarken! Nein, das ist noch nichts für Tommy. Bisher hat er doch auch kein Interesse daran gezeigt. Außerdem sind da vielleicht ein paar wertvolle dabei. Günther hat zwar gesagt …, aber nein. Ich geb sie Günther zurück.*

Tina klappte den Karton wieder zu und suchte sich den nächsten. Ein ganzes Bündel Wolle quoll ihr entgegen. *Genau! Das ist es, was ich gesucht hab. Die Wolle. Ich wollte doch stricken. Ein paar Socken für Günther, einen Schal für Kathi vielleicht und eine Mütze und Handschuhe für Tommy. Am besten, ich trag den ganzen Karton gleich runter.*

Tina nahm ihn und schleppte ihn zur Falltür. Sie ging rückwärts nach unten und zog den Karton mit sich. Als sie an der

Hälfte der Treppe angelangt war, klingelte das Telefon. *Herrschaftszeiten noch mal! Ausgerechnet jetzt! Der kann warten! Erst kommt der Karton ins Wohnzimmer!* Während sie den Karton weiter nach unten zog, klingelte das Telefon unaufhörlich. Schließlich wurde es Tina zu dumm. Sie ließ den Karton auf einer Stufe stehen und ging weiter nach unten. Prompt bekam der Karton Übergewicht und purzelte hinter ihr die Treppe hinunter. Er blieb am Boden liegen, und da er auf die Seite gefallen war, quoll die Wolle heraus. Tina sah dies und winkte ab. *Wurscht! Das heb ich nachher auf!*, dachte sie und ging zum Telefon. »Gründlich?«, meldete sie sich.

»Hallermeier hier! Hallo, Frau Kollegin! Ich wollt nur mal nachfragen, ob Sie irgendwelche Erkenntnisse in dem Fall Siggen haben?«

»Im Fall Siggen? Ich denk, wir sollten lieber sagen, im Fall Eveline Grau.«

»Wieso das denn?«

»Weil das Opfer Frau Grau, die Tochter unseres Einsiedlers, ist.«

»Das ist aber seltsam«, murmelte Hallermeier.

»Das finde ich auch. Es könnte sein, dass die beiden Fälle miteinander zu tun haben.«

»Da wäre es dann doch gut, wenn Sie und Frau Kürzinger ...«, begann Hallermeier.

»Vergessen Sie das! Ich bin krankgeschrieben, und ich werde nichts dergleichen tun!«

»Sie haben auch eine Entlastung bekommen. Herr Hofrat Steiger hat für Sie ...«

»Es interessiert mich nicht, was Herr Steiger für mich hat! Ich bin krank!«

»Aber nun hören Sie doch erst einmal zu. Herr Hofrat Steiger hat gehört, warum Sie krankgeschrieben sind, und da er Sie und Frau Kürzinger sehr gut kennt, hat er Ihnen ein Jobberl zugewiesen.«

»Ein was bitte?«, fragte Tina nach.

»Ein Jobberl halt. Eine junge Studentin, die noch nicht so richtig weiß, was sie studieren soll. Kriminalistik oder Jura. Deshalb hat ihr Hofrat Steiger die Möglichkeit gegeben, so als Schnupperlehre sozusagen bei uns ein wenig mitzuarbeiten.«

»Also ein Mädchen, das bei uns einen Job machen soll? Vergessen Sie das! Ich brauch kein Jobberl!«

»Sie nicht, aber Frau Kürzinger. Die ist doch jetzt voll ausgelastet und froh darüber, dass ihr jemand bei den Schreibarbeiten und den anderen Sachen zur Seite steht.«

»Haben Sie denn schon mit ihr geredet?«

»Ja, hab ich, und Frau Kürzinger ist bereits dabei, Frau Eisele einzuarbeiten.«

»So ist das also? Hinter meinem Rücken wird da …? Also ich fass es nicht, Herr Hallermeier. Warum bin ich nicht gefragt worden? Schließlich ist das meine Abteilung!«

»Sie sind krank, vergessen Sie das nicht!«

»Wie alt ist Frau Eisele?«

»Das weiß ich nicht so genau. Ich hab die Personalakte noch nicht angesehen. Aber ich schätze mal, dass sie so neunzehn oder zwanzig Jahre alt ist.«

Tina sagte: »Ich melde mich wieder. Auf Wiedersehn, Herr Hallermeier!« Sie legte auf.

Gedankenverloren ging sie zur Treppe und schrie auf: »Poldi! Um Gottes willen! Die Wolle!« Poldi hatte sich an dem Karton mit der Wolle zu schaffen gemacht und etliche Knäuel herausgezogen. Triumphierend wie ein Torero trug er eins davon zu seinem Körbchen. Als er Tina hörte, ließ er es fallen und sah sie hechelnd und schwanzwedelnd an. Es schien, als ob er begeistert darüber wäre, so einen Fang gemacht zu haben. Tina ging auf ihn zu und bückte sich, um das Knäuel aufzuheben. Er schnappte es sich und rannte damit davon. Wieder blieb er stehen und schwänzelte. Als Tina auf ihn zuging, rannte er zwischen ihren Beinen hindurch ins Wohnzimmer. Ganz offensichtlich wollte er spielen.

Aber Tina war jetzt ganz und gar nicht danach zumute. Deshalb ließ sie ihn gewähren und setzte sich auf die Couch. Beinahe teilnahmslos sah sie ihm zu, wie er das Knäuel in sein Körbchen brachte, um es dort zu zerlegen. Im Moment war Tina dies so ziemlich egal. Sie hatte andere Sorgen.

Sie stand auf und ging in den Flur. Dort sammelte sie die Wolle ein, die herausgefallen und von Poldi sorgsam verstreut worden war. Schließlich nahm sie den Karton und trug ihn ins Wohnzimmer. Dort suchte sie die Wolle heraus, die sie brauchte. Danach ging sie in ihr Büro, um die passenden Nadeln zu holen. Frieda hatte dort alle untergebracht. Dann begann sie zu stricken. Sie zählte mit, aber ihre Gedanken waren woanders. Plötzlich merkte sie, dass sie sich verzählt hatte. *Herrschaftszeiten noch einmal! Jetzt muss ich von vorne anfangen!*

Sie trennte das bisher Gestrickte, das ohnehin nicht viel war, wieder auf und begann von vorne. Ich wart jetzt noch, bis Frieda wieder da ist und fahr dann ins Büro. Ich muss diese Frau sehen! Ich werde denen schon zeigen, wer der Herr im Haus ist! Außerdem muss ich schauen, was die Spurensicherung und die Gerichtsmedizin sagen. Diese Eveline. Wer die wohl umgebracht hat und warum? Kann es sein, dass es einer ihrer Brüder war? Es wäre nicht das erste Mal, dass sich Geschwister gegenseitig umbringen. Man denke nur an Kain und Abel! Sie wurde erschlagen. Aber womit? Mit einem Stein? Es lagen ja genügend dort herum. Ein Kinderspiel, einen davon zu nehmen, um jemandem den Schädel einzuschlagen. Warum war sie dort? Wollte sie jemanden treffen? Aber wen? Ein Bruder von ihr kann es wohl kaum gewesen sein. Den hätte sie ja im Büro ansprechen können. Aber wen dann? Ihre Mutter? Vielleicht? Aber erschlägt eine Mutter ihr Kind? Allerdings – wenn ich mir genau überlege, wie Frau Grau ihre Tochter behandelt hat? »Geh spielen!«, hat sie zu ihr gesagt. »Geh spielen!« zu einer erwachsenen Frau! Da ist sicher so einiges im Argen in der Familie. Pleite sind sie auch. Da kommt das Erbe wohl gerade recht. Aber wissen die überhaupt von der Plantage?

Wieder verzählte sie sich. Sie warf das Strickzeug beiseite und stand auf. Unruhig lief sie auf und ab. *Wo Frieda nur bleibt? Sie habe nur etwas einzukaufen, hat sie gesagt. Aber ich kenn sie ja. Wenn die jemanden trifft, den sie kennt …*

Sie hörte eine Wagentür zuschlagen. *Frieda! Endlich ist sie da!* Als Tina die Haustür hörte, rannte sie in den Flur. »Endlich bist ja do!«, begrüßte sie Frieda.

»No des is aba a freindlicha Empfang?«, meinte Frieda entrüstet.

»I woat scho a ganze Stund auf di! I muaß ins Büro!«

»So long woar i aa wieda nit furt. Stö da vur, i hob de oide Maierin troffn. De hot ma vozöht, dass …«

»I hob iatz koa Zeit meah. I muaß ins Büro«, unterbrach Tina sie und packte den Autoschlüssel, den Frieda noch in der Hand hielt.

Kopfschüttelnd blickte Frieda Tina nach, wie sie das Haus verließ.

Als Tina das Büro betrat, sah sie zu ihrem Erstaunen, dass Bärbel auf ihrem Platz hockte. Auf Bärbels Platz saß eins der zauberhaftesten Mädchen, das sie je gesehen hatte. Ohne es zu wollen, war Tina gleich von ihr eingenommen. Ein Mädchen, in das man sich sofort verlieben musste. Klein und zierlich. Beinahe wie eine Puppe aus Tinas Kindheit. Schlank und doch kräftig, lange, bis über die Hüften herabreichende blonde Haare und blaue Augen. Blau wie der tiefste See. Der Mund, zartrosa, wie eine frisch aufgeblühte Rose in ihrem Garten. Sie trug keinen Lippenstift und keine Schminke. Das hatte sie auch nicht nötig.

Das Mädchen stand auf und kam zu ihr. Sie gab Tina die Hand und sagte: »Sie müssen Frau Major Gründlich sein. Genauso hat Sie mir Bärbel beschrieben.« Die Stimme! Diese Stimme! Klar und hell, wie eine plätschernde Quelle. Irgendwie machte sie aber auch den Eindruck eines Kindes. Eines kleinen Schulkindes. Wie sie da vor ihr stand, mit einem Kleid, das der Witterung draußen nicht im Geringsten entsprach. Ihr musste doch kalt sein. Sie musste doch frieren. In diesem leichten Kleid, das aus feinem Stoff bestand. Helllila, mit rosa und hellblauen Blumen darauf. Eine Bluse, die mehr zeigte, als sie verbarg. War das Absicht? Tina starrte sie zunächst nur wortlos an, ehe sie dem Mädchen ebenfalls die Hand gab und antwortete: »Ja, ich bin Frau Gründlich. Sie sind sicher Frau Eisele?«

»Veronika. Sie dürfen Vroni zu mir sagen. Ich hab das mit Bärbel auch so ausgemacht.«

Tina setzte sich auf den Besucherstuhl.

Bärbel sah sie an und fragte: »Was tust du eigentlich hier? Du bist doch krankgeschrieben?«

»Ja, das hab ich mich auch schon gefragt. Herr Steiger hat mir gesagt, dass ich hier Bärbel zur Hand gehen soll, bis Sie wieder auf dem Damm sind«, sagte Vroni und hielt sich im selben Moment die Hand vor den Mund.

»Entschuldigen Sie«, sagte sie, »ich wollte mich nicht einmischen. Aber manchmal geht mein Mundwerk schneller als mein Hirn.«

»Schon gut.« Tina lächelte sie an. »Mir geht's auch manchmal so und Bärbel ebenfalls.«

»Frau Gründlich?«, fragte Vroni.

»Ja, bitte?«

»Ich weiß, es ist eigentlich unkorrekt, da Sie ja bereits Major sind. Aber ich möchte Sie fragen, ob ich Sie nicht auch Tina nennen darf? Frau Gründlich klingt so förmlich, so abweisend, so kalt.«

Tina überlegte kurz: *Soll ich ihr das jetzt schon zugestehen? Wir kennen uns ja kaum. Untergräbt das nicht meine Autorität? Ich mag das sonst doch nicht. Aber sie ist eigentlich ein liebes Mädel. Aber reicht Sympathie? Schubse ich sie damit nicht weg von mir und …? Ach was!*

»Ausnahmsweise. Normalerweise mag ich das nicht. Aber bei Ihnen kann ich, glaube ich, eine Ausnahme machen. Aber ich warne Sie. Das ist kein Freibrief für irgendwelchen Unsinn«, sagte sie und drückte die Hand, die immer noch in ihrer lag.

»Ich mach schon keinen Blödsinn! Versprochen, Tina!«, sagte Vroni und lächelte Tina an.

Tina lächelte zurück und antwortete: »Gut, ich verlass mich drauf. Bringen Sie uns bitte einen Braunen?«

»Mit oder ohne Schlag?«, fragte Vroni und lächelte wieder.

»Ohne Schlag bitte«, antwortete Bärbel, und Tina sagte: »Mir bitte auch ohne.«

»Kommt sofort!«, rief Vroni und eilte aus dem Büro.

»Wos soggst?«, fragte Bärbel, als sie alleine waren.

»Wos soy i song?«

»No zu da Vroni. Se is a liabs Maderl, moanst nit?«

»Des muaß se erscht no zoang. Se is ja bloß do, weils an Job mochn wü.«

»Aba sunst is se eh recht onschaulich?«, fragte Bärbel.

»Wia moanst iatz des?«

»I hob doch gsechn, wia du se ongschaut host. Auszong hättst se boid mit deine Blick.«

»Bist ebba eifersüchtig?«, fragte Tina.

»Naa, i doch nit!«, sagte Bärbel und lachte.

Tina sah aber ganz deutlich die Zweifel in Bärbels Augen. Um abzulenken, fragte sie: »Und? Wia weit bist mit dem Foi?«

»So, der Braune!«, unterbrach Vroni und kam mit zwei Bechern Kaffee herein. Einen stellte sie vor Tina und den anderen vor Bärbel auf den Tisch.

»Und Sie? Trinken Sie keinen Kaffee?«, fragte Tina.

»Nein, der ist nicht gut für die Haut«, antwortete sie und tätschelte ihre zartrosa Wangen.

Tina nahm den Becher und trank einen Schluck. »Also? Wie weit bist du mit dem Fall?«, fragte sie abermals.

»Noch nicht besonders weit. Ich hab …«

»Aber Hallermeier hat mir doch gesagt, dass du gut vorwärtskommst?«, meinte Tina.

»Na so weit bin ich auch noch nicht. Aber ich hab da ein paar interessante Details herausbekommen. Diese Eveline, die Tochter vom Einsiedler, die hat …«

»Ein Einsiedler? Wo lebt der denn? Ist der tot? Was hat man mit ihm gemacht?«, unterbrach Vroni.

»Ja, der ist tot, und wir haben den Mord aufzuklären«, erklärte ihr Tina. »Also, was ist mit Eveline?«, fragte sie Bärbel.

»Also, diese Eveline wusste von der Plantage. Sie hat …«

»Wieso wusste sie davon?«, unterbrach sie Tina.

»Woher sie das wusste, kann ich nicht genau sagen. Ich weiß nur, dass die Steuerprüfung bei denen im Haus war und dort die Zusammenhänge zwischen der Supermarktkette und der Plantage festgestellt hat.«

»Eveline ist jetzt auch tot«, sagte Tina trocken.

»Ja, das weiß ich. Vielleicht hat das ja alles miteinander zu tun? Ich denk, wir sollten die beiden Fälle zusammenlegen«, meinte Bärbel.

»Das denke ich auch. Schließlich ist das ja dieselbe Familie«, gab ihr Tina recht.

»Gibst du mir dann bitte die Infos, die du hast?«, bat Bärbel.

»Ja, kannst du haben. Viel ist es ja nicht, aber …«

»Das macht nichts. Was fehlt, kann ich sicher noch rauskriegen!«, unterbrach Vroni offenbar energiegeladen.

Tina sah sie vorwurfsvoll an.

Vroni bemerkte dies scheinbar, denn sie fügte hinzu: »Entschuldigung. Ich wollte nicht …«

»Schon gut, Vroni. Vielen Dank für Ihren Eifer! Aber was Sie zu tun haben, sagen wir Ihnen dann schon«, erklärte Tina milde lächelnd. »Aber jetzt habe ich noch ein paar Fragen an Sie«, fügte Tina hinzu.

»Und die wären?«

»Wie alt sind Sie, und wie sind Sie zu Ihrem Job bei uns gekommen?«

»Ich bin einundzwanzig Jahre alt, habe vor einem Jahr die Matura mit einem Schnitt von eins Komma zwei abgelegt und bin jetzt auf der Suche nach dem richtigen Beruf für mich.«

»Und wie sind Sie zu uns gekommen?«, wiederholte Tina ihre Frage.

»Nun, das war eigentlich ganz einfach. Ich hab mich bei der Studentenhilfe angemeldet, und die haben mir dann weitergeholfen. Ich hab nach einer gewissen Zeit ein Schreiben vom Justizministerium bekommen, dass ich mich bei Hofrat Steiger melden soll. Das hab ich dann getan, und gestern hat man mir Bescheid gegeben, dass ich hierherkommen soll.«

»Warum wollen Sie ausgerechnet zur Polizei?«

»Das weiß ich eben noch nicht, ob ich das will. Ich hab in vier Wochen einen Termin in einer Anwaltskanzlei, wo ich ein Praktikum absolvieren darf. Ich bin nämlich noch am Überlegen, ob ich in die Exekutive oder in die Judikative gehen soll.«

»Und was denken Sie?«

»Ich hab mir noch keine Gedanken gemacht, was wohl besser ist. Aber ich glaub, hier bei euch ist es spannender.«

»Dass Sie sich da mal nicht täuschen«, meinte Bärbel mit einem Augenzwinkern. Zu Tina sagte sie: »Gibst du mir jetzt bitte die Infos, die du hast?«

Tina erzählte Bärbel alles, was sie wusste. Viel war es tatsächlich nicht, aber Bärbel schrieb eifrig mit. Als Tina fertig war, fragte sie: »Wie sieht es aus mit der Gerichtsmedizin und der Spurensicherung? Haben die schon einen Bericht geschickt?«

»Die Spurensicherung hat ihren Bericht fertig. Otto dagegen noch nicht. Er hat mir aber einen kleinen Einblick gegeben. Demnach muss Eveline mit einem schwertähnlichen Gegenstand erschlagen worden sein. Also ein scharfer Gegenstand. In den Schädel wurden Löcher geschlagen. Dann hat man ihn auch noch gespalten.«

»Wie oft hat man auf sie eingeschlagen?«

»Zwei- oder dreimal. Genaueres konnte mir Otto noch nicht sagen. Nur dass sie auch Abwehrspuren am Arm hat. Sie muss sich heftig gewehrt haben, was auch die Spurensicherung bestätigt. Blut von ihr wurde sowohl am Boden als auch an den Wänden und am Altargitter festgestellt.«

»Fingerabdrücke? Genetische Spuren? Sonst irgendwas? Die Tatwaffe vielleicht?«

»Nein, nichts dergleichen.«

»Wo hat die Spurensicherung überall gesucht? Waren die auch am Blausee oben?«

Bärbel sah noch einmal in den Bericht, der vor ihr auf dem Bildschirm zu lesen war. Es dauerte nur eine halbe Minute, bis sie den Kopf schüttelte und sagte: »Nein, da steht jedenfalls nichts davon drin.«

»Ich fahr da selber noch einmal hin. Ich möchte eh noch mit der Frau Brummer reden. Außerdem könnt's ja sein, dass der Täter die Tatwaffe, also das Schwert oder so, in den See geworfen hat.«

»Du wirst doch nicht in den See reingehen?«, fragte Bärbel entsetzt.

»Ich bin doch nicht deppert! Bei der Kälte? Aber vielleicht sieht man das Teil vom Ufer aus. Der See ist ja nicht tief.« Tina stand auf.

»Darf ich mitkommen?«, fragte Vroni.

»Warum wollen Sie mit?«, fragte Tina erstaunt.

»Ich will doch alles mitbekommen, was mit der Arbeit bei der Kripo zu tun hat. Nur so kann ich entscheiden, ob das der richtige Beruf für mich ist. Bitte, bitte! Nehmen Sie mich mit. Büttee!«

Sie legte dabei die Hände bittend aufeinander und sah Tina mit ihren blauen Augen so treuherzig an, dass sie unmöglich Nein sagen konnte. Im Übrigen konnte es sicher nicht schaden, wenn Vroni auch mitbekam, dass die Polizeiarbeit aus mehr bestand, als nur Verbrecher zu jagen und Schreibarbeiten zu erledigen.

»Also gut. Kommen Sie mit. Ziehen Sie sich aber etwas Warmes an. Draußen ist es saukalt.«

»Danke«, sagte Vroni, und es war mehr gehaucht als gesprochen. Sie schaute Tina mit einem dankbaren Blick an und ging zum Kleiderständer, von dem sie sich einen Mantel holte, der offenbar gefüttert war und sicher der Kälte draußen standhielte. Das Einzige, was Tina dabei nicht so sehr gefiel, war das dünne Kleidchen, das Vroni anhatte. »Mit dem Kleid könnten Sie sich aber arg verkühlen. Ist Ihnen das denn nicht zu kalt?«

»Ach wo! Das geht schon. Ich bin ja auch mit dem Zug hergefahren, und da ging's auch.«

»Apropos. Woher kommen Sie eigentlich?«

»Ich bin aus Adnet bei Salzburg.«

»Aha? Da fahren Sie dann jeden Tag hin und her?«

»Nein, Herr Steiger hat mir gesagt, dass ich vielleicht bei Ihnen wohnen könnte. Sie haben ja zwei Kinder, wie er mir sagte, und die müssten dann eben gemeinsam in ein Zimmer, damit ich Platz hab.«

Tina wandte sich zu Bärbel und fragte: »Hast du das gewusst?«

Bärbel grinste. »Ja, hab ich. Ich hab auch schon mit Onkel Ernst gesprochen. Er meinte, er würde dafür aufkommen.«

Tina sagte nichts mehr und winkte Vroni zu. »Also los, gehen wir.« Beim Einsteigen fiel Tina auf, dass Vroni nur leichte Ballerinas anhatte. Während sie das Auto anließ, fragte sie: »Welche Schuhgröße haben Sie?«

»Sechsunddreißig. Warum?«

»Nun, ich denke, wir sollten erst mal bei mir daheim vorbeifahren und Ihnen warme Schuhe anziehen. Mit diesen Dingern bekommen Sie garantiert kalte Füße in Sulzau.«

»Kalte Füße? Nein, sicher nicht.«

»Trotzdem. Außerdem kann ich Ihnen gleich zeigen, wo Sie wohnen werden.«

»Da bin ich aber mal gespannt! Wie alt sind denn Ihre Kinder?«

»Tommy ist jetzt dreizehn und Kathi zehn Jahre alt.«

»Also noch in den Flegeljahren?«, fragte Vroni.

»So könnte man sagen. Aber ich befürchte, das ist erst der Anfang. Die Pubertät bei Kathi bereitet mir schon jetzt Kopfzerbrechen.«

»Tommy ist wohl schon mittendrin?«

»Ja, aber ich fürchte auch hier, dass es noch schlimmer wird. Weißt du … Entschuldigung. Wissen Sie, das ist die Zeit, in der wir Erwachsenen schwierig werden.«

»Sie dürfen mich ruhig duzen. Ich hab kein Problem damit.«

Sie waren schon bei Tinas Haus angelangt. Tina und Vroni stiegen aus und gingen zur Haustür.

»Do bist ja endlich!«, sagte Frieda leicht vorwurfsvoll, als sie ins Haus kamen. »Wen host ma do mitbrocht?«, fragte sie noch und begutachtete Vroni von oben bis unten.

»Das ist Vroni, also Veronika Eisele. Sie wird ein paar Wochen unser Gast sein. Ernst hat das so angeordnet.«

»Ja spinnt dea iatz ganz? Dea woaß doch, dass mia koan Plotz nit hom!«, rief Frieda erschrocken aus.

»Das muss irgendwie gehen. Die Kinder müssen dann eben zusammenrücken«, sagte Tina. Plötzlich ertönte ein schriller Pfiff von der Wohnzimmertür her.

»Hi, Mama! Was hast du uns da für einen heißen Feger mitgebracht?«, fragte Tommy und grinste.

Tina zeigte auf ihn und sagte zu Vroni: »Darf ich vorstellen? Unser pubertärer Tommy.«

Zu Tommy sagte sie: »Das ist Vroni und ab sofort unser Gast. Sie wohnt in deinem Zimmer, und du ziehst zu Kathi. Die hat mehr Platz als du.«

»Warum darf ich nicht in meinem Zimmer bleiben? Ich hab nichts dagegen, wenn sie in meinem Bett schläft«, sagte er und grinste wieder.

Frieda war nach oben gegangen und richtete das Zimmer für Vroni her. »Wo hast du dein Gepäck?«, fragte Tina Vroni.

»Das hab ich am Bahnhof in ein Schließfach gegeben. Ich wollt's nicht mit in die Dienststelle nehmen.«

»Gut, das holen wir dann später. Jetzt such ich dir noch Schuhe raus.«

»Aber das braucht's doch nicht«, widersprach Vroni.

»Doch, das braucht's. Keine Widerrede.« Tina ging in den Keller und suchte unter ihren Winterschuhen nach einem passenden Paar für Vroni. Sie gab sie ihr. Vroni zog sie widerstandslos an. Sie hatte schon bemerkt, dass Tina Widerspruch nicht mochte.

»Passen wie angegossen!«, strahlte sie Tina an.

»Die kannst du behalten. Ich hab noch mehr davon«, sagte Tina darauf.

Sie fuhren nach Sulzau zum Gasthof Siggen. Tina stellte den Wagen am Parkplatz schräg gegenüber der Gaststätte ab. Sie zeigte zur Kapelle, die etwa einhundertfünfzig Meter weiter oben lag, und erklärte: »Das da oben ist unser Tatort. Dort wurde die Leiche gefunden.«

»Gehen wir da auch rauf? Ich möchte mir die Kapelle mal genau anschaun.«

»Ja, natürlich. Wir gehen auch zum Blausee rauf. Das ist nicht weit. Nur etwa zehn Minuten. Eben dafür brauchst du festes Schuhwerk.«

Sie betraten die Gaststätte. Gleich geradeaus befand sich die Registrierkasse. Dort stand eine Frau, die Tina zwar kannte, aber im Moment nicht zuordnen konnte. Sie sah gut aus. Beinahe wie eine Wirtin aus dem Bilderbuch. Aber bei näherem Hinsehen doch nicht ganz. Sie war nicht groß, ein gutes Stück kleiner als Tina. Blonde Haare hatte sie und blaue Augen, die strahlten wie Sterne. Erst als die Frau neugierig auf sie zukam, erkannte sie sie. »Sie sind doch Frau Brummer, nicht wahr?«, fragte Tina.

»Ja, die bin ich.«

»Ich hab Sie ganz anders in Erinnerung. Ich war schon ein paarmal mit den Kindern hier. Das ist aber schon eine Weile her. Sie waren damals, wie soll ich sagen …«

»Dicker?« Frau Brummer lachte. »Ja, das war ich. Aber die viele Arbeit hier … Sie sehen ja selbst, was hier los ist. Was kann ich denn für Sie tun?«

Tina zog ihren Ausweis und zeigte ihn Frau Brummer. »Ich bin Major Gründlich von der Kripo Zell. Ich …«

»Ach! Sie sind wegen der Toten da? Ihre Kollegen sitzen da drin«, unterbrach sie Tina und zeigte auf eine Tür unweit des Eingangs.

»Ich müsste aber mit Ihnen reden, Frau Brummer. Ich hab da noch ein paar Fragen.«

»Ja?«, sagte Frau Brummer und legte den Kopf ein wenig schief. »Gehen wir doch gleich zu Ihren Kollegen rein. Josef ist auch da«, sagte sie und ging in den kleinen Gastraum, der grade groß genug war, um die Kollegen aus der Dienststelle in Neukirchen aufzunehmen. Tina und Vroni folgten ihr. Sie nahmen an einem freien Tisch Platz, der gleich hinter der Tür war. Hutterer und die anderen sahen neugierig zu ihnen herüber.

Tina grüßte: »Hallo, Herr Hutterer! Hallo, die Kollegen!«

»Grüß Gott, Frau Major!«, grüßte Hutterer zurück. Die anderen bedachten sie nur mit einem höflichen Kopfnicken. Tina beobachtete, wie sie auf Hutterer einredeten. Nur ein junger Beamter, wahrscheinlich ein Aspirant, schaute immer wieder zu ihnen herüber. Vor allem an Vroni blieb sein Blick immer wieder hängen. Als sie ihn ansah, errötete er und stierte in sein Bierglas.

Tina beachtete dies nicht und richtete ihre erste Frage an Frau Brummer: »Also, Frau Brummer, haben Sie etwas gehört oder gesehen, das uns weiterhelfen würde?«

»Sie meinen, da oben an der Kapelle? Nein, hab ich nicht. Ich hab erst raufgeschaut, als ich von dort Geschrei hörte. Dann ist auch schon ein junger Mann reingekommen und hat gesagt, nein, eigentlich geschrien, dass ich sofort die Rettung und die Polizei anrufen soll. In der Kapelle läge eine Leiche.«

»Was Sie dann auch getan haben?«

»Ja, hab ich, und dann bin ich selber rauf. Mein Gott, das arme

Maderl. Wie die ausgschaut hat, wie die in ihrem Blut glegn ist. Furchtbar, das Ganze«, erzählte sie offenbar immer noch erschüttert über den Anblick. Sie legte eine Hand auf Tinas Arm und sagte: »Die war kurz zuvor noch bei mir herinnen und hat einen Braunen getrunken.«

»Hat sie irgendetwas gesagt, oder ist Ihnen an ihr etwas aufgefallen?«

»G'sagt hat sie eigentlich nichts. Aber sie hat immer wieder auf ihr Handy gschaut. Ich weiß aber nicht, ob's wegen der Uhr war oder ob sie auf eine Nachricht gwartet hat.«

»Sie hatte also ein Handy dabei?«

»Ja, hat sie. So ein neumodisches. So ein Wischkasterl, wissens? Wir haben ja auch solche. Für die Bedienungen. Die tippen da ihre Bestellungen ein, und dann kommt die Bestellung gleich in der Küche aus dem Computer.«

Eine Bedienung schaute herein und fragte: »Ist alles in Ordnung bei euch? Brauchts noch was?«

Frau Brummer hielt sie auf, als sie wieder gehen wollte. »Maria. Bringens doch der Frau Major und der Kollegin einen Braunen.«

»Ja, sofort!«, antwortete die Bedienung und eilte davon.

»Sie mögen doch einen Braunen?«, fragte Frau Brummer Tina und Vroni.

»Nein, wir dürfen das nicht annehmen«, sagte Tina.

»Ach was! Der Josef verrät Sie schon nicht. Der kann schweigen wie ein Grab.« Sie lachte.

Vroni stupste Tina an. »Ja? Was möchst?«, fragte Tina.

»Ich weiß nicht, aber ich bin doch nur Praktikantin – sozusagen. Glauben Sie, dass ich mir ein Wasser bestellen darf?«

»Ein Wasser?«, fragte Frau Brummer. »Das können Sie gerne haben!«, sagte sie darauf und bestellte das Wasser, als die Bedienung mit dem Kaffee kam.

»Stellns den gleich zu Josef und seinen Kollegen hin. Die hätten eh einen bestellt. Der jungen Dame bringens ein Mineral«, sagte sie.

»Sie kennen die Kollegen aus Neukirchen wohl gut?«, fragte Vroni.

Tina sah sie überrascht an, sagte aber nichts dazu.

»Und ob! Die verbringen oft ihre Mittagspause bei mir. In ihrer Dienststell habens ja kaum Platz zum Stehen. Da können die sich nicht hinsetzen zum Essen«, erklärte Frau Brummer.

»So klein?«, fragte Vroni.

»Ja, so klein. Sogoar Küah in am Viehtranspurt hom mehra Plotz. Kumm oafach amoi vorbei und schaugs da on!«, rief einer der Kollegen herüber.

»Ich nehme das Angebot gerne an«, antwortete Vroni.

»Sog aba vurher Bescheid, wannst kummst. Dass ma do aa do sand. Da Beppi möcht a bisserl mit dia plaudern!«, sagte der Kollege wieder und zeigte auf den jungen Aspiranten, der prompt rot anlief und irgendetwas sagte, das bei den anderen nur schallendes Gelächter hervorrief.

Tina wandte sich wieder Frau Brummer zu und fragte: »Sie können mir also nichts mehr dazu sagen? War vielleicht ein Gast hier, den Sie noch nie gesehen haben? Einer, der vielleicht mit der jungen Frau geredet hat?«

Frau Brummer dachte kurz nach, schüttelte dann aber den Kopf. »Nein, mir ist da niemand aufgefallen. Aber Sie können gerne meine Bedienungen fragen. Vielleicht haben die ja etwas gehört oder gesehen. Wissens, bei der Menge Arbeit hier kann ich nicht auf solche Dinge achten.«

Die Bedienung kam herein und brachte Vroni das gewünschte Wasser. Vroni zog aus ihrer Manteltasche eine Geldbörse und wollte zahlen.

»Lossns des steckn. Des geht aufs Haus«, sagte Frau Brummer plötzlich im Dialekt.

»Aber das geht nicht. Das dürfen wir nicht annehmen«, protestierte Vroni.

»Du schon. Du bist ja noch keine Beamtin«, beruhigte sie Tina.

Die Wirtin wandte sich an die Bedienung. »Maria, die Polizei möchte von Ihnen etwas wissen. Können Sie sich erinnern, ob heut Vormittag jemand da war, der sich komisch benommen hat? Können Sie sich auch noch an die Frau erinnern, die später dann tot in unserer Kapelle glegn ist?«

Maria schüttelte den Kopf und antwortete: »Nein, das geht auch nicht. Ich hab keinen Dienst ghabt.«

»Ach so ja, stimmt«, sagte Frau Brummer. Vroni trank einen Schluck vom Wasser. Die Wirtin stand auf. »Ich muss jetzt wieder in die Gaststube. Ich hab zu tun.«

»Ich darf dann Ihre Bedienungen befragen?«, fragte Tina vorsichtshalber, denn sie hatte das schon mehrmals erlebt, dass es mit den Wirten Probleme gab, wenn man ihre Kellner und Serviererinnen von der Arbeit aufhielt.

»Ja, freilich dürfen Sie das. Ich schick Ihnen eine nach der anderen herein.«

Die Kollegen am anderen Tisch beobachteten sie genau, während sie die Befragung durchführte. Sie stellte allen dieselben Fragen wie der Wirtin. Leider ohne irgendwelche Ergebnisse. Plötzlich stand Hutterer auf und kam zu ihnen an den Tisch. Er legte die Hand an die Mütze, die er soeben aufgesetzt hatte. »Frau Major. Wenn ich mal kurz stören dürfte?«

Tina sah auf und schaute ihn an. »Was gibt es, Herr Hutterer?«, fragte sie.

»Frau Major, ich möchte drauf aufmerksam machen, dass wir die Befragungen schon durchgeführt haben. Den Bericht habe ich bereits weitergeleitet.«

»Das sagen Sie erst jetzt? Sie lassen uns hier arbeiten und erklären mir erst jetzt, dass Sie das alles schon erledigt haben?«

»Jawohl, Frau Major! Ich wusste nicht, dass Sie dieselben Fragen stellen würden wie wir. Deshalb habe ich abgewartet.«

»Also, Herr Hutterer, bei allem Verständnis. Aber Sie hätten mir das trotzdem sagen müssen.«

»Jawohl, Frau Major. Ich war eben der Meinung, dass ich …«

»Also, Herr Hutterer, seien Sie mir nicht böse. Ihre Meinung interessiert mich jetzt überhaupt nicht. Ich habe anderes zu tun, als doppelte Fragen zu stellen.«

»Jawohl, Frau Major!«

Tina war jetzt richtig wütend, was ihr auch anzusehen war. Hutterer grüßte noch einmal militärisch und ging an seinen Platz zurück. Tina hörte nur noch leises Murmeln von den Kollegen. Wahrscheinlich unterhielten sie sich jetzt über Tinas Reaktion. Eigentlich mochte und schätzte sie Hutterer. Aber so etwas durfte nicht passieren.

Vroni sah sie nachdenklich an.

»Was ist?«, fragte Tina gereizt.

»Nichts. Ich meine nur …«

»Was meinst du?«, fragte Tina.

»Ich meine, der Kollege hat es bestimmt nicht böse gemeint. Es war halt nur ein Versehen.«

»Das ist kein Versehen mehr, das ist Schlamperei!«, sagte Tina mit einem wütenden Blick zu den Kollegen hinüber.

Sie stand auf und ging hinaus.

Vroni folgte ihr. Draußen fragte Vroni: »Sind Sie immer so streng zu den Leuten?«

»Wenn sie Blödsinn machen, muss das sein. Das geht nicht anders«, antwortete Tina immer noch wütend.

Sie verließen die Gaststätte und gingen den kurzen Weg hinauf zur Kapelle. Vroni blieb staunend stehen und schaute sie sich an. Dazu meinte sie: »Wow! Wie alt die wohl ist?«

»Das kann ich dir genau sagen. Die Kapelle steht hier seit sechzehnhundertsechsundachtzig. Sie wurde damals gebaut, weil … Ist ja auch egal«, sagte Tina und winkte ab.

Während Tina die Steinstufen zur Tür hinaufging, strich Vroni über die uralten Balken, aus denen die Kapelle gezimmert war. »Was die wohl schon alles erlebt hat?«, sinnierte sie.

»So einiges. Davon kannst du ausgehen. Hochwasser, Stürme

und was weiß ich noch alles. Jetzt komm aber mit rein«, sagte Tina und brach das Siegel.

Vroni kam die Treppe ebenfalls hoch, während Tina die Tür öffnete. Es dauerte eine Weile, bis sich ihre Augen an das Halbdunkel gewöhnt hatten. Vroni blieb in der Tür stehen und staunte wieder. »Das ist aber schön hier. Das alte Kreuz, die Bilder an den Wänden. Wozu ist eigentlich das blaue Gitter vor dem Altar?«

»Das weiß ich nicht, aber ich vermute mal, das ist deswegen angebracht, damit man keine Kerzen auf den Altar stellen kann. Sonst könnte die Kapelle ja abbrennen.« Tinas Augen hatten sich an die Dunkelheit gewöhnt. Sie sah sich um und bemerkte erst jetzt, dass sie mitten in der eingetrockneten Blutlache stand. Schnell ging sie einen Schritt zurück und rempelte dabei Vroni an, die ihrerseits ein wenig stolperte und sich an einer der Holzbänke festhielt. Es blieb dabei nicht aus, dass sie die Holzbank leicht verschob. Es rumpelte nur leicht, aber Vroni erschrak. »Hab ich jetzt was kaputt gemacht?«, fragte sie.

»Nein, ich glaub nicht. Die Bänke stehen nur locker, weil die Spurensicherung daran rumgebastelt hat.«

Sie verließen die Kapelle wieder. Tina versiegelte die Türe. »So, und jetzt gehen wir rauf zum Blausee. Mal sehen, ob wir da etwas finden«, sagte sie.

»War denn die Spurensicherung nicht schon da oben?«

»Nein, war sie nicht. Darum gehen wir beide jetzt da rauf.«

»Ist das weit?«

»Nein, nur zehn Minuten, dann sind wir oben. Ich kann dir jetzt schon versprechen, du wirst staunen.« Sie gingen nebeneinander den Weg hinauf, der nur am Anfang ein wenig steil war. Nach etwa zweihundert Metern wurde er flacher. Vroni staunte wirklich. Links vom Weg führte eine steile Felswand nach oben, an der sich einige Bäume regelrecht mit ihren Wurzeln festklammerten. Rechts ging es ebenso steil nach unten, wo man einen Wildbach rauschen sah. Fast ganz oben angelangt, konnte man nach rechts auf eine Kanzel gehen, von der man einen Blick in die Schlucht und auf die Geschiebesperre werfen konnte. Tina merkte sofort, dass es Vroni dorthin zog. »Bleib da. Dafür haben wir jetzt keine Zeit. Ich komm später mal mit dir her und zeig dir alles.«

»Wirklich? Wann hast du dafür Zeit?«, sagte Vroni erfreut.

»Das weiß ich noch nicht. Aber ich denke, schon bald.«

»Wo kommt eigentlich das viele Wasser her?«, fragte Vroni nach einer Weile.

Tina zeigte zu den Bergen und Hügeln, die in einiger Entfernung zu sehen waren, und erklärte: »Von da hinten kommt ein Teil und dann noch aus ein paar Quellen, die auch den See speisen.«

»Quellen? Richtige Quellen? Kommen die aus dem Berg?«

»Ja. Du wirst sie gleich sehen. Jetzt komm aber, wir müssen weiter.«

Sie gingen noch etwa hundert Meter, dann tat sich ein Tal vor ihnen auf. Nicht groß, aber immerhin. Hier war schon ein Teil des Sees zu sehen, aber Tina drängte Vroni, die immer wieder staunend stehen blieb, weiterzugehen. »Jetzt komm schon. Da hinten ist es noch schöner.«

Vroni blieb erneut stehen und sah sich um. Sie sagte dazu: »Hier muss das Ende der Welt sein. Schöner geht's doch gar nimmer.«

»Doch, geht schon. Aber hier ist nicht das Ende der Welt, sondern der Anfang vom Paradies.«

Nach weiteren Hundert Metern war der See zu sehen. Wieder blieb Vroni stehen und meinte: »Du hast recht. Hier ist es wunderschön.«

»Aber saukalt. Komm jetzt!«, drängte Tina wieder. Tina war gar nicht aufgefallen, dass Vroni sie plötzlich duzte. Im Moment war das ohnehin egal. Tina ging voraus bis zur Viehsperre, die eingerichtet wurde, damit die Kühe, die im Sommer hier herumliefen, ihre Haufen nicht ausgerechnet auf der Liegewiese am See ablegten. Sie öffnete sie und ging hindurch. Vroni folgte ihr.

»Was suchen wir hier eigentlich?«, fragte Vroni, nachdem Tina ein Stück am Ufer entlanggegangen war und nun angestrengt ins Wasser blickte.

»Das weiß ich nicht. Das kann ich erst sagen, wenn wir es gefunden haben.«

»Kann ich irgendwie helfen?«

»Ja, schau einfach ins Wasser, ob du irgendetwas erkennst, das da nicht hingehört.«

»Direkt am Ufer?«

»Nein. Besser weiter hinein. Wenn jemand da etwas reingeworfen hat, dann sicher nicht gleich am Ufer.«

»Und wenn wir was gefunden haben?«

»Dann holen wir es heraus.«

»Das ist jetzt nicht dein Ernst, oder?«

»Doch! Aber schau mal da!«, sagte Tina und zeigte ins Wasser. Etliche Meter vom Ufer entfernt lag tatsächlich etwas, das da sicher nicht hineingehörte. Tina vermutete zunächst ein Messer oder ein Beil. Da das Wasser wie im ganzen See nicht allzu tief war, konnte man deutlich sehen, was am Grund lag. Tina begann sich auszuziehen.

»Was machst du denn da?«, fragte Vroni entsetzt.

»Nach was sieht es denn aus?«

»Du ziehst dich doch wohl jetzt nicht hier aus? Es ist saukalt, und du holst dir noch den Tod!«

Kapitel 8

Tina entledigte sich all ihrer Sachen. Sowohl den Mantel als auch die Hose, den Pulli und die Schuhe zog sie aus. Schließlich war sie nackt bis auf die Unterwäsche. Vroni sah ihr sprachlos zu. Tina sah sie an und sagte: »Steh hier nicht so rum! Lauf runter zu Frau Brummer und hol mir ein Handtuch! Ein großes bitte.«

Ohne eine Antwort abzuwarten, stieg Tina vorsichtig ins Wasser. Schon als sie die Zehen hineinstreckte, zog sie sie sofort wieder raus. Dann machte sie den ersten Schritt, dann den nächsten, und plötzlich stand sie etwa fünf Meter vom Ufer entfernt im Wasser, das ihr hier nur bis zum Schritt ging. Sie hielt die Luft an und ging in die Kniebeuge. Das Wasser ging ihr bis zum Hals. Sie begann Schwimmbewegungen zu machen. Sie bewegte sich schnell, immer schneller, damit ihr Körper nicht sofort auskühlte. Nur ein paar Schwimmzüge, dann stellte sie sich wieder auf. Als sie zum Ufer sah, stand Vroni immer noch fassungslos dort. »Was ist jetzt? Los, beeil dich!«, rief Tina ihr zu.

Vroni drehte sich um und rannte los.

Tina schaute angestrengt ins Wasser, wo sie vorhin dieses metallene Glitzern gesehen hatte. Es war nur ein paar Schritte von ihr entfernt. Sie ging hin und blieb davor stehen. Sie überlegte. *Soll ich, oder soll ich nicht? Ich weiß nicht so recht. Wenn ich mich jetzt bis über den Kopf nass mache? Was ist dann? Ach was soll's! Ich muss es tun!*

Kurzerhand bückte sie sich und ging auch mit dem Kopf unter Wasser. Sie blickte um sich, bis sie das Teil sah. Es machte den Eindruck, als ob es eine Gehrungssäge oder Ähnliches wäre. Sie nahm es und hob es auf. Als sie sich aufgerichtet hatte, hielt sie das Teil hoch und betrachtete es eingehend. *Eine Säge ist das wohl nicht? Es hat keine Zähne. Nur dieser Spitz da oben. Wozu ist der wohl gut? Was ist das überhaupt für ein Teil?*

Sie wandte sich um und watete zum Ufer. Erst jetzt bemerkte sie, wie sehr sie fror. Die Zähne klapperten aufeinander, und durch den Körper zog ein Schmerz wie aus Tausenden Nadelstichen. Sie watete weiter und weiter. Endlich war sie nur noch ein paar Schritte vom Ufer entfernt. Sie hörte jemanden rufen. Sie blickte in die Richtung der Viehsperre und sah Vroni mit Frau Brummer auf sich zukommen.

Frau Brummer trug ein dickes Bündel unter dem Arm, das sie fallen ließ, als sie am Ufer in Tinas Nähe ankam. Ohne lange zu überlegen, stieg sie in das kalte Wasser und packte Tina am Arm. So zog sie sie aus dem See. Dabei schimpfte sie fortwährend: »Du dumms Maderl, du! Wos mochst denn füa Sochn? Iatz wo da Winta kimmt, steigst du in den See nei! Woasst du übahaupt wia koit dea is?«

»Naa, aba i spürs!«, antwortete Tina zähneklappernd. Das kalte Wasser lief ihr aus den Haaren triefend über ihr Gesicht. Die Lippen waren blau angelaufen, und auf ihrer Haut bildete sich Gänsehaut. Frau Brummer bückte sich und holte ein Badehandtuch aus dem Bündel, das sie fallen gelassen hatte. Sie legte es um Tina und begann sie damit abzurubbeln. Tinas Haut brannte förmlich, aber es tat ihr gut, so umsorgt zu werden. Als Frau Brummer anfing, ihre Haare zu trocknen, nahm ihr Tina das Handtuch aus der Hand. »Danke, Frau Brummer, das mach ich schon«, sagte sie.

Frau Brummer trat einen Schritt zurück und ließ Tina gewähren. Nach ein paar Minuten sagte sie: »Iatz ziahg amoi dei Wäsch aus. Es is grod koana in da Näh, und voa uns brauchst di nit schamma.«

Tina schaute zu Vroni hinüber und hatte ein seltsames Gefühl dabei, als sie sah, wie Vroni sie beobachtete.

»Iatz moch scho!«, drängelte Frau Brummer und begann am Verschluss von Tinas BH zu nesteln. Sie schaffte es, ihn zu öffnen und Tina abzunehmen. Den Slip zog Tina selbst aus. Frau Brummer nahm eine Decke, die ebenfalls Bestandteil des Bündels war, und legte sie Tina um die Schultern. Tina hatte immer noch das Teil, das sie aus dem Wasser gefischt hatte, in der Hand und betrachtete es.

Frau Brummer wurde ebenfalls darauf aufmerksam und fragte sie: »Wo host denn des her?«

»Des woar im Wossa gleng. Desweng bin i jo einiganga. Kenna Sie mia song, wos des is?«

»Des kon i woih. Des is a sogenannte Streuheppe. De braucht ma zum Auslichtn vo Sträucher. So wos Ähnlichs wia a Machetn, vostehst? Bloß hoit a wengal kürza.«

Tina nickte. Erst jetzt erkannte sie, dass diese Streuheppe auf der Seite, wo eigentlich Sägezähne hätten sein sollen, wenn es denn eine Gehrungssäge gewesen wäre, eine scharfe Klinge hatte.

Frau Brummer wickelte Tina fest in die Decke ein und führte sie vom Wasser weg. »So, mia zwoa gengan iatz owe ins Wirtshaus. Do moch i dia an hoaßn Tee und du wärmst di auf.« Tina zitterte am ganzen Körper, während sie hinuntergingen. Vroni hatte eine zweite Decke, die wohl Frau Brummer ebenfalls mitgebracht hatte und trug sie hinterher. Dazu hatte sie sich noch ein zweites Bündel unter den Arm geklemmt.

Plötzlich blieb Tina stehen und drehte sich um. Sie rief Vroni zu: »Meine Sochn! Mei Onziahng. Host des mitgnumma?«

»Ja, hab ich«, antwortete Vroni. Tina schnaufte erleichtert durch. Jetzt bemerkte sie, dass sie barfuß lief. Sie hatte ihre Schuhe nicht angezogen. Wieder blieb sie stehen und drehte sich zu Vroni um. »Meine Schuhe. Hast du meine Schuhe auch dabei?«

»Ja, hab ich«, antwortete Vroni und brachte Tina ihre Schuhe. Tina streifte die Decke ab und zog ihre Schuhe an. Frau Brummer stand kopfschüttelnd daneben. »Iatz geh weida! Ziag de Deckn wieda üba«, sagte sie missmutig und legte Tina die Decke wieder über die Schultern. Tina zog sie vorne fest zusammen und ging neben Frau Brummer weiter nach unten. An der Kapelle blieb sie nur kurz stehen und bekreuzigte sich. Sie wusste selbst nicht warum, aber ihr war einfach danach.

»Iatz geh hoit«, drängte Frau Brummer und zog sie mit sich. Im Gasthaus brachte sie Tina zu einer Tür, auf der PRIVAT stand. Sie öffnete sie und schob Tina hinein. Drinnen saß ein Mann, der soeben aus einer Tasse wahrscheinlich Kaffee trank. Er sah Tina und Vroni an und meinte: »Ja was sind denn das für Weihnachtsengel, die du da mitbringst?«

»Des sand koane Engal, und di hoit glei da Teifi, wannst nit nauskummst in de Gaststum. Mia hom an Haufn Oabat!« Der Mann stand auf und ging zur Tür. Ehe er die Stube verließ, drehte er sich noch einmal um und grinste die beiden jungen Frauen an.

»Bist iatz no nit draußn?«, schimpfte Frau Brummer.

»Ich geh ja schon«, sagte er und ging.

Frau Brummer führte Tina zu dem Kachelofen, der in der Stube stand. Um diesen führte eine Bank, auf die Frau Brummer zeigte. »Do hock di hi. I moch da iatz an Tee, und dei Wäsch dua i in Trockna nei. In a Viertelstund sand de Sochn trockn, und du konnst as wieda onziahng.« Tina setzte sich. Vroni nahm neben ihr Platz. Tina sah sich um. Auf dem großen, quadratischen Tisch lag eine weiße Tischdecke. Vermutlich Leinen. Sie war mit bunten Mustern bestickt. Um den Tisch führte eine breite Bank, auf der Sitzkissen lagen. An den Wänden hingen alte Bilder, die wahrscheinlich die Vorfahren von Frau Brummers Familie zeigten. Der blank gescheuerte Boden war mit Fleckerlteppichen belegt.

Tina lehnte sich an den Kachelofen, der eine wohlige Wärme abstrahlte. Vom Rücken her durchzog die Wärme ihren ganzen Körper. Leise hörte man das Feuer darin knistern. Tina fühlte sich plötzlich wie daheim. Daheim bei ihren Eltern. Da war es ähnlich zu dieser Jahreszeit. Das Feuer im Ofen knisterte, und immer, wenn der Vater Holz nachlegte, strahlte es rötlich heraus. Dann setzte sich der Vater zu ihr auf die Ofenbank und erzählte ihr Geschichten aus früherer Zeit. Es war schön, da zu sitzen und zuzusehen, wie der Schnee draußen in großen Flocken herniederrieselte. Die warme Decke vermittelte ihr ein ganz ähnliches Gefühl, das knisternde Feuer, die Dunkelheit draußen, die langsam hereinbrach. Schön war es hier.

Frau Brummer kam herein und drückte Tina eine große Henkeltasse in die Hand. »Do host. A Erkötungstee. Söba gmischt. Dea wärmt di wieda auf. An Kandis hob i scho nei. Mogst a Schlückal Rum aa nei?«

»Naa, danksche! I bin mitm Auto do.«

»A wos Auto! Du foahrst heit nimma. I sog am Josef Bescheid, dea soy di hoambringa. Dea woaß gwieß eh, wo du wohnst.«

Frau Brummer ging wieder. Nur langsam wurde Tina ihre Nacktheit unter der Decke bewusst. Vroni saß neben ihr und sah sie wieder so seltsam an. Obwohl Vroni ja auch ein Mädchen, nein, eine erwachsene Frau war, fühlte sich Tina unangenehm berührt. Mit Vroni schien irgendetwas nicht zu stimmen, so wie sie Tina ansah. Neugierig und fordernd zugleich. Tina hielt den Becher mit dem Tee fest in den Händen und trank ihn in kleinen Schlucken. Es tat gut, den warmen Tee die Kehle hinunterrinnen zu spüren.

Als der Becher leer war, stellte sie ihn vor sich auf den Boden. Wieder dachte sie an früher. *Die Oma. Ja, die Oma war immer für mich da. Immer hatte sie ein gutes Wort für mich. Auch wenn Mama geschimpft hat, weil ich wieder mal tropfnass und dreckig nach Hause gekommen bin. Sie hat mich immer verteidigt. Sie war es, die …*

»Aufwachen, Tina! Aufwachen!«, rief jemand. Tina musste wohl eingeschlafen sein, denn plötzlich war Bärbel vor ihr und schüttelte sie. Neben ihr stand Frau Brummer und lächelte sie an. »Du host gschloffn wia a Dote. I woit di nit aufweckn. Do hob i an Josef ghoit, dass ea di hoambringt«

»Und dann? Wos hot da Josef gmocht? I siechn nirgends?«

»Dea hot bei eich in da Zentrale ongruafn. Ea woit di nit nackert hoamfoahrn.« Tina sah an sich herunter und bemerkte, dass ihr tatsächlich die Decke verrutscht war. Sie saß praktisch nackt da.

Frau Brummer reichte ihr lächelnd die Wäsche und meinte: »Do host. De is trockn. Iatz ziach di on. Dei Freindin wead di glei hoambringa.«

Tina nahm den Slip und den BH und zog beides an. Die Unterwäsche war noch warm. Wahrscheinlich hatte sie Frau Brummer soeben erst aus dem Trockner geholt. Auch in die andere Kleidung schlüpfte sie. Als sie damit fertig war, nahm sie die Streuheppe vom Tisch. »Hast du mal eine Tüte?«, fragte Tina Bärbel.

»Was hast du da für ein seltsames Ding?«, fragte diese und zog eine Tüte aus ihrer Manteltasche. Tina steckte die Heppe hinein.

»Das ist eine Streuheppe. Die hab ich oben im Blausee gefunden.«

»Und da bist du einfach reingehüpft und hast sie rausgeholt?«

»Ja, was hätte ich sonst tun sollen?«

»Ich wär auch reingehüpft, wenn du es mir angschafft hättst«, sagte Vroni.

Tina sah sie mitleidig lächelnd an und sagte zu ihr: »Ich hätt dich da sicher nicht reingeschickt. Wenn da was passiert wäre? Nicht auszudenken. Dein Freund oder dein Mann hätten mich wohl umbracht.«

»Das glaub ich nicht. Ich hab keinen Freund und einen Mann schon gleich gar nicht.« Wieder sah Vroni Tina so seltsam an, dass ihr ein kalter Schauer über den Rücken lief. »So, jetzt fahren wir heim«, sagte Bärbel, als Tina fertig angezogen war.

»Erst müssen wir das Ding da« – Tina zeigte auf den Fund, den Bärbel in der Hand hielt – »zur Dienststelle bringen. Die KTU muss es untersuchen. Vielleicht ist es die Tatwaffe.«

»Nichts da!«, widersprach Bärbel. »Ich bring dich heim, und diese Struppe, hast du g'sagt, bring ich nach Zell.«

»Streuheppe heißt das«, verbesserte sie Tina. »Aber du hast recht. Ich glaub, ich geh jetzt besser ins Bett«, begann sie zu näseln und nieste. Bärbel nahm Tina fürsorglich am Arm und führte sie nach draußen. Frau Brummer folgte ihnen und wartete, bis sie wegfuhren.

Als Tina wieder nieste, sah Bärbel sie besorgt an und gab Gas. »Was fährst du so schnell? Du hast keinen Notarztwagen.«

»Ich schau zu, dass ich dich heimbring. Sonst bekommst du noch eine Lungenentzündung«, antwortete Bärbel und gab noch mehr Gas. Vroni saß hinten und schwieg.

»Wieso hast du eigentlich keinen von der Feuerwehr oder dem Wasserschutz geholt? Die sind doch für solche Sachen ausgerüstet.«

»Das hätt mir zu lang gedauert. Ich wollt wissen, was das ist«, antwortete Tina und nieste wieder.

»Ach so? Und da hüpfst du einfach ins kalte Wasser, nur weil du neugierig bist und nicht warten hast können?«

»Jetzt nerv nicht!«, sagte Tina ungehalten.

»Ich nerv nicht! Ich mach mir Sorgen!«, antwortete Bärbel.

Tina dachte nach. *Eigentlich hat sie ja recht. Ich hol mir den Tod, nur weil ich neugierig bin. Was bin ich bloß für ein Trottel. Ich hätt auch warten können! Was wär gwesen, wenn ich einen Krampf gekriegt hätt, als Vroni weg war? Ersoffen wär ich! Und was wär aus den Kindern geworden? Die hätten zu Günther gemusst! Günther! Seine Strümpf! Ich muss noch seine Strümpfe stricken.*

»Jetzt fahr doch schneller. Ich muss heim!«, feuerte sie plötzlich Bärbel an.

Bärbel sah sie verwundert an und fragte überrascht: »Was soll das jetzt werden? Erst fahr ich dir zu schnell, und jetzt geht's dir nicht schnell genug?«

»Ich muss heim. Ich muss Günthers Strümpfe fertigstricken.«

Plötzlich begannen Tinas Zähne wieder zu klappern. Sie zog die Schultern zusammen und rieb sich warm.

»Ist dir wieder kalt?«, fragte Bärbel und fasste Tina mit dem Handrücken an die Stirn. »Mein Gott! Du glühst ja!«, rief sie aus.

»Sei stad und dua deine Händ wieda ans Lenkradl«, knurrte Tina. Bärbel fuhr noch schneller. »Wüst uns umbringa?«, fragte Tina plötzlich.

»Nein, ich will dich heimbringen. Du ghörst ins Bett!«

Bärbel bemühte sich, trotz ihrer Aufregeung Hochdeutsch zu sprechen, weil Vroni mit im Wagen saß.

Vor Tinas Haus hielt Bärbel an und sprang regelrecht aus dem Auto. Als sie schließlich auf Tinas Seite ankam, stand Vroni bereits an der Tür und half Tina aus dem Wagen. Tina war leichenblass und konnte sich kaum auf den Beinen halten. Gemeinsam führten beide Tina zur Haustür, die sich soeben öffnete.

Frieda kam heraus und schlug die Hände vor dem Gesicht zusammen. »Wos is denn do passiert? Tina! Kumm eini! Schnö!«

Sie packte Tina am Arm und zog sie ins Haus. Zu Bärbel sagte sie: »Wos host mit ihra ongstöt? De is jo fix und firte!«

»Do kon i nix dafüa. Des Dummerl is ins koite Wossa einighupft«, wehrte sich Bärbel.

Frieda ließ Bärbel und Vroni stehen und führte Tina ins Bad. Dort setzte sie Tina auf einen Hocker, der dort stand. Sie ließ heißes Wasser in die Wanne laufen. Bärbel war ihr zögernd gefolgt und sah zu. Auch Vroni kam hinzu und beobachtete sie Szene. »Iatz red scho! Wos is gschechn?«, fauchte Frieda Bärbel an. Bärbel erzählte ihr von dem Vorfall.

»Des hot sei miassn? Ha!? Spinnst iatz ganz? Denkst du goar nit an deine Kinda?«, fuhr Frieda Tina an.

Tina war ganz schwummrig. Dennoch hatte sie im Kopf, dass sie noch etwas zu erledigen hatte. Sie rappelte sich hoch. »I muaß … de Strümpf! I muaß doch am Günther seine Strümpf …«, stammelte sie.

»Du muaßt iatz goar nix. Du gehst iatz in de Bodwanna eini!«, widersprach Frieda und begann sie auszuziehen. Dabei warf sie einen Blick über die Schulter zu Bärbel und Vroni, die dastanden, als wären sie aus Stein. »Schauts nit so deppert! Höfts ma liaba!«, fauchte sie die beiden an. Widerstandslos ließ sich Tina entkleiden und stieg in die Wanne. Frieda gab noch etwas Kräuteröl in das Wasser, dann scheuchte sie die anderen hinaus. »Iatz losts se in Ruah. De muaß se auskuriern!« Auch sie verließ das Bad.

Tina fühlte eine wohlige Wärme, die sie durchfloss. Angenehm warm war das Wasser, und die Kräuter dufteten wie frisches Heu. Sie bewegte sich nur leicht, damit das Wasser auch an jede Stelle ihres Körpers gelangen konnte. Langsam wurde sie müde und hatte Mühe, ihre Augen offen zu halten.

Trink den Tee! Tina trank aus der Tasse, die ihr ihre Oma hinhielt. Sie kannte den Tee. Er schmeckte abscheulich, auch wenn Oma einen guten Löffel Honig hineingetan hatte. Sie rührte ihn um und verzog das Gesicht, als sie den bitteren Geschmack im Mund hatte. Angewidert stellte sie die Tasse beiseite und bat: »Oma, hast nicht einen anderen Tee für mich?«

»Nein. Trink den aus! Der wird dir guttun«, sagte ihre Oma, die sie gütig anlächelte.

Tina nahm die Tasse und trank sie aus. In der Hoffnung, dass ihr die Oma nicht noch eine Tasse bringen würde.

Plötzlich begann sie zu husten. Sie bekam keine Luft mehr. Sie schrak hoch und sah sich um. »Oma?«, sagte sie und blickte weiter suchend um sich. Erst jetzt erkannte sie es. Sie war in ihrem Bad und lag in der Wanne. Offenbar war sie eingeschlafen und dabei untergegangen. Aber sie fror nicht mehr. Nein, im Gegenteil. Ihr war heiß, und sie schwitzte. Sie blieb noch ein paar Minuten in der Wanne und kletterte dann heraus. Sie sah die frische Wäsche, die ihr wahrscheinlich Frieda hingelegt hatte. Sie zog sich an und verließ das Bad.

Draußen erwartete sie bereits Frieda, die sie fürsorglich stützte und ins Bett brachte. Sie deckte Tina noch zu und sagte in beinahe demselben Ton wie Tinas Oma: »I moch da iatz no an Tee. Den trinkst, und dann schloffst an wengal.«

»Naa, koan Tee. Bitt schön koan Tee. Dea schmeckt so grauslig.«

»Des mocht goar nix. Aba ea hüft.«

Frieda ging wieder und kam kurz darauf mit einer Tasse dampfenden Tees zurück. Sie stellte die Tasse auf Tinas Nachtschränkchen und sagte: »I hob da no an Honig und an Melissengeist eini doa. Den trinkst iatz und nacha schloffst.« Frieda verließ Tinas Schlafzimmer.

Tina sog die Luft durch die Nase und roch den Tee und den Melissengeist darin. Nur widerwillig nahm sie die Tasse und trank einen kleinen Schluck. Sie schüttelte sich. *Genauso grauslig wie der von der Oma. Vor allem der Melissengeist da drin schmeckt ekelhaft. Aber was soll's? Vielleicht hilft's ja*, dachte Tina und trank die Tasse leer. Sie legte sich zurück und zog die Bettdecke bis unters Kinn. Sie schloss die Augen und genoss die Ruhe, die sie umgab.

Plötzlich hörte sie ein leises Flüstern und Wispern. Sie öffnete die Augen und sah Tommy und Kathi neben ihrem Bett stehen. »Entschuldige, Mama! Wir wollten dich nicht wecken«, sagte Tommy leise

»Nein, ganz bestimmt nicht«, setzte Kathi hinzu.

»Tante Frieda hat uns geschickt, damit wir dir das da geben«, sagte Tommy und reichte ihr ein Fieberthermometer. »Sie hat gesagt, dass du ganz bestimmt Fieber hast und du das messen musst«, sagte Tommy dazu.

»Das ist lieb von euch beiden«, antwortete Tina und nahm Tommy das Thermometer aus der Hand. Sie schaute es an, und als sie feststellte, dass es nichts anzeigte, steckte sie es in den Mund.

»Was machst du da?«, fragte Kathi entsetzt.

»Fieber messen. Was sonst?«

»Aber warum steckst du dir das in den Mund? Du steckst uns

das Ding doch immer in den Pops. Das ist doch eklig«, sagte Kathi und drehte sich weg.

»Aber, Kind, das haben wir doch desinfiziert. Das macht gar nichts, wenn ich es jetzt in den Mund stecke.«

»Aber auch, wenn es desijiziert ist, ist das eklig!«, sagte Kathi stur und drehte sich wieder zu Tina.

»Erstens heißt das desinfiziert, und zweitens ist das gar nicht eklig«, erklärte ihr Tina mit dem Thermometer im Mund.

»Das ist Ansichtssache«, meinte Tommy und entfernte sich langsam.

»Wo willst du denn jetzt hin?«, fragte ihn Tina.

»Ich geh raus. Mir wird schlecht, wenn ich das mit ansehen muss«, sagte er und ging zur Tür.

Kathi folgte ihm. Sie verließen beide das Schlafzimmer. Tina zog das Thermometer aus dem Mund und schaute drauf. *Achtunddreißig Komma zwei*, stellte sie fest, *na ja, das geht noch. Könnte schlimmer sein.* Sie legte das Thermometer auf das Nachtschränkchen und drehte sich zur Seite.

Es dauerte nicht lange, da schlich wieder jemand ins Zimmer. Tina drehte sich auf den Rücken und sah Frieda auf sich zukommen. »Wos is denn iatz scho wieda?«, fragte sie.

»Worum host du dia des Thermometa in Mund neigschom?«, flüsterte Frieda.

»Weils i im Pops nit mog«, sagte Tina darauf.

»Hättst nit woartn kinna, bis de Kinda wieda draußn sand?«, flüsterte Frieda.

»Worum flüsterst du? I schlof doch goar nit«, fragte Tina.

»Weil …, weil …, ja mei es is hoit a so«, sagte Frieda nun in normaler Lautstärke.

Frieda schaute in die Tasse und meinte: »An Tee host ja trunkn und …«

»Iatz woit i schloffn. Genau wia du mia des vourdnet host.« Frieda merkte an Tinas Unterton, dass sie jetzt ihre Ruhe wollte. Also ging sie wieder hinaus.

Tina drehte sich wieder zur Seite und schloss erneut die Augen in der Hoffnung, nun nicht mehr gestört zu werden. Sie dachte nach. *Also? Wie war das jetzt? Erst wurde Johannes, der Einsiedler, erschlagen. Jetzt auch noch seine Tochter. Frau Brummer sagte, dass ein junger Mann in der Wirtschaft anscheinend auf jemanden gewartet hat. Dann sagte sie … Nein, die Bedienung hat das gesagt oder doch Frau Brummer, oder war's Hutterer? Egal. Aber auch Eveline war in der Wirtschaft. Wer aber war der junge Mann? War er der Täter? Wenn ja, warum hat er sie erschlagen. Bärbel hat gesagt, dass Eveline von der Ölplantage wusste. Durch die Finanz, hat sie gesagt. Wer wusste noch davon? Wahrscheinlich die ganze Familie. Wem gehört nun die Plantage? Wahrscheinlich Johannes dem Jüngeren. Wer erbt die Firma beziehungsweise das, was davon noch übrig ist? Wird das Erbe aufgeteilt? Man müsste wissen, ob es ein Testament gibt. Wahrscheinlich ja, denn so jemand wie Grau überlässt normalerweise nichts dem Zufall. Was ist mit seiner Freundin? Frau Greil? Erbt sie etwas? Oma hat immer gesagt: Erst sterben, dann erben. Warum hat sie das …?*

Tina wachte durch ein leises Geräusch auf. Sie drehte sich auf den Rücken und sah Bärbel am Schrank stehen. »Bärbel?«, fragte sie.

»Ja? Hob i di aufgweckt? Des woit i nit. Tuat ma leid. I geh glei wieda.«

»Naa, is scho guat. Bleib no do. Vozöh. Wos host rauskriagg? Wia weit bist kemma?«

Bärbel steckte eine Jeans, die sie soeben herausgeholt hatte, zurück in den Schrank und kam zu Tina. Sie setzte sich zu ihr auf die Bettkante und sah sie lange an. Dann schnaufte sie tief durch. »Oiso vü is es nit. Aba mia wissn iatz, dass da Grau a Testament gmocht hot. Des Testament muaß in seina Hüttn gwesn sei …«

»Oiso hots woahrscheinli dea Mörder mitgnumma?«, unterbrach sie Tina.

»Ja, kannt sei. Aba do muaß noch dem Täter no jemand auf

dera Hüttn gwesn sei. Jednfois hot de SpuSi Hinweise drauf gfundn, dass ebbat andana de Hüttn duachsuacht hot.«

»'leicht woarn des zwoa Täter? Da oane hot an Johannes daschlong, und da ondane hot de Hüttn duachsuacht?«, fragte Tina.

Bärbel meinte schulterzuckend: »Ja, des waar aa a Möglichkeit. Aba nit woahrscheinli.«

»Worum na des?«

»De Kistn, de Trucha, woaßt, de hot sötsammaweis Bluat auf da Innenseitn vom Deckl khob. Bluat vom Johannes. Da Deckl muaß offn gwesn sei, wie da Johannes daschlong wurn is.«

»Ja und des Schloss woar aufbrocha«, ergänzte Tina.

»Oiso gehnga mia davo aus, dass ebbat einbrocha hot, is vom Johannes dawischt wurn und dea Einbrecher hot den Johannes daschlong«, erklärte Bärbel.

»Aba es kanntat trotzdem no an zwoatn Täter gem«, erwiderte Tina. »Du host doch gsogg, dass do no ebbat durt gwen sei muaß, und zwoar noch dera Tat? Wos is mit dera Spur?«, setzte sie nach.

Bärbel holte tief Luft, ehe sie zu erklären begann: »Oiso, des muaß a so gwen sei. Dea Täter, dea wo an Johannes daschlong hot, is danoch in sei Bluat tretn. Nacha muaß ea in dera Kistn gruscht hom. Draußn vur da Hüttn hot oana gwoart. Wia dea Mörder furt woar, is dea dann in de Hüttn eini und hot no weida gsuacht. Wia ea gfunna hot, wos ea gsuacht hot, is ea aa voschwundn.«

»Aha? Und woher wissen mia, dass des zwoa voschiedene woarn?«

»Des wiss mer, weil des zwoaraloa Schuahabdrück woarn, Oiso vom erschtn Täter sand de Spurn vom Johannes weg duach sei Bluat zu dera Kistn ganga. Danoch is no oana duach des Bluat und hot a so aa seine Spurn hintalossn. Aba ea hot a ondane Schuahgröß khob. Ea is aa durch de Spur vom erschtn duachganga und desweng wissen mia, dass dea späta durt gwen is.«

»Gibt's aa draußn vur da Hüttn Spurn?«

»Jo zwoa voschiedene. Olle zwoa sand Bluatspurn. De füahrn vo da Hüttn weg und a jede in a ondane Richtung.«

»Wohi wiss mer nit?«

»Naa, de voliern se im Woid.«

»Wos konn uns de SpuSi no song?«

»Nimma vü. Bloß, dass da erschte a Mon gwen sei muaß und da zwoate woahrscheinli a Frau.« Es klopfte leise an die Schlafzimmertür. Tina stützte sich mit den Ellbogen ab und erhob sich leicht. »Ja bitte?«, sagte sie.

Langsam öffnete sich die Tür. Vroni sah vorsichtig herein. »Was gibt's Vroni?«, fragte Tina

»Stör ich?«, fragte sie.

»Nein, komm nur herein«, sagte Tina.

»Ich wollt nur mal sehen, wie es dir geht«, sagte Vroni und betrat langsam das Schlafzimmer.

»Mir geht's so weit ganz gut, wie du siehst. Ich bin schon wieder in einem dienstlichen Gespräch.«

Vroni sah sich um. »Schön habt ihr es hier. Ich hab nur mal eine Frage.«

»Und die wäre?«

»Nun, ich weiß nicht, ob es nicht zu privat ist, aber ...«

»Ach? Du willst sicher wissen, ob Bärbel und ich ein Paar sind?«

»Na ja, man hört so einiges, und da wollt ich halt mal selber ...«

»Was hört man denn?«, fragte Bärbel spitz.

»Na ja, ich ...«, begann sie zu stottern.

»Dass wir zwei Lesben sind, die im Polizeidienst nichts zu suchen haben? Mach dir nichts draus. Dieses Gerede kennen wir«, sagte Bärbel leicht säuerlich.

»Nein, so wollte ich das gar nicht sagen. Aber es ist nun mal so, dass ...«

»Vergiss es einfach! Wir sind normale Menschen wie andere auch.«

»Na gut, dann will ich nicht weiter stören«, sagte Vroni und ging wieder.

Bärbel sah Tina fragend an. »Wos soggst iatz do dazua? Geht dea Zirkus wieda vo vurn los?«

»Naa, i glaub nit. I woaß eh nit. Mit da Vroni stimmt irgendwos nit. De hot mi oiwei so komisch ongschaut. So sötsam, so nochdenklich. Irgendwos stimmt mit ihra nit.«

Bärbel dachte kurz nach und sagte: »Iatz wo du des soggst? Mia is aa so vurkemma, ois dadat se mi so komisch onschaun.«

Tina winkte ab. »Vogess mer des. Wos is mitm Foi vo da Eveline? Host do wos neichs?«

»Do gibt's aa no nit vü. Aba des Eisen, des komische, woaßt eh, des ...«

»De Streuhippn?«, half ihr Tina.

»Ja, genau de moan i. Oiso de kummt durchaus ois Tatwerkzeig infrag. Da Otto hot des voglicha, und des passt genau. Dea Täter ...«

»Oder dea Täterin«, sagte Tina.

»Iatz loss mi hoit ausredn! Oiso dea Täter oder de Täterin muaß mit dem Ding a poar Moi auf de Eveline eigschlóng hom. Se hot se gwehrt, wia ma an de Abwehrspurn am Oarm sehng hot kinna, aba des hot ihra nix gnutzt. Zerscht hot ihra dea Täter oda de Täterin mit dem Spitz a poarmoi aufn Kopf ghaut, und wias am Bodn gleng is, no oamoi mit da schoarfn Seiten an Kopf gspoitn.«

»Ko ma scho song, ob des a Mon oda a Frau gwen sei kunnt?«

»Naa, nix genaus kon ma nit song. A Frau kon aa so vü Kroft hom, dass füa so wos longt.«

»Hot de Technik scho rausgfunna, wo des Ding herkemman is?«

»Naa, aa nit. Des gibt's übaoi durt zum kaffn, wo ma landwirtschaftlichs Werkzeig aa kriagg.«

»Aba es woar nei?«

»Ja, noglnei. Do is sogoa da Aufkleber vom Hersteller no drauf gwen.«

»Da Rest deafat dann koa Problem nit sei«, überlegte Tina laut.

»I geh iatz wieda. Wennst no wos brauchst, schreist ma oafach!«, sagte Bärbel und verließ den Raum.

Nun war Tina wieder alleine und konnte so ihren Gedanken freien Lauf lassen. Doch schon klopfte jemand leise an die Tür. »Ja, was gibt's denn jetzt schon wieder?«, rief Tina genervt.

Die Tür ging auf, und Kathi kam herein. Sie hatte Tinas Strickzeug in der Hand. »Mama?«, fragte sie scheu.

»Was gibt's denn, meine Kleine?«

»Du hast da was angefangen zu stricken. Tante Frieda meinte, das sollten wohl Socken werden.«

»Ja, das ist richtig. Ich wollte Strümpfe stricken für Papa zu Weihnachten.«

»Aber das wird jetzt wohl nichts mehr?«

»Warum soll das nichts mehr werden?«

»Weil du krank bist, und Tante Frieda hat gesagt, dass du jetzt besonders viel Ruhe brauchst.«

»Na ja. Das mit dem Kranksein stimmt wohl. Aber dass ich mehr Ruhe brauche? Ich weiß nicht so recht.«

»Darf ich dann die Strümpfe stricken?«

»Kannst du das denn überhaupt? Habt ihr das in der Schule schon gelernt?«

»Nein, eigentlich nicht. Aber Tante Frieda hat mir gesagt, dass sie mir das zeigt, wenn ich es will.«

»Und willst du?«

Kathi nickte heftig mit dem Kopf. »Ja, ich will das. Ich will das auch so lernen, dass ich mir später selber was stricken kann.«

Tina lächelte. Sie war gerührt. »Also gut, meine Kleine. Du kannst die Strümpfe stricken. Pass aber auf, dass du sie in der richtigen Größe strickst«, sagte sie.

»Mach ich! Danke, Mama!«, rief Kathi und verließ das Schlafzimmer.

Hoffentlich hab ich jetzt meine Ruhe!, dachte Tina und legte sich wieder zurück. Plötzlich fiel ihr noch etwas ein, was sie unbedingt wissen musste. Sie rief: »Bärbel? Bärbel!«

Eine Minute später kam Bärbel ins Schlafzimmer geeilt. »Wos gibt's? Is wos passiert? Brauchst wos?«

»Ja, naa. I wü bloß no wos wissen.«

»Und wos waar des?«

»Du konnst di doch no erinnern, wia mia zwoa an da Seilbahn gstandn sand.«

»Ja, du moanst, wia de Eveline und dea Lukas, oda woars da Markus, kemman und aa auffi gfoahrn sand?«

»Des woarn olle zwoa, naa drei. De Eveline, da Markus und da Lukas sand auffi gfoahrn. Iatz mecht i bloß no wissen, wos de SpuSi danoch gfunna hot.«

Bärbel überlegte ein wenig, ehe sie sagte: »Do woar de Tür eitretn. Oiso a aas Siegl brocha, dann is in da Schupfn da Bodn rausgrissn wurn, de Bretter sand vo da Wand obigfetzt gwen. Sogoa de Feierstö is durchsuacht wurn. De Spusi hot weida nix gfunna.«

»Des hoaßt oiso, wenn do no wos woar, nacha is iatz furt.«

»Ja, so kant ma song«, bestätigte Bärbel.

»Wos is eigentli mit dem Johannes in Indien? Dea miassat doch herkemma zu da Beerdigung vo seim Vadda? Host do scho wos?«

»Naa no nit. Do brauch mer an Beschluss. Sunst gibt de Fluggsöschaft koane Daten raus.«

»Guat. Nacha kümmern mia uns glei murng in da Fruah drum.«

»I her woih nit richtig?«, rief Bärbel erzürnt. »Du soggst mia? Naa, Tina. Vogiss des ganz schnö! I moch des, und du bleibst dahoam.«

»Aba i mecht doch …«, versuchte Tina zu widersprechen.

»Nix do! Des intressiert mi nit, wos du mechst! Du bleibst schee brav dahoam in deim Bett, und i moch de Oabat!«, schimpfte Bärbel und stapfte aus dem Schlafzimmer.

Tina warf die Bettdecke zornig zurück und holte sich einen Jogginganzug aus dem Schrank. Sie zog ihn an und sah aus dem Fenster. Es war dunkle Nacht draußen. Sie öffnete das Fenster, um frische Luft ins Zimmer zu lassen. Irgendwie roch es hier muffelig. Sie sog die frische Nachtluft tief in sich ein. »Hatschi! Hatschiui!«, begann sie zu niesen, und die Nase lief.

Das Niesen war offenbar laut genug gewesen, dass Frieda es gehört hatte, denn sie kam ins Zimmer gelaufen. »Wos mochst du denn do?!«, rief sie und schob Tina vom Fenster weg. Sie schloss es und schimpfte los: »Wüst du di mit oller Gwoit umbringa?! Schau, dass du in dei Bett neikimmst. I bring da no a Wärmfloschn«, sagte sie laut und packte Tina. Alle Gegenwehr nutzte nichts. Frieda hatte einfach mehr Kraft als sie. Frieda schob sie rückwärts zum Bett, bis sie mit den Kniekehlen an der Bettkante anstieß. Nun gab ihr Frieda noch einen Schubs und ehe sichs Tina versah, lag sie in ihrem Bett. Frieda zeigte auf das Bett und sagte: »Do liegst iatz guat, und trau di bloß nit, no amoi aufzsteh!«

Tina maulte nur: »I bin oid gnua. I woaß, wos i dua.«

»A Ruah is iatz! Iatz werd gschloffn!«, erklärte Frieda und ging hinaus. Tina hörte sie noch murmeln: »Oid gnua! Des zoagts aba nit grod! Oid gnua und mocht söchane Sochn.«

Tina hielt es im Bett nicht aus. Wieder stand sie auf. Sie wusste, dass sie damit das Risiko einging, erneut von Frieda zusammengestaucht zu werden. Aber im Moment war ihr das egal. Kaum stand sie mit wackeligen Beinen neben dem Bett, kam Frieda wieder zurück. Sie hatte eine Wärmflasche in der Hand, um die sie ein Handtuch gewickelt hatte.

»Wos hob i grod gsogg? Ha!? Wos hob i gsogg?«

»I muaß aufs Klo!«, verteidigte sich Tina.

»Dann geh aba, sunst wead i feinzig!«

»Iatz sei hoit nit so zwider. I geh ja scho«, antwortete Tina und ging zur Tür. Da ihre Beine sie nicht so recht tragen wollten, hielt sie sich am Bettrahmen fest.

»Do hom mers ja scho! Du konnst di ja nit amoi auf de Fiass hoitn. Aba aufstehn! Des hom mer gern!«, sagte Frieda zornig und half Tina zur Toilette. Tina wartete ab, bis Frieda draußen war und ließ den Wasserhahn laufen. Nach einer Weile drehte sie den Hahn wieder zu und verließ das Bad.

Frieda lief unruhig am Flur auf und ab. Sie schimpfte irgendetwas vor sich hin, das Tina nicht verstand. Kaum sah Frieda Tina vor der Badtür stehen, rannte sie auf sie zu. »So, iatz kimm, gehng mer wieda ins Bett«, sagte sie in mütterlichem Ton und führte Tina ins Schlafzimmer. Sie nötigte Tina, sich ins Bett zu legen, und deckte sie sorgfältig zu. »So. Do bleibst iatz lieng, bis i dia sog, dass du aufsteh konnst«, befahl sie. Tina gehorchte, wenn auch nur widerwillig. Frieda verließ das Sclafzimmer wieder und schloss leise die Tür.

Nun war Tina wieder alleine und hatte, so wie es aussah, ihre Ruhe. Sie legte sich hin und schloss erneut die Augen. Sie atmete langsam und tief. Ganz bewusst ein und aus. Sie wurde müde und müder.

Dann hörte sie ein Geräusch. Huh?!, *machte es leise, und ein Schatten flog über sie hinweg. Das war die Eule. Nicht schon wieder die Eule! Doch! Es war die Eule. Aber nicht so, wie Tina sie kannte. Nein, die Eule hatte Evelines Kopf. Tina sah ganz genau Evelines Gesicht. Sie schien etwas sagen zu wollen, aber nur ein Krächzen kam aus ihrer Kehle. Tina wollte sie etwas fragen. Aber sie wusste nicht wie. Was sollte sie fragen? Bist du der Geist von Eveline? Willst du mir etwas erzählen? Wer hat dich umgebracht?* Huh?!, *machte die Eule noch einmal und flog weg. Tina sah ihr nach, bis sie auf einem Baum landete und wieder* Huh?! *machte. Sie will mir was zeigen. Ganz bestimmt. Sie will mir was zeigen. Tina ging zu dem Baum und sah zur Eule hoch. Diese blickte sie mit Evelines Augen an. Tina bemerkte eine Träne, die aus ihrem Auge floss. Was ist? Was willst du mir zeigen? Wieder erhob sich die Eule und flog zum nächsten Baum. Wieder ging ihr Tina nach. Wieder flog die Eule weg. Diesmal landete sie aber nicht auf einem*

Baum, sondern auf dem Dach der Hütte. Sie machte wieder Huh?! *und sah zur Türe hinunter. Tina folgte dem Zeichen. Sie öffnete die Türe und sah sich einem fremden Mann gegenüber, der sich soeben über eine Leiche beugte. Das war die Leiche von Bruder Johannes! Sie schaute den Mann genau an. Sie erkannte ihn. Es war …*

»Tina! Tina! Aufwachen!«, rief jemand.

Tina schlug die Augen auf und sah in das vertraute Gesicht Bärbels. »Wos is denn los?«, fragte sie.

»Du host an Fiabertraum khob! Du host gschrian. Do hob i di aufweckn miassn. Des is ja nit zum Aushoitn, so wia du schreist.«

»Entschuidige. I hob traamt. I hob den Mörder gsechn. I hob de dote Eveline gsechn. I hob den dotn Johannes gsechn.«

Bärbel war normalerweise keine, die an solche Träume glaubte. Aber diesmal? Diesmal war sich Bärbel nicht sicher. Vielleicht war das ja doch ein Hinweis aus dem Jenseits? So etwas soll es ja geben. Also fragte sie: »Wen host du gsechn? Wea woar des?«

»Des woaß i nit. Du host mi aufgweckt. Wia spat is iatz?«

»Hoibe sechse«, sagte Bärbel nach einem Blick auf den Wecker.

»Nacha weads Zeit zum Aufsteh«, sagte Tina und schlug die Bettdecke zurück.

»Wenn du iatz aufstehst, hau i di nieda! Des sog i dia! Du bleibst iatz lieng, und i moch a Frühstück.« Bärbel kletterte aus dem Bett und verließ das Schlafimmer.

Tina blieb liegen und dachte nach. *Was mach ich denn jetzt? Ich kann doch nicht den ganzen Tag im Bett liegen bleiben? Das bin ich nicht, und das will ich nicht! Aber was soll ich tun? Was kann ich tun? Wenn ich warte, bis Bärbel weg ist? Dann kann ich ja eigentlich raus. Aber Frieda! Dann kommt Frieda, und ich hab wieder Ärger. Frieda hat kein Auto. Das steht doch beim Siggen! Kann sie dann überhaupt kommen? Wahrscheinlich doch. Sie hat es ja nicht weit.*

»Ich wünsch einen wunderschönen guten Morgen!«, unterbrach sie Vroni bei ihren Gedanken. Sie trug ein Tablett vor sich her, auf dem eine Teekanne und eine Tasse stand.

»Bärbel hat gesagt, ich soll dir das Frühstück bringen.« Sie stellte das Tablett auf dem Boden ab, räumte das Nachtkästchen frei und stellte die Tasse darauf. Sie goss Tee ein und gab noch Kandis dazu.

»Wie viel Stückchen möchtest du?«

»Drei reichen«, sagte Tina.

»Du schaust aber heute besser aus als gestern?«, bemerkte Vroni.

»Mir geht's auch bestens. Ich will hier raus. Ich bin fit wie ein Turnschuh. Sag das Bärbel.«

»Bärbel sieht das aber anders. Sie hat gesagt, du hättest einen Alptraum gehabt?«

»Ja, hab ich. Aber sie hat mich geweckt, bevor ich die Geschichte zu Ende träumen konnte. So was Saublödes! Ich hab den Mörder gesehen. Ich weiß nur nicht mehr, wer das war.«

Vroni winkte lässig ab und meinte: »Wenn das nur ein Traum war, vergiss es! Vielleicht hätt dich der Mörder auch noch umgebracht, und dann wär's noch schlimmer geworden.«

»Du hast leicht reden. Wenn ich den Mörder noch wüsste, dann könnte ich doch …«

»Vergiss es! Träume sind Schäume. Du gehörst sicher nicht zu den Traumdeutern. Dafür bist du zu realistisch und stehst mit beiden Beinen im Leben.«

Tina hatte eine Idee. »Sag mal, Vroni? Könntest du mir helfen?«

»Gerne! Bei was?«

»Ich will hier raus. Ich will arbeiten. Ich kann nicht den ganzen Tag hier herumliegen und nichts tun.«

Vroni legte einen Finger an den Mundwinkel und dachte kurz nach, ehe sie sagte: »Da kann ich dir leider nicht helfen. Aber ich kann was anderes tun. Ich könnte dir die Informationen, die du brauchst, zukommen lassen. Ich kann sie dir mailen oder per Telefon durchgeben. Ganz wie du willst. So kannst du arbeiten und bist trotzdem daheim.«

Tina überlegte und meinte darauf: »Die Idee ist gar nicht so schlecht. Du musst nur aufpassen, dass Herr Hallermeier und Bärbel nichts davon mitkriegen.«

»Und was ist mit Frieda? Was wird die sagen?«

»Die lass nur meine Sorge sein. Das krieg ich schon hin.«

»Was ist jetzt? Wo bleibst du, Vroni?«, fragte Bärbel von der Tür her.

»Ich komm ja schon«, sagte Vroni und eilte hinaus.

Tina wartete ein wenig, bis sie die Haustür zufallen hörte. Dann stand sie auf. Sie machte ein paar Kniebeugen und stellte für sich fest, dass das eigentlich schon ganz gutging. Danach ging sie in die Küche, wo sie die Kinder vorfand.

»Mama? Was machst du denn hier? Tante Frieda hat doch gesagt, dass du im Bett bleiben sollst«, wunderte sich Kathi.

»Ja, das hat sie. Aber sie hat auch gesagt, dass ich im Bett bleiben soll und nicht muss. Also bin ich aufgestanden.«

»Ach, Mama«, sagte Tommy, »das ist doch Wortklauberei. Geh wieder in dein Bett und kurier dich aus.«

»Wer sagt denn, dass ich krank bin?«

»Tante Frieda hat das gesagt, und was Tante Frieda sagt, stimmt immer. Das hast du selbst zu uns gesagt«, erklärte ihr Tommy.

Tina setzte sich. Sie nahm sich eine Scheibe Brot und strich Butter darauf. Dann kam ein Löffel Erdbeermarmelade dazu, die Tina im Sommer selbst eingekocht hatte. Sie biss in das Brot. Der Bissen blieb ihr fast im Hals stecken, als plötzlich Friedas Stimme zu hören war: »Wos mochst denn du do? Schaust nit glei, dass du in dei Bett kummst? Do hert se ja ois auf! I dua mi ob und kimm extra eher do her, wei du krank bist und iatz? Iatz hockt de saubane Madam do und duat frühstückn!«

Tina hustete: »I hob hoit an Hunga khob. Ma wead doch woih no wos essn deafn?«

»Ja, deaf ma. Aba nit in da Küch, wenn ma krank is. Du schleichst di iatz sofurt in dei Bett!«

»Aba i …«, begann Tina.

»Koa Widerred! Ab ins Bett, sunst wead i no narrisch!«, unterbrach sie Frieda und zeigte in die Richtung, in der das Schlafzimmer lag.

Tina schaute Hilfe suchend zuerst Kathi, dann Tommy an. Die beiden taten so, als wüssten sie von nichts. Nur Tommy feixte und flüsterte Kathi zu: »Das hat man davon, wenn man nicht auf das hört, was Tante Frieda sagt.« Von den beiden war also keine Hilfe zu erwarten.

Leise und geduckt wie ein geprügelter Hund schlich sich Tina zurück ins Schlafzimmer. Poldi, der aufmerksam zugehört hatte, schlich hinter Tina her. Tina schien ihn nicht zu bemerken. Erst als sie die Tür schließen wollte, hörte sie ein leises Winseln. »Poldi?«, fragte sie. Als sie ihn sah, bückte sie sich und streichelte ihn. »Ja, mein Kleiner. Du bist der Einzige, der mich versteht. Du schickst mich nicht ins Bett, nur weil du glaubst, dass ich krank bin.«

Poldi winselte wieder und leckte Tinas Hand. Plötzlich kam ihr eine Idee. Sie sagte laut: »Gut, Poldi, wenn du unbedingt willst, geh ich mit dir Gassi. Da gibt es zwar Leute, die glauben, dass ich krank bin. Aber so krank bin ich nun auch wieder nicht!«

Als Poldi das Wort Gassi hörte, sprang er an Tina hoch und begann zu bellen. Tina richtete sich auf und ging zur Garderobe, wo Poldis Leine hing. Sie nahm sie und legte sie Poldi an.

Tante Frieda kam aus der Küche und meinte nur: »Des is a guade Idee! A frische Luft hot no nia nit gschodt, wenn ma krank is. Ziahg da aba an woarma Mantel on. Es is saukoit draußn.«

Tina sagte nichts dazu, denn sie war viel zu erstaunt über Friedas Reaktion und den Sinneswandel. Sie nahm den Mantel vom Haken, zog ihn an und ging mit Poldi nach draußen. Poldi zog wie verrückt an der Leine, bis sie an seinem angestammten Baum ankamen. Dort hob er sein Beinchen und markierte so sein Revier.

Während sie mit Poldi weiterlief, überlegte Tina. *Warum hat*

Frieda jetzt nichts gesagt? Gestern hat sie mir doch noch das Fenster zugeknallt und geschimpft, weil ich frische Luft wollte. Irgendwas ist da doch im Busch?

Poldi blieb wieder stehen und verrichtete sein großes Geschäft. Erst jetzt bemerkte Tina, dass sie nur ihre Pantoffeln trug und den Jogginganzug, über den sie den Mantel gezogen hatte. Sie grinste vor sich hin. Ein starker Wind kam auf. Er blies Tina seinen eiskalten Atem mitten ins Gesicht. Tinas Nase begann zu laufen. Sie kramte in der Manteltasche. *Da muss doch ein Taschentuch sein! Ich geh doch sonst nicht ohne aus dem Haus.*

»Hatschi! Hatschiui!«, machte sie. Poldi sah sie verwundert an. Nun brannten auch noch Tinas Augen. Tränen liefen ihr übers Gesicht. Wieder ging es: »Hatschi! Hatschiui! Herrschaftszeiten noch mal! Ausgrechnet jetzt hab ich kein Taschentuch dabei!«, schimpfte sie leise vor sich hin. »Komm, Poldi, gehen wir wieder heim. Es ist viel zu kalt hier draußen«, sagte sie und kehrte um.

Poldi schniefte nun ebenfalls. Hatte auch er sich erkältet, oder wollte er damit nur zeigen, wie sehr er Tina bemitleidete? Willig lief er neben ihr her. »Hatschi! Hatschiui! Verflixt noch mal! Hatschiui!«, machte Tina, als sie durch die Tür ins Haus ging.

»Host as eahm iatz gem, wia eas braucht?«, fragte Frieda spitzbübisch lächelnd.

»I woas goar nit, wos du moanst«, antwortete Tina näselnd.

»Geh in dei Bett. I bring da glei an hoaßn Tee mit Rum.«

»Tee is ganz guat. Aba den Rum losst bitt schön weg.« Tina zog den Mantel aus und ging in die Küche. Dort wollte sie aus einer Lade eine Packung Taschentücher holen.

»Wos suachst?«, fragte Frieda.

»Taschntiacha. Do miassn doch Taschntiacha sei«, sagte Tina, während sie weitersuchte.

»Do konnst lang suacha. Taschntiacha sand aus. I muaß erscht wöche kaffn.«

»Und wann foahrst einkaffn?«

»Wann i mei Auto wiederhob?«

Tina fasste sich an die Stirn. »Ach du Scheiße! Des steht no beim Siggn drom!«

»I hob ma des gestern scho denkt. Aba i woit nix song, wei du ja krank bist.«

»Woast! I woar krank. Aba iatz bin i wieda gsund! Hatschi!«

»Ma herts.« Frieda lachte. »Übrigens, bevur i des vogiss. De Vroni hot vurhin ongruafn. Du soyst se gleich wieda zruckraufn. Es waar wichtig, hots gsogg. Aba aufm Handy hots gsogg«, sagte Frieda.

»Hots da wenigstns ihra Numma gem?«, näselte Tina.

»Ja, hots, i hobs aufgschriem. De liegt neban Telefon.« Tina ging zum Telefon und nahm den Zettel, der dort lag. Mit Friedas krakeliger Schrift stand da eine Nummer. Tina wählte sie.

Es dauerte nicht lange, bis sich Vroni meldete: »Eisele?«

»Ich bin's, Tina. Du wolltest, dass ich dich zurückrufe?«

»Tut mir leid. Ich brauch keinen neuen Handyvertrag. Ich bin ganz zufrieden mit dem, den ich hab«, antwortete Vroni.

Tina stutzte, aber ihr wurde sofort klar, was das bedeutete. Zumal Vroni noch flüsterte: »Ich ruf dich gleich zurück. Jetzt geht's nicht.«. Sie legte auf und wartete. Es dauerte auch nicht lange, bis das Telefon wieder klingelte.

Tina hob ab. »Gründlich?«, sagte sie, da sie die Nummer auf dem Display nicht kannte.

»Ich bin's noch mal«, sagte Vroni.

»Was gibt's denn so Wichtiges?«

»Ich hab die Daten von der Fluggesellschaft bekommen. Stell dir vor, der Johannes Grau, der ist schon vor vier Tagen hier angekommen. Von Delhi nach Wien und von dort nach Salzburg.«

»Das ist aber eine Überraschung. Das heißt doch, dass auch der in Frage kommt, den alten ...«

»Genau! Deshalb war es auch so wichtig, dass ich dir Bescheid geb.«

»Weißt du auch, wo der jetzt wohnt? Der muss doch in einem Hotel abgestiegen sein?«

»Vroni? Vroni, wo steckst du denn?«, hörte Tina im Hintergrund Bärbel rufen.

»Ich komm schon. Ich bin grad auf dem Klo!«, rief Vroni zurück.

Zu Tina sagte sie flüsternd: »Du hörst, ich muss Schluss machen. Wegen des Hotels ruf ich dich noch mal an. Baba!«

»Baba und föh ma nit«, antwortete Tina automatisch und legte auf.

Das ist ja ein Ding! Da hockt der seit Tagen hier bei uns, und keiner weiß davon. Oder doch? Wusste die Familie ...? Nein, das glaub ich nicht. Aber warum diese Heimlichtuerei? Was gibt es zu verbergen? Hat er Bruder Johannes ...? Nein, das glaub ich nicht. Schließlich ist, nein, war er sein Vater. Oder hat er Eveline ...? Nein, auch das nicht. Sie war seine Schwester. Aber was hat sie in der Kapelle gemacht? Mit wem hat sie sich getroffen? Warum musste sie sterben? Dies alles ging Tina durch den Kopf, während sie wie schlafwandelnd zum Schlafzimmer ging. Frieda folgte ihr kopfschüttelnd.

Als sich Tina ins Bett legte, verstand Frieda offenbar die Welt nicht mehr. »Wos is denn passiert? Is wos schlimms? Is wieda oana umbrocht wurn?«, fragte sie aufgeregt.

»Naa, nix is passiert. Es is ois in Urdnung. Hatschi!«, versuchte Tina sie zu beruhigen.

»Des her i. Iatz aba deckst di gscheid zua!«, befahl Frieda und zog ihr die Decke bis zur Nasenspitze.

»Bringst ma bitte mein Handy?«, näselte Tina.

»Füa wos brauchst des?«

»Zum Telefoniern, wos sunst«, antwortete Tina trocken.

»Wen wüst onruafn?«

»De Vroni und de Bärbel.«

»Wos wüst vo dene?«

»Dei Auto bringa lossn. I brauch Taschntiacha!«

»Ah ja!«, sagte Frieda und ging, um Tinas Handy zu holen.

Tina rief im Büro an. Bärbel nahm den Anruf entgegen. »Kommissär Kürzinger? Was kann ich für Sie tun?«

»I bin's, Tina. Bärbel, i brauch dringend ... hatschi ... ich brauch Taschntiachl.«

»So schlimm?«

»Vü schlimma. Außadem miassts da Frieda ihra Auto vom Siggn hoin. De brauchts zum Einkaffn.«

»Des is koa Problem. Des Auto steht scho do bei uns in da Dienststö. Da Herr Hutterer hots freindlichaweis brocht.«

»Schickst ma dann de Vroni mit dem Auto her? De soy bitt schön aa glei Taschn ... haaa ... hatschi ... tiachl mitbringa.« Tina schniefte noch, ehe sie auflegte. Sie legte sich zurück und zog die Decke, die verrutscht war, wieder hoch. Ein eiskalter Schauer lief über ihren Rücken. Plötzlich, wie aus heiterem Himmel, fror sie. Ihre Zähne klapperten aufeinander wie eine alte Nähmaschine.

»Hatschiui, hahahahatschi! Frieda! Frieda!«, rief sie. Frieda schien vor der Tür gestanden zu sein, so schnell war sie da.

»Wos gibt's denn? Brauchst wos?«

»Ja, an hatschi! Hahahatschiui! An Tee bitt schön und an Schuss, Hatschi, naa an doppelten Schuss Rum duast ma eini und ... und ... und a Wärmfloschn. Hatschiui! Mi friats wia an Hund.«

Frieda blieb stehen und meinte: »Des hob i gern. Draußn umananda laffn wia im hechstn Summa und dann a Wärmfloschn braucha. Du weast aa nimma gscheida, Maderl. Du bist so duachanand, wia a Schoaß im Wossa.«

»Bitt schön Frieda. Mia is so koit«, bat Tina nochmals. Frieda ging wieder. Tina hörte sie in der Küche rumoren. Tina schniefte, und ihre Zähne klapperten. »Herrschaftszeiten no amoi!«, schimpfte sie leise. Dann rief sie: »Frieda? Frieda! Frieda, wo bleibt mei Wärmfloschn?«

»I kimm ja scho!«, sagte Frieda in nicht gerade ruhigem Ton, als sie mit der Wärmflasche in der Hand ins Schlafzimmer kam. Sie hielt sie Tina hin. Tina nahm die Flasche und ließ sie gleich wieder fallen. »Herrschaftszeitn, is de hoaß!«, schimpfte sie wieder.

»As Handtiachl miassat no in deim Bett drin lieng. Vo gestan«, erklärte ihr Frieda.

»Bitt schön, wickl a neichs drum. I konn iatz nit noch am Handtiachl suachn«, sagte Tina zähneklappernd. Frieda wandte sich ab und suchte geduldig in Tinas Schrank nach einem Handtuch. Als sie eines gefunden hatte, nahm sie die Wärmflasche und wickelte sie darin ein. Seltsamerweise schien ihr die Hitze, die von der Flasche ausging, nichts auszumachen. Sie reichte sie Tina, die sie sofort unter ihre Decke steckte und das mit einem erlösten »Ahh, duat des guat« quittierte.

»Hat die gnädige Frau sonst noch Wünsche?«, fragte Frieda gespreizt.

»Naa … hoit! Jo, scho! Kanntast mia a Stückerl Küchenkrepp bringa? I muaß mi doch amoi schneizn kinna.«

»Kommt sofort!«, antwortete Frieda und verließ das Schlafzimmer steif wie eine Puppe.

Es dauerte etwas länger, bis Frieda wiederkam. Der Grund dafür war wahrscheinlich der Tee, den sie mitbrachte. Sie musste ihn ja auch erst zubereiten. Schon als Frieda durch die Tür kam, roch Tina den starken Rum, der in dem Tee sein musste. Sie trug ihn auf einem Tablett, auf dem sich auch noch eine Rolle Küchenkrepp befand. Frieda stellte das Tablett auf dem Boden ab und nahm zuerst die Tasse weg, die noch von Vroni auf dem Nachttischchen stand. Dann stellte sie die Tasse mit dem Tee dort ab und gab Tina die Rolle Papier. Sofort riss sich Tina ein Stück davon ab und schnäuzte sich heftig.

Kapitel 9

Die Türglocke schellte. Poldi bellte laut und machte damit klar, wer im Haus das Sagen hatte. Frieda eilte hinaus, um die Tür zu öffnen. Tina hörte sie sagen: »Ja, der Herr Hofrat! Welche Ehre!«

»Das hat mit Ehre nichts zu tun, Frieda. Ich bin auf Krankenbesuch hier.« Frieda ließ sich von ihm noch den Mantel geben.

»Wo steckt denn unsere Halbtote?«, fragte er Frieda.

»Im Schlafzimmer. Es geht ihr gar nicht gut. Ich glaub, ich muss den Doktor holen.«

»Mir geht es blendend! Haa … ha … hatschi! Lass dich nicht für dumm verkaufen! Ich brauch keinen Arzt!«, rief Tina. Nur wenige Sekunden später kam Hofrat Steiger, Tinas besonderer Freund und Mentor ins Schlafzimmer. In einer Hand hielt er einen großen Strauß frischer Herbstblumen, den er Tina hinhielt. »Du machst aber auch Sachen?«, sagte er lächelnd. »Ich hab ghört, du bist überarbeitet?«

»Ach Blödsinn. Ich bin nur ein bisserl erkältet. Sonst nichts.«

»Das hat sich aber anders anghört, als ich mit Herrn Hallermeier telefoniert hab?«

»Ach was. Der hat bloß irgendwas falsch verstanden.«

Tina nahm ihm den Strauß ab und hielt sich die Blüten an die Nase. »Das ist aber dumm. Ich riech nichts. Ich hab ein bisserl einen Katarrh.«

Sie reichte Frieda, die dabeistand, den Strauß. »Gibst sie bitte in eine Vase?«, bat sie.

»Was macht unser Schützling?«, fragte Steiger.

»Unser Schützling? Wen meinst du? Etwa Frau Eisele?«

»Genau die. Wie macht sie sich denn?«

Tina hob die Schultern. »Weißt, da kann ich dir nicht viel sagen. Das muss die Bärbel wissen. Ich hab nicht viel mit ihr zu tun.«

»Und was ist mit dieser Tauchaktion gestern?«

»Ach das? Das war nur ein freiwilliger Schwimmkurs von mir. Vroni hat damit nichts zu tun.«

»Vroni? Du nennst sie beim Vornamen? Ausgerechnet du?«

»Ja, ich hab den Eindruck, dass sie ein sehr liebes und fleißiges Mäderl ist und nur ihr Bestes geben will. Deshalb ...«

»Deshalb springst du über deine Prinzipien?«

»Ja, und ich denk, dass das in ihrem Fall nicht verkehrt ist.«

»Glaubst du, sie ist was für den Polizeidienst?«

»Das weiß ich nicht. Ich kenn sie doch erst ein paar Stunden. Das ist noch viel zu früh, um was zu sagen.«

»Wie kommst du im Fall Grau voran?«

»Ich? Gar nicht. Der Fall gehört Bärbel. Du musst dich mit ihr darüber unterhalten.« Sie hielt sich die Hand vor den Mund und die Nase. »Hahaahahatschi! Entschuldige bitte!«, näselte sie. »Möchst auch einen Tee?«, fragte Tina höflich.

»Einen Tee? So einen wie du da hast?«

»Ja, mit ganz viel Rum drin.«

Steiger schien zu überlegen, kam aber zu einem Entschluss. »Den Tee ja, aber bitte ohne Rum. Dafür aber mit viel Kandis.«

Frieda verbeugte sich leicht und sagte: »Wie der Herr Hofrat wünschen. Einen Tee ohne Rum, mit viel Kandis.« Sie verließ das Schlafzimmer mit dem Blumenstrauß in der Hand.

»Ich bin's nur!«, rief im selben Moment jemand von der Haustür her.

»Wer ist das denn?«, wunderte sich Steiger.

»Unser Schützling, wer sonst?«

»Sie fühlt sich wohl jetzt schon bei dir wie daheim?«

»Ja klar, das wolltest du doch, oder?«

Vroni kam direkt zur Schlafzimmertür, während sie drauflosplapperte: »Wem gehört denn der Nobelschlitten da draußen? Hast du hohen Besuch? Wer ist es denn? Der Bundeskanzler oder gar der Bundespräsdident?«

Als sie in der Tür stand, blieb sie wie angewurzelt stehen. »Herr Hofrat? Was für eine Überraschung! Was machen Sie denn hier?« Steiger, der inzwischen auf Tinas Bettkante gesessen hatte, stand auf und sagte: »Ich sehe, Sie sind hier bestens aufgehoben, Frau Eisele. Ich brauch mir keine Sorgen zu machen?«

»Nein, Herr Hofrat. Ich mein, ja, Herr Hofrat, Mir geht es hier sehr gut, und g'fallen tut's mir auch. Sorgen brauchen Sie sich um mich auch nicht zu machen. Tina und Bärbel kümmern sich um mich wie meine Eltern. Frieda übrigens auch, und mit den Kindern komm ich ebenfalls ganz gut klar – glaub ich. Ich hab nur … mein Gott ich red schon wieder zu viel. Entschuldigen Sie, Herr Hofrat. Ich bin gleich wieder da«, sagte sie und war weg, ehe jemand darauf reagieren konnte.

Steiger sah Tina mit hochgezogenen Augenbrauen an. »Was war das denn?«, fragte er.

»Das war der Wirbelwind, den du mir geschickt hast. Ein äußerst hübscher und kluger Wirbelwind. Du hast Geschmack, das muss man dir lassen. Woher kennst du sie eigentlich?«

»Na ja, eigentlich ist sie … Nein, ich will dir nichts vormachen …«

»Das kannst du auch nicht, das weißt du«, sagte Tina lächelnd.

»Also, ich wurde auf sie aufmerksam gemacht, weil ein Studienkollege von mir im Justizministerium sitzt, und dort hatte sie über die Studentenhilfe eine Suche nach einer passenden Praktikumsstelle aufgegeben, und mir kam deine Erkrankung grade recht, um so einem talentierten und klugen Mädchen eine Chance zu geben«, erklärte er.

»Aha? Das ist der Grund? Ich dachte schon, sie wäre eine von deinen … Na ja, du weißt schon? Haahaa … hatschi!«

»Also ich bitte dich! Was du schon wieder von mir denkst? So ein junges Maderl! Ein Kind fast noch!«

Natürlich wusste Tina darüber Bescheid. Vroni hatte es ihr ja selbst so erklärt. Aber sie triezte Steiger nun mal gerne.

Es klopfte leise an der Tür. Steiger und Tina sahen hin. Da die Tür offen war, erkannten sie natürlich sofort, wer da um Einlass begehrte. Es war Vroni, die schüchtern und scheu in der Tür stand. »Was gibt's, Vroni?«, fragte Tina.

»Kann ich dich mal alleine …?«

»Nein, brauchst nicht. Der Herr Hofrat ist ein guter Freund von mir, und du weißt ja, welche Funktion er hat. Also raus mit der Sprache! Worum geht's?«

Vroni trat näher und schaute Steiger ängstlich an, bis dieser sagte: »Nun kommen Sie schon, Frau Eisele. Ich beiß Sie sicher nicht.«

Man sah, wie sie durchschnaufte. Langsam kam sie näher. Beinahe hatte man den Eindruck, als wäre Steiger ein gefährliches Tier, dem man sich nur vorsichtig nähern durfte. Endlich stand sie vor Tinas Bett.

Tina nickte ihr aufmunternd zu. »Also? Was hast du für mich?«

»Ja, also, es geht um diesen Pfarrer, du weißt schon. Den Johannes Grau aus Indien.«

»Ja? Was hast du rausbekommen?«

»Er wohnt im Jedermann. Er hat dort eine Suite gemietet.«

»Seit wann genau ist er da?«

»Seit vier Tagen. Das hab ich dir aber schon gesagt.«

»Gut. Dann überprüf mal, wann er im Haus war und wann nicht. Wir brauchen erst diese Angaben, um zu sehen, ob er zeitlich in der Lage war, eine der Taten zu begehen.«

»Sollten wir das nicht erst ihn selbst fragen?«, fragte Vroni vorsichtig mit einem scheuen Blick auf Steiger.

»Normalerweise ja. Aber ich bin da gerne vorbereitet, wenn uns jemand ein falsches Alibi geben will. Haaaa … haaa … hatschiui! Hast du meine Taschentücher mitgebracht?«, näselte Tina.

»Ja, hab ich. Die liegen drüben in der Küche.«

»Dann bring mir mal zwei Päckchen rüber, bitte.«

Vroni ging und kam bald mit zwei Päckchen Taschentüchern zurück. Eins davon hatte sie bereits geöffnet und hielt es Tina hin. »Danke«, näselte diese und zog eins davon heraus. Sie schnäuzte sich laut. Es hörte sich beinahe an wie eine Trompete. Sie nahm Vroni die beiden Päckchen ab und legte sie auf das Nachttischchen.

Frieda kam mit einer Vase, in der Steigers Blumen steckten, ins Zimmer. »Wo soy i de histön?«, fragte sie.

»Stös ins Wohnzimmer bitte«, sagte Tina. Frieda ging wieder, kam aber bald zurück. Sie hatte den Tee für Steiger dabei, den sie auf Tinas Nachttischchen stellte.

»Bitt schön Herr Hofrat. Ein Tee mit viel Kandis«, sagte sie dazu.

»Danke, Frieda!«, sagte Steiger und nahm die Tasse. Er roch daran und trank ein wenig davon. Dann lobte er den Tee: »Ein ausgezeichneter Tee, Frieda. Woher beziehen Sie den?«

»Das dürfen Sie mich nicht fragen. Den hat Tina mitgebracht.«

Vroni stand immer noch vor dem Bett. »Kann ich noch etwas für dich tun?«, fragte sie.

»Ja, kannst du. Versuch mal rauzszufinden, ob dieser Pfarrer Kontakt mit der Familie aufgenommen hat.«

»Wie soll ich das anstellen?«

»Ganz einfach. Du fährst dorthin und fragst die Familie, wann sie denn ihren Bruder Johannes … Ach nein, das geht ja nicht. Du bist ja keine Beamtin. Also sag Bärbel bitte, dass sie sich darum kümmern soll. Es wäre wichtig.«

»Mach ich. Sonst noch etwas?«

Steiger wurde sichtlich unruhig, was Tina nicht entging.

Sie fragte deshalb: »Was ist, Ernst? Hast du was auf dem Herzen?«

»Nein, ja, ich mein …«

»Jetzt stotter nicht so rum. Sag, was du du sagen hast.«

»Na ja, weiß du, es ist wegen deines Falls …«

»Es ist nicht mein Fall. Das hab ich dir schon g'sagt. Das ist Bärbels Fall. Ich greif ihr nur ein wenig unter die Arme. Also? Was ist damit?«

»Also gut, dann eben wegen Bärbels Fall. Sag ihr bitte, sie soll mit äußerster Vorsicht und Diskretion vorgehen. Der Fall ist nämlich sehr heikel. Das geht bis in die oberen Etagen.«

»Ach ja? Ein Mord geht bis in die oberen Etagen? Wie sollen wir da einen Fall aufklären, wenn sich die Obrigkeit einmischt?«

»So hab ich das doch nicht gemeint. Aber ...«

»Aber gesagt hast du es.«

»Nun ja. Die Herrschaften wollen den Fall möglichst schnell aufgeklärt haben. Allerdings ohne viel an die Öffentlichkeit zu gehen.«

»Nicht an die Öffentlichkeit? Haa ... haaa ... hatschi! Was soll denn das heißen? Die Firma ist pleite. Die können abjankern, und die Öffentlichkeit soll am Ende dafür gradestehen? Diese Öffentlichkei, mein lieber ... ha ... haa ... hatschi. Diese Öffentlichkeit soll nichts darüber erfahren, dass es in der Chefetage so einer großen Firma Mord und Totschlag gibt? Was denkt ihr euch eigentlich?«

Steiger gab Tina die Hand, die sie sich zuvor noch an einem Taschentuch abputzte. »Ich seh schon. Du setzt mal wieder deinen Sturschädel durch. Ich fahr dann wieder. Sers, Tina!«

»Sers, Ernstl!«

Steiger verließ das Schlafzimmer.

Vroni stand mit offenem Mund vor Tinas Bett und staunte.

»Sag mal. Wie kommt es, dass du so mit dem Herrn Hofrat reden kannst? Auch noch per Du? Ich hätt mir das nie getraut«, sagte sie.

Tina winkte ab. »Das ist eine alte und lange Geschichte. Er ist mir was schuldig«, näselte sie und griff sich das nächste Taschentuch.

»Kann ich noch etwas für dich tun? Ich müsst dann zurück ins Büro. Bärbel wartet sicher schon«, fragte Vroni.

Tina schnäuzte sich und erwiderte: »Wie kommst du dorthin? Ich mein, du hast Friedas Auto gebracht. Wie kommst du zurück?«

»Ich ruf mir ein Taxi. Das geht dann schon.«

»Des kummt ja goar nit infrog! Steiergölda voschwendn. I foahr di! I muaß eh no eikaffn«, sagte Frieda, die in der Tür stand.

Vroni folgte Frieda nach draußen. Tina hörte, wie Vroni Frieda fragte: »Was ist das für eine alte Geschichte? Wie kommt das, dass die beiden sich so gut verstehen?«

»Wia de Tina scho gsogg hot. Des is a oide und longe Gschicht. Ums kurz zu mochn. De Tina hot dem Herrn Hofrat amoi as Lem grett.«

»Was du nicht sagst? Erzähl! Ich will mehr drüber wissen.«

»Naa, liaba nit. De Tina mog des nit.« Das Gespräch verstummte. Tina hörte die Haustür zufallen. Dann wurde sie abgesperrt. Kurz danach hörte Tina einen Automotor. Vermutlich war das Friedas Wagen.

Endlich Ruhe! Endlich allein. Jetzt kann ich wieder über den Fall nachdenken. Wie war das? Johann aus Indien ist seit vier Tagen hier? Was will oder wollte er hier? Warum ist er gekommen? Wollte er mit seinem Vater etwas Geschäftliches besprechen? Ging es dabei vielleicht um die Plantage? Ich bin mal gespannt, ob die Familie davon wusste.

Die Haustürglocke schlug an. *Verflixt noch mal, wer ist das denn?* Poldi begann zu bellen. Wieder klingelte es. *Ich brauch endlich mal eine andere Glocke. Dieses Klingeling regt mich auf. Ich möchte eine mit …? Vielleicht Mozart? Die kleine Nachtmusik? Beethovens Neunte? Das Big-Ben-Geläute?*

Offenbar war der Besucher ungeduldig, denn es klingelte schon wieder. Vielleicht war es ja wichtig? Der Postbote konnte es nicht sein. Der kam später. Tina kletterte aus dem Bett. *Nur gut, dass ich den Jogginganzug anhab. Sonst könnt ich gar nicht aufmachen*, dachte sie und hangelte sich am Bett entlang. Ihr war schwindelig, und die Nase lief. Sie schniefte. Draußen auf dem

Flur musste sie sich an der Wand abstützen. An der Garderobe nahm sie den Haustürschlüssel aus dem Schlüsselschränkchen. *Den hat Günther mir gemacht, als wir noch bei …* Wieder klingelte es. »Ja, ja, ich komm ja schon!«, rief sie. Sie steckte den Schlüssel ins Schloss. Kaum hatte sie ihn umgedreht, öffnete sich die Haustür.

»Was ist denn los? Warum machst du nicht auf?«, fragte der Besucher.

»Günther? Was machst du denn hier? Ich dachte, du bist in Wien?«

»War ich auch«, antwortete er und sah sie erstaunt an. »Wieso bist du daheim? Überhaupt – wie siehst du aus? Du hängst herum wie nasse Wäsche auf der Leine. Bist du krank?«, fragte er.

»Ja, bin ich. Haa … haaa … hatschi!!! Ich hab mich erkältet.«

»Dann schaust aber, dass du in dein Bett kommst! Wieso überhaupt bist du nicht im Bett?«, sagte er.

»Weil es Leute gibt, die mich mitten am helllichten Tag aus dem Bett klingeln, weil sie irgendwas wollen.« Er legte fürsorglich seinen Arm um ihre Schultern und führte sie ins Schlafzimmer. Er begleitete sie noch bis zum Bett und wartete ab, bis sie drinlag. Er deckte sie zu und zog ihr die Decke bis unters Kinn. »Also?«, näselte Tina »Was willst du? Wieso bist du hier?«

Er zuckte mit den Schultern und sagte: »Ich wollt nur mal nach den Kindern sehen. Ich hab sie ja ein paar Wochen schon nicht mehr besucht.«

»Aha? Nur wegen der Kinder?«, fragte sie mit einem leicht enttäuschten Unterton in der Stimme.

»Nein, nicht nur.« Er lächelte sie an. »Ich wollt dich natürlich auch sehen.«

»Dazu hättst auch am Abend kommen können. Um diese Zeit bin ich normalerweise eh nicht da.«

»Das weiß ich. Ich hätte dich auch zum Essen eingeladen, damit wir uns in Ruhe unterhalten können.«

»Unterhalten?«, fragte Tina misstrauisch, »Worüber?« Er sah

sie ruhig an. Tina fielen wieder seine Augen auf. Sie waren damals einer der Gründe gewesen, warum sie sich in ihn verliebt hatte. Braun und dunkel, beinahe schwarz. Kleine Lachfältchen in den Augenwinkeln. Die hatte er damals schon gehabt, als …

»Also?«, fragte sie noch mal. »Worüber willst du mit mir reden? Geht's um die Kinder?«

»Ja, auch. Aber in erster Linie um dich. Aber ich glaub, es ist besser, ich komm ein andermal wieder.« Tina schniefte. Ihre Augen glänzten, was Günther natürlich falsch verstand. »Du musst jetzt nicht weinen, Tina. So schlimm ist es nun auch wieder nicht.«

»Ich wein ja gar nicht! Ich bin nur erkältet!«, rief sie und schniefte wieder. Günther gab ihr einen leichten Kuss auf die Wange.

Sie schob ihn weg. »Geh nicht so nah an mich ran. Ich steck dich sonst noch an«, sagte sie.

»Ich geh dann wieder. Ich nehm den Schlüssel mit, dann kann ich die Haustür wieder …«

»Der Schlüssel bleibt da!«, rief Tina und kletterte wieder aus dem Bett.

»Dann kann ich aber nicht zusperren!«, widersprach er.

»Brauchst auch nicht. Das mach ich selber.« Vorsichtig tapste sie auf ihn zu. Er wartete ab, um im Notfall eingreifen zu können, falls sie fiel. Es ging alles gut, bis sie zur Haustür kamen. Günther ging hinaus. Tina sperrte die Tür wieder sorgfältig zu. Sie ging zurück zum Schlafzimmer.

Kaum hatte sie einen Fuß hineingesetzt, schloss jemand die Haustür auf. Sie drehte sich um.

»Hallo, Mama!«, rief Kathi und kam auf sie zugelaufen.

»Hallo, Kathi! Hallo, Tommy? Wieso seid ihr schon da? Habt ihr nicht noch Unterricht?«

»Nein«, antwortete Kathi. »Unser Sportlehrer ist krank, und deswegen ist die Stunde ausgefallen.«

»Und du, Tommy? Warum bist du schon da?«

»Weil die Schule aus ist, und wir keinen Unterricht mehr haben. Du musst nur auf unseren Stundenplan schaun.«

»Ach so, ja.«

»Wie geht's dir heute, Mama?«, fragte Kathi und sah sie mit ihren braunen Augen an.

Genau wie Günther. Dieselben braunen Augen. Die hat sie von ihm, dachte sie. Tina lächelte und näselte: »Mir geht's schon wieder viel besser. Ich glaub, ich brauch nicht mehr ins Bett.«

»Lüg mich nicht an, Mama! Ich seh doch ganz genau, dass du noch nicht fit bist. Also geh wieder in dein Bett!«, sagte Kathi streng.

Tina hob beide Arme zur Seite und sagte: »Na gut. Ich geb nach. Aber du ...«

»Geh in dein Bett!«, befahl Kathi.

Tina ging natürlich auf diesen Befehl ein und begab sich wieder in ihr Bett.

Als sie drinnen lag, fasste Kathi die Teetassen an und meinte: »Der ist ja schon kalt. Ich bring dir gleich frischen.« Kaum war Kathi draußen, klingelte das Telefon. »Ich geh schon!«, rief Tommy. Sie hörte ihn reden. Mit wem wusste sie natürlich nicht.

Kurz darauf kam Tommy mit dem Mobilteil in der Hand und hielt es Tina hin: »Hier Mama. Dein Chef. Ich hab ihm gesagt, dass du todkrank bist, aber er will dich trotzdem sprechen.« Tina nahm das Mobilteil und nieste erst einmal kräftig hinein. Sollte Hallermeier doch hören, wie es um sie stand.

»Gesundheit!«, sagte er, als sie sich meldete. »Ihr Sohn hat mir bereits mitgeteilt, dass Sie im Sterben liegen. Aber die Sache ist wichtig.«

»Worum geht's denn, Herr Hallermeier?«

»Es geht um Herrn Grau. Also, ich mein den jungen Herrn Grau.«

»Ja? Was ist mit ihm?« Tina befürchtete schon das Schlimmste. Es hätte ja sein können, dass auch er ...

Aber Hallermeier zerstreute ihre Bedenken: »Mit ihm ist alles in Ordnung. Aber so wie es aussieht, hat er kein Alibi für den Mord an seiner Schwester.«

»Aha? Und sonst? Was ist mit dem Mord an seinem Vater?«

»Frau Kürzinger ist noch dabei, es zu überprüfen. Ich fürchte aber, dass er da auch keins hat. Es klingt zu unglaublich, was er uns erzählen will.«

»Und das wäre?«

»Er behauptet, er sei bei seiner Freundin gewesen. Das ist doch für einen Priester …«

»Durchaus möglich«, unterbrach ihn Tina. »Warum soll ein Priester keine Freundin haben?«

»Aber ich bitte Sie. Ein katholischer Priester?«

»Trotzdem. Er ist ja auch nur ein Mann.«

»Also Frau Gründlich. Ihre Einstellung in allen Ehren. Aber das kann nicht sein!«

»Sie meinen, dass es nicht sein darf? Aber einen Mord trauen wir ihm als Pfarrer schon zu?«

»Das ist doch ganz etwas anderes«, widersprach Hallermeier.

»Worum geht's jetzt eigentlich Herr Hallermeier? Ich mein, wir sollten hier keine Diskussion um Glaubensfragen halten. Was wollen Sie von mir? Ich bin krank und lieg im Bett! Also?«

»Ich möchte von Ihnen einen Tipp, wie wir weitermachen sollen?«

»Bitte was? Wer ist nun hier der Chef? Das müssen doch Sie entscheiden!«

»Nein, so mein ich das jetzt nicht. Sollen wir die anderen der Familie ebenfalls als Verdächtige sehen, oder sollen wir sie ausschließen?«

»Wieso stellt sich Ihnen diese Frage?«

»Nun, weil, weil, weil ich mir …«

»Haa … haaaaaatschi!«, unterbrach ihn Tina.

»Gesundheit! Nun, weil ich mir nicht sicher bin, ob ich sie zum Kreis der Verdächtigen zählen soll.«

»Sie haben soeben diese Frage selbst beantwortet, Herr Hallermeier.«

»Wie? Wie soll ich das verstehen?«

»Sie fragen sich, ob Sie den Rest der Familie als Verdächtige sehen sollen?«

»Ja, das frag ich mich.«

»Sehen Sie? Sie haben Zweifel. Also räumen Sie die Zweifel aus! Zählen Sie die erst mal dazu, und überprüfen Sie es.«

»Na gut, wenn Sie meinen?«

»Ich meine gar nichts. Das gehört zur Routine.«

»Gut, ich wünsche Ihnen gute Besserung. Falls ich noch Fragen haben sollte …«

»Wenden Sie sich bitte an Bärbel. Ich bin krank und im Moment unfähig zu denken. Sie kann das sicher genauso gut wie ich. Auf Wiedersehn, Herr Hallermeier!« Tina trennte die Verbindung.

Sie rief nach Kathi: »Kathi? Kommst du bitte mal?«

Es dauerte nicht lange, da stand Kathi vor ihrem Bett. »Was kann ich für dich tun?«

»Bringst du bitte das Telefon zurück. Wenn noch mal einer anruft, sagt Ihr bitte, dass ich beim Arzt bin. Ich will jetzt meine Ruhe haben.«

»Aber das ist doch gelogen! Du sagst doch immer, dass man nicht lügen darf.«

»Das ist aber etwas anderes, Kathi. Das ist reine Selbstverteidigung.«

Kathi stemmte beide Fäuste in die Hüften und sagte streng: »Also, Mama, das hätt ich nicht von dir gedacht! Selbstverteidigung? Das ist für mich aber keine Selbstverteidigung! Das ist eine glatte Lüge!«

Tina sah sich in die Enge getrieben. Kathi hatte ja recht. Wie oft hatte sie die beiden schon dafür gerügt, wenn sie gelogen hatten? Meistens waren es ja Notlügen, aber so etwas ließ Tina nicht gelten. Sie sagte: »Gut, mein Kind, wenn du sagst, dass es eine

Lüge ist, dann wird es wohl so sein. Dann machen wir die Sache anders. Wenn wieder einer anruft, dann sagst du bitte, dass ich meine Ruhe haben will. Ist das in Ordnung für dich?«

»Ja, das ist dann wenigstens ehrlich.«

Tina gab ihr das Telefon. Noch ehe Kathi es nehmen konnte, klingelte es wieder. Tina wollte schon rangehen, aber Kathi nahm es ihr schnell aus der Hand.

Sie meldete sich: »Kathi Gründlich.« Tina hörte nicht, was der Anrufer sagte. Aber als Kathi antwortete: »Hallo, Vroni! Mama kann jetzt nicht ans Telefon. Sie hat gesagt, dass sie ihre Ruhe haben will«, riss sie ihr das Teil aus der Hand.

Sie meldete sich: »Hallo, Vroni! Was gibt's?«

»Kathi hat grad gesagt, dass du deine Ruhe haben willst. Es wäre zwar wichtig, was ich dir zu sagen hab, aber das kann ja auch warten.«

»Nein! Nein! Sag, was los ist!«, rief Tina ins Telefon.

Kathi stand daneben und sah Tina wütend an. Tina warf einen Blick auf sie und wusste, was Kathi sagen wollte. Vroni begann zu erklären. Tina hörte aufmerksam zu.

»Also, die Sache ist die. Ich hab den Johannes Grau Junior überprüft. Wegen des Alibis. Du weißt schon.«

»Ja und? Was hast du rausgefunden?«

»Ja, das ist eine seltsame Sache. Ich muss das noch mal abchecken. Aber so, wie es aussieht, ist dieser Pfarrer ein ausgekochter Betrüger.«

»Wie meinst du das? Ein Pfarrer und ein Betrüger?«

»Ja, ein Betrüger ist er auf jeden Fall. Aber ein Pfarrer ist er ebenso wenig, wie du und ich Klosterschwestern sind.«

»Sag das bitte noch mal!«

Tina hörte, wie Vroni tief durchschnaufte: »Also noch mal zum Mitschreiben. Herr Johannes Grau Junior ist *kein* Pfarrer.«

Tina ließ das Telefon sinken und starrte es wortlos an. Das musste sie erst verdauen. Sie hörte, wie Vroni ins Telefon rief: »Tina? Tina, bist du noch dran?«

Sie nahm das Telefon wieder ans Ohr. »Ja, ja, ich bin noch dran. Hast du sonst noch solche Meldungen?«

»Ja, hab ich. Der Mann ist verheiratet. Er hat in Indien eine Hindi geheiratet und ist sogar konvertiert.«

»Jetzt sag bloß noch, dass er mit dieser Frau Kinder hat.«

»Ja, hat er. Zwei Mädchen. Die sind jetzt sieben und neun Jahre alt.«

»Weißt du auch, wie es dazu kam? Ich mein, er hat doch den priesterlichen Segen und ...«

»So weit bin ich noch nicht. Bärbel checkt das grade noch einmal durch. Zur Sicherheit, weißt du? Herr Hallermeier war nämlich der Meinung, dass meine Erkenntnisse nichts wert sind. Ich bin ja als Jobberl nur so etwas wie eine Praktikantin, und diese Sachen würden vor Gericht nicht anerkannt.«

»Gibst du mir dann Bescheid, wenn du mehr weißt?«

»Kannst du nicht Bärbel anrufen und fragen?«

»Doch kann ich. Aber du kennst sie ja auch schon ein bisserl. Wenn sie hört, dass ich mich einmische, ist sie gleich beleidigt.«

»Ja, gut. Ich ruf dich an. Tschüs!«

»Servus heißt das bei uns.«

»Du kannst es wohl nicht lassen?«

»Was?«

»Die Leut zu bevormunden. Das hab ich schon gestern bemerkt. Also Servus.«

»Sers, Vroni«, sagte Tina und trennte die Verbindung.

Sie gab das Mobilteil an Kathi zurück, die immer noch neben dem Bett stand und mit den Füßen trampelte. »Vroni hat recht! Du kannst es wirklich nicht lassen!«, sagte Kathi.

»Was? Was kann ich nicht lassen?«

Kathi zeigte auf das Telefon und sagte zornig: »Ich hab ganz genau gehört, um was es geht. Du liegst hier halb tot im Bett und arbeitest trotzdem.«

»Aber ich muss doch ...«

»Du musst gar nichts! Du musst nur gesund werden!«

»Aber ich …«

»Ich bring dir gleich deinen Tee«, unterbrach sie Kathi und ging.

Tina hörte, wie sie draußen mit Tommy tuschelte. Zu gerne hätte sie gewusst, was die beiden jetzt wieder ausheckten.

Tina starrte an die Decke. Sie überlegte, was ihr Vroni gesagt hatte. *Das ist der absolute Hammer! Grau Junior ist kein Pfarrer. Er ist sogar zum Hinduismus konvertiert? Was hat das zu bedeuten? Wieso zum Teufel noch mal, hat er das gemacht? So ein Theologiestudium ist doch ein Mordsaufwand und dann auch noch die Priesterweihe? Schmeißt man das einfach so weg? Was steckt dahinter? Hat er eine Frau kennengelernt, die er um jeden Preis heiraten wollte? Kinder hat er auch. Was ist mit der Firma? Was ist mit den Hilfsprojekten? Schulen und Kindergärten hat er gebaut. Wovon lebt er? Wirft diese Firma so viel ab, dass er davon leben und eine Familie finanzieren kann? Es hieß doch, dass alles Geld in die Projekte fließt? Hat er seinem Vater das erzählt? Hat er es ihm vielleicht sogar an dem Abend erzählt, an dem Grau Senior umgebracht wurde? Gab es deshalb Streit? Hat er ihn deshalb erschlagen? Unsinn! Deswegen erschlägt man doch nicht seinen eigenen Vater. Oder doch? Was ist mit Eveline? Ist sie ihm auf die Schliche gekommen und wollte ihn verraten? Wollte sie ihn erpressen? Was weiß der Rest der Familie? Scheiße! Fragen über Fragen! Ich hoff, ich bekomm von Bärbel die Antworten!*

Kathi kam mit einer großen Tasse herein. Sie stellte sie auf das Nachttischchen. »Soo«, sagte sie, »hier ist dein Tee. Ich hab aber keinen Rum reingetan. Nur Kandiszucker. Du sollst dich ja nicht betrinken, sondern nur gesund werden.«

»Danke, Kathi!«, sagte Tina, richtete sich auf und nahm die Tasse.

»So geht das nicht«, sagte Kathi und nahm ihr die Tasse wieder weg. »Beug dich mal nach vorne«, sagte sie. Tina tat, wie Kathi befohlen hatte. Diese nahm das Kopfkissen, schüttelte es auf und legte es so ins Bett, dass Tina gleichzeitig sitzen und sich mit dem Rücken anlehnen konnte. Sie drückte Tina nach hinten. »So, jetzt müsste es gehen«, sagte sie und gab Tina die Tasse.

»Ich glaub, du wirst mal Krankenschwester«, sagte Tina lächelnd.

»Nein, lieber nicht. Wenn alle Patienten so sind wie du, dann macht das keinen Spaß. Kann ich sonst noch etwas für dich tun?«

»Nein, danke. Aber wenn du mich schon so fragst, ich krieg langsam Hunger.«

»Das ist doch ein gutes Zeichen. Ich bring dir gleich eine heiße Suppe. Die Hühnersuppe von gestern steht ja noch im Kühlschrank. Ich mach sie in der Mikrowelle warm.«

Tina stellte die Tasse ab und wollte aus dem Bett.

»Liegen bleiben!«, befahl Kathi.

»Ich möchte doch nur ...«

»Das ist mir egal, was du möchtest oder willst. Du bleibst liegen, und ich bring dir die Suppe!« Tina gab auf.

Als Kathi wieder draußen war, grübelte Tina weiter. *Sie ist ein liebes Mäderl. Aber streng. Ihre spätere Familie ist schon jetzt nicht zu beneiden. Von wem sie das wohl hat? Von mir sicher nicht. Von Günther? Nein, auch nicht. Er ist viel zu gutmütig, um so streng zu sein. Dann vielleicht doch von mir? Oder schlägt meine Mutter durch? Die war auch immer gnadenlos, wenn ich krank war. Na ja. Wie auch immer. Sie meint es doch nur gut. Aber ich halt es in diesem Bett nicht mehr lange aus. Ich muss raus hier. Ich will was tun! Ich muss der Sache auf den Grund gehen. Was ist mit Grau Junior? Ach Mist! Jetzt mach ich mir schon wieder Gedanken um den. Ich soll doch nicht arbeiten! Trotzdem – ich muss hier raus!* Durch die Tür hörte sie das Telefon im Flur klingeln. *Wer das wohl wieder ist? Wahrscheinlich verlangt man wieder nach mir.* Sie kletterte aus dem Bett und ging zur Tür. Verwundert stellte sie fest, dass es diesmal schon besser ging. Sie schwankte nicht, und schwindelig war ihr auch nicht. Erleichtert öffnete sie die Tür und rief hinaus: »Wer ist es denn? Ist es wichtig?«

»Mama! Ich hab dir doch gesagt, dass du im Bett bleiben

sollst! Warum hörst du nicht auf mich?«, rief Kathi aus der Küche und kam angerannt. Sie fasste Tina am Arm und versuchte, sie wieder ins Bett zu führen.

»Ich weiß gar nicht, was du willst? Mir geht's doch gut! Schau, ich kann sogar wieder gradeaus laufen!«, erwiderte Tina und löste sich von Kathi.

Plötzlich stolperte sie. Kathi konnte sie grade noch auffangen, hatte aber das Problem, dass sie das Gleichgewicht nicht halten konnte. Also rief sie: »Tommy! Tommy! Tommy, komm mal her und hilf mir! Schnell! Die Mama ist …«

Tommy kam angerannt. Natürlich war er kräftiger als Kathi und übernahm deshalb die Führung. Er brachte Tina zu ihrem Bett und zeigte darauf: »Wenn du jetzt da nicht drinbleibst, binde ich dich höchstpersönlich fest!«, sagte er ebenso streng wie Kathi zuvor.

»Aber ich …«

»Keine Widerrede!«, sagten beide unisono im Brustton der Überzeugung. Sie verließen Tina wieder. Kurz darauf hörte Tina wieder die Haustür ins Schloss fallen. *Das wird Frieda sein. Sie ist sicher vom Einkaufen zurück*, dachte Tina. Sie hörte, wie jemand aus dem Haus lief, wieder hereinkam und wieder hinausrannte.

Die Schlafzimmertür ging auf. Frieda kam herein und sah sie streng an. »De Kathi hot mia grod vozöht, wos füa a schwierige Patientin du bist. Du duast aa nit des, wo ma da sogg?«

»Wer rennt denn do draußen rum?«, fragte Tina, ohne auf Friedas Frage einzugehen.

»Des sand de Kinda. De ramman grod de Einkäuf auf. Oiso? Wos is? Worum stehst du oiwei wieda auf?«

»Weils mia do zbled wead. De Rumliegerei mocht mi erscht recht kronk! I wü do raus! I wü oabeitn! Es is doch so vü zdoan, und i liag do und dua Damal drahn?«

»De Oabat lafft dia nit weg. Koa Surg. Außadem mocht de Bärbel des aa ohne di ganz gwieß guat.«

»I wü aba trotzdem raus!«

»I bring da glei dei Supperl. Nacha schaun mer weida«, sagte Frieda und ging wieder. Es dauert nicht lange, da kam Kathi mit einem Betttablett zu Tina. Sie stellte es beiseite und richtete Tinas Kopfkissen wieder so hin, dass sie sitzen konnte. Danach nahm sie das Tablett, klappte es auf und stellte es auf Tinas Bett. »Was soll ich damit? Wo hast du das denn her?«

»Das hast du mal gekauft, wie ich krank war. Du hast gesagt, dass ich damit auch im Bett spielen kann. Jetzt kriegst du es, damit du besser essen kannst.«

»Aha? Wo war das denn? Ich hab das schon eine Ewigkeit nicht mehr gesehen?«

»Das war in meinem Zimmer unter meinem Bett.«

»Aha? Danke schön!«

»Gerne!«, sagte Kathi und ging wieder. Frieda kam mit einer Suppentasse herein. Vermutlich hatte sie die größte genommen die sie finden konnte. »Wo kummt de denn her? So große Tassen ham mia doch goar nit?«

»De hob i beim Einkaffn mitgnumma. So a kloane Tass langt doch eh nit!«, erklärte Frieda und stellte die Tasse vor Tina auf das Tablett. Den Löffel legte sie gleich dazu. Tina nahm ihn und tauchte ihn in die Suppe. Sie kostete sie und befand sie für gut. »Guat is ja scho. Aba hoaß!«

»Soys ja aa sei. Sunst mochts koan Sinn nit«, sagte Frieda. Tina nahm vorsichtig einen weiteren Löffel zu sich. Diesmal pustete sie aber zuerst darauf, ehe sie ihn in den Mund schob. Plötzlich holte sie tief Luft. Wie aus einer Pressluftflasche kam: »Haa … haa … hatschiui!« Durch den Nieser zog sie automatisch die Beine an. Es kam, wie es kommen musste. Das Tablett kippte um, und die Suppe landete auf der Bettdecke. »Herrschaftszeitn no amoi! Iatz is des ganze Bett vasaut!«, schimpfte sie.

Kathi, die neben ihr stand, behielt die Ruhe. Sie nahm das Tablett und die Tasse und stellte beides beiseite. »So, Mama. Jetzt legst du dich in Tante Bärbels Bett, und ich mach das hier sauber.« Tina drehte sich hinüber auf Bärbels Seite des Bettes und blieb erst einmal ruhig liegen. Kathi zog das Bett ab und brachte die Wäsche nach draußen. Tante Frieda kam dazu und half ihr, das Bett wenigstens halbwegs wieder in Ordnung zu bringen. »A Bettdeck hom mer no oane am Speicher drobn. De hoy i iatz, nacha konnst di wieda neileng«, sagte sie.

Tina wartete ab, bis Frieda draußen war. Dann sprang sie aus dem Bett, zog ihren Jogginganzug in Windeseile aus und holte sich eine Jeans aus dem Schrank. Sie lauschte nur kurz, ob jemand käme. Als sie aber nichts hörte, zog sie die Jeans und einen Pullover an. *Fertig! Jetzt kann ich nach Zell fahren!*, dachte sie.

Kaum ausgedacht, ging die Tür auf, und Kathi kam herein. Sie blieb stehen, stutzte kurz und rief dann: »Tante Frieda! Tante Frieda! Komm schnell! Tante Frieda!«

Tina hörte draußen ein lautes Poltern. Offenbar kam Frieda die Treppe heruntergerannt. Atemlos stand sie kurz danach in der Tür. »Wos is denn los?«, fragte sie.

Als sie Tina sah, wurde sie kreidebleich. »Ja spinnst denn du iatz komplett? Drahst durch oda wos? Ziahg di sofurt wieda aus und geh in dei Bett!«, schimpfte sie los.

»Des foit ma ja im Traam nit ei. Wo sand deine Autoschlüssl?«

»Meine Schlüssl? Wos wüst damit?«, fragte sie. »Ah jo! Du mechst ins Büro foahrn? Des vogiss amoi ganz schnö! Du bleibst dahoam!«, sagte sie noch. Tina schob Frieda, die in der Tür stand, beiseite.

»I foahr iatz in d'Oabat! Du konnst song, wos du wüst. I mog nimma im Bett bleim!«

Kathi drängelte sich an ihr vorbei und blieb vor ihr stehen. Sie hob die Hand wie ein Schupo und rief: »Mama?! Du bleibst jetzt sofort stehen, drehst dich um und verschwindest in deinem Bett! Du benimmst dich wie ein kleines Kind!«

Tina war in einer Zwickmühle. Wie sollte sie ihrem Kind das erklären? Sie versuchte es trotzdem. Sie ging in die Knie. »Schau mal, Kathi. Du weißt doch selbst, wie langweilig das sein kann, wenn man den ganzen Tag im Bett bleiben muss?«

»Ja, das weiß ich. Aber ich darf dann auch nicht einfach aufstehen und zum Spielen raus.«

»Siehst du? Du willst zum Spielen, und ich muss zum Arbeiten.«

»Das lass ich nicht gelten, Mama! Du bist erwachsen und ich ein Kind.«

Frieda wurde die Diskussion zu dumm. Sie packte Tina am Arm und zog sie ins Zimmer: »So! Ausziahng und ins Bett!«, befahl sie.

»Vogiss es! I foahr in d'Oabat!«

Frieda sah, dass sie keine Chance hatte, Tina zu überzeugen. Also trat sie beiseite und zeigte zur Tür. »Wia du moanst. Foahr in dei Oabat und dua, wos du nit lossn konnst.« Frieda hielt leichtsinnigerweise die Autoschlüssel noch in der Hand. Tina schnappte sie sich mit einem Griff und ging an der verdutzt dreinschauenden Frieda vorbei nach draußen. Frieda reagierte zu langsam, als dass sie verhindern hätte können, dass Tina mit dem Wagen wegfuhr.

Kapitel 10

Im Büro traf sie auf Bärbel, die sie ansah, als stünde ein Geist vor ihr. »Wos mochst denn du do? I denk, du bist hoibat am Sterm?«, fragte sie.

»Wiast siechst bin i lebendig«, bekam sie als Antwort. Auch Vroni sah sie verwundert an. »Tina? Was machst du denn hier?«, fragte sie.

»Arbeiten, was sonst?«

»Aber du bist doch krankgeschrieben?«

»War ich. Ich hab mich aber selbst als gesund erklärt. Haa … haaa … hahahatschie!«

»Das hört sich aber nicht gerade gesund an«, sagte Vroni.

Tina winkte ab und sagte: »Wurscht. Das bisschen Schnupfen krieg ich schon noch weg.« Sie sah Bärbel auffordernd an. »Und? Was habt ihr bis jetzt? Was wissen wir über den Pfarrer, der keiner ist? Was ist mit der Familie? Gibt es da schon Ergebnisse? Gibt es neue Spuren?«, näselte sie.

Bärbel räumte ihren Tisch auf und sagte: »Des erledign mia murng. Iatz is Feieromd.«

»Ha? Feieromd? I foahr extra doher, dass i oabatn konn und dahoam nauskimm, und du soggst ma iatz, dass Feieromd is?«

»Ja schau amoi auf de Uhr! Do konn i nix dafüa, wann du de Uhr nit kennst?«

Auch Vroni packte ihr Zeug zusammen und legte alles fein säuberlich in die Schubladen. Sie sah Tina an. »Also? Was ist? Willst du noch dableiben, oder fährst mit uns heim?«

»No, wenns denn sei muaß? Nacha foahr i hoit wieda hoam.«

Sie verließen gemeinsam das Büro und fuhren nach Hause. Dort wartete ein gewaltiges Donnerwetter auf Tina. Schon als sie nach Bärbel und Vroni das Haus betrat, stellte sich Kathi vor sie hin. Sie stemmte die Fäuste in die Hüften und sagte: »Sag mal, Mama? Was fällt dir eigentlich ein? Lässt uns hier stehen wie ein paar Schulkinder und haust einfach ab? Mama! So geht das nicht! Wenn du krank bist, bist du krank und gehörst ins Bett und nicht auf Verbrecherjagd! Ich will so etwas nicht noch einmal erleben!«

Tommy hieb in dieselbe Kerbe. »Kathi hat völlig recht! Du gehst einfach, und wir können schaun, wo wir bleiben. Vor allem Kathi hat sich für dich den Arsch aufgerissen, und wie dankst du ihr das? Du haust einfach ab! Das ist nicht fair! Nein, absolut nicht fair!«

Zuletzt hatte auch Frieda etwas mitzuteilen. Sie redete sogar in Hochdeutsch: »Ich will jetzt nicht lange drum herumreden. Du hast dich völlig inakzeptabel verhalten. Du wirst bemuttert, verhutschelt und betrutschelt, und dann haust du einfach ab. Zudem hast du dir deine Erkältung selber zuzuschreiben. Weißt du was? Du solltest dich schämen.«

Tina war völlig zerknirscht. Damit hatte sie nicht gerechnet. Aber sie musste vor allem vor sich selbst zugeben, dass die drei recht hatten. Es war unfair, es war gemein, und es war rücksichtslos. Sie schaute die drei nacheinander an und sagte leise: »Ihr habt ja recht. Ich werd's wiedergutmachen.«

»Fragt sich bloß wie«, setzte Tommy hintendran.

»Das weiß ich noch nicht. Aber wir werden sehen.«

»Was gibt's zum Abendessen?«, fragte Bärbel.

»Hühnernudeleintopf mit Gemüse«, sagte Frieda.

Tommy zog die Nase kraus. »Gemüse? Bääh. Mag ich nicht.«

»Du wirst essen, was auf den Tisch kommt!«, erwiderte Frieda.

Bäbel, Vroni und Tina zogen sich ins Wohnzimmer zurück. Bärbel sagte zunächst nichts, und Tina schien vor Neugier zu platzen. »Jetzt red schon! Wie ist der Stand der Dinge?«

»Jetzt nerv nicht. Ich hab gesagt, es ist Feierabend, und dabei bleibt's auch«, erwiderte Bärbel.

»Ach komm schon. Ich hab mir den ganzen Tag über den Kopf zermartert und möchte endlich Ergebnisse haben!«

»Nein!«, antwortete Bärbel kategorisch und zwinkerte dabei Vroni zu.

»Ha!«, rief Tina aus, die dieses Zwinkern gesehen hatte. »Erwischt! Jetzt mach's nicht so spannend!«

Bärbel schnaufte tief durch. »Also, wenn's denn unbedingt sein muss?«

»Es muss! Es muss wirklich! Sonst kann ich heut Nacht nicht schlafen!«

Bärbel schaute Vroni an und forderte sie auf: »Erzähl du, was abgelaufen ist.«

Vroni setzte sich aufrecht hin und begann ihren Bericht: »Also, dass der Pfarrer kein Pfarrer ist, hab ich dir ja schon erzählt. Auch, dass er konvertiert und verheiratet ist, zwei Kinder hat und bereits seit vier Tagen hier ist. Das weißt du auch schon.«

»Ja ja, das weiß ich alles. Erzähl mir was, das ich noch nicht weiß! Woher habt ihr diese Informationen?«

»Das war alles reiner Zufall. Als ich versucht hab, im Auftrag von Bärbel übrigens, mehr über diesen Sohn herauszufinden, hab ich auch in Indien angerufen und …«

»Indien? Kannst du denn Indisch?«

»Nein, aber Englisch. Also, ich hab da angerufen und mich dumm gestellt. Ich wollte Pfarrer Grau sprechen. Da wurde mir gesagt, dass es gar keinen Pfarrer Grau gebe und dieser deshalb auch nicht bekannt sei.« Vroni legte eine kleine Pause ein, was Tina noch kribbeligger machte: »Ja und? Erzähl weiter! Was noch? Wo hast du angerufen? Bei der dortigen Gemeinde?«

»Nein, ich hab bei dieser Palmölplantage angerufen. Als mir da gesagt wurde, dass es diesen Pfarrer Grau nicht gebe, hab ich nachgefragt, ob es denn einen Herrn Johann Grau gebe. Dies wurde mir dann bestätigt. Seine Sekretärin hat mir dann alles Weitere erzählt. Dass er vor etwa zehn Jahren dort aufgetaucht sei und mit dem Geld nur so um sich geschmissen habe. Er gründete und baute neue Schulen, ein Krankenhaus und Kindergärten. Selbst eine Schreinerwerkstatt hat er aufgemacht. Dafür hat er sich extra einen Schreinermeister von hier geholt, der die Ausbildung der jungen Frauen und Männer übernehmen sollte. Dabei muss er irgendwann eine Frau kennengelernt haben, die dann bald darauf schwanger wurde. Eine Tochter …«

»Und weiter? Erzähl endlich weiter!«, feuerte Tina Vroni an.

»Es blieb natürlich nicht aus, dass das dortige Bischöfliche Ordinariat davon erfuhr. Ihm wurde nahegelegt, das Priesteramt aufzugeben …«

»Was er dann auch getan hat?«, unterbrach sie Tina.

»Ja, hat er. Er ist dann auch konvertiert und hat die Frau geheiratet. Nach dem dort üblichen Ritual natürlich.«

»Weiter, weiter …«, drängelte Tina wieder.

»Sie haben dann noch ein Kind bekommen, wieder eine Tochter. Grau führte die Firma weiter, als wäre nichts gewesen. Seine jetzigen Mitarbeiter, also die Leute auf der Plantage, wissen nicht viel über ihn. Er hat den Ball ziemlich flach gehalten. Aber die Firma floriert und macht gute Umsätze. Aber …« Wieder machte Vroni eine Pause.

»Aber?«, fragte Tina nach.

»Aber das Geld, das für die sozialen Einrichtungen bereitgestellt wurde, schrumpfte in der letzten Zeit. Es gab nicht mehr so viel. Grau begründete dies damit, dass die Schreinerei und die Plantage genügend Umsatz machten, um sich selbst und die Einrichtungen zu erhalten. Seine Sekretärin wusste aber, dass er viel Geld auf ausländische Konten überwiesen hat.«

»Seine Familie? Was wusste seine Familie von dem Ganzen?«

»Das wissen wir noch nicht. Ich hab alle für morgen vorgeladen. Dann werden wir ja sehen, was die wissen und was nicht«, sagte Bärbel.

»Das ist der momentane Stand?«, fragte Tina. »Sonst nichts?«, setzte sie enttäuscht hinzu, als Bärbel und Vroni nickten.

»Was willst du denn sonst noch? Das ist schon eine Menge für einen Tag«, erwiderte Bärbel gereizt.

»Na ja, zum Beispiel wie es mit der momentanen Situation in Graus Firma aussieht? Hat man schon die Insolvenz beantragt?«

»Nein, bisher nicht«, erlärte Vroni. »Wir, also Bärbel und ich, denken, dass die Familie zuerst noch alles Geld, was rauszuholen ist, beiseiteschaffen will.«

»Also Insolvenzverschleppung?«

»Wenn du es so nennen willst?«

»Was sagen die Anleger dazu? Die Aktionäre?«

»Auch da haben wir bisher nicht viel. Aber ich denk mal, die werden sehen, dass sie die Aktien loswerden, ehe alle wertlos sind.«

»Wenn's dazu nicht schon zu spät ist. Wer kauft denn schon praktisch wertlose Aktien?«

»Vielleicht ein Investor, der die Firma übernehmen will?«

»Das geht doch auch nicht. Noch liegt die Mehrheit bei der Familie, oder etwa nicht? Da müssten die schon einen Anteil von denen bekommen«, rätselte Tina.

»Vielleicht wollte ja unser Herr Pfarrer in spe seine Aktien loswerden?«

»Du meinst, er hat mit seinem Vater darüber geredet, die sind dadurch in Streit geraten, und er hat seinen Vater umgebracht?«, fragte Vroni nachdenklich.

»Und was ist mit Eveline? Was ist mit der? Warum wurde sie umgebracht? Was denkt ihr?«

»Das Essen ist fertig!«, unterbrach ein Ruf Friedas die Diskussion. Sie standen auf und gingen hinüber. Nach dem Abendessen blieben sie sitzen und unterhielten sich noch einmal über die beiden Fälle.

Tina warf gleich die letzte Frage wieder in die Runde: »Also? Was denkt ihr? Wer hat Eveline umgebracht und warum?«

»Vielleicht wollte sie ja auch ein Stück vom Kuchen abhaben«, mutmaßte Vroni.

»Oder sie wollte Johannes zur Rede stellen, und er hat sie umgebracht. Ein Alibi hat er jedenfalls nicht«, warf Bärbel ein.

»Dazu hätte sie ja wissen müssen, dass er im Lande ist«, meinte Tina.

»Ich denk, das werden wir morgen erfahren«, sagte Bärbel.

»Warum gehen wir eigentlich davon aus, dass es jemand aus der Familie war?«, fragte Vroni. »Es könnte doch sein, dass die Freundin von Johannes Junior …«, fügte Vroni hinzu.

»Wer ist eigentlich diese Freundin? Weiß das jemand?« unterbrach sie Bärbel.

»Apropos Freundin. Vielleicht war es aber auch Frau Greil! Die Freundin vom Senior«, schlug Tina vor.

»Welches Motiv sollte sie denn haben?«

»Das Testament! Vielleicht weiß sie ja, was drinsteht, und wollte ihre Schäfchen ins Trockene bringen?«

»Welche Schäfchen? Sie weiß doch auch, dass die Firma pleite ist.«

»Ja eben! Sie wollte zuerst noch absahnen. Die noch ausstehenden Dividenden abräumen.«

»Welche Dividenden? Glaubst du allen Ernstes, dass es da noch Dividenden gibt? Wo sollen die denn herkommen? Außerdem müsste sie ja im Testament bedacht werden«, stellte Vroni verwundert fest.

»Wisst ihr was? Ich hab jetzt genug von den offenen Fragen. Ich geh jetzt ins Bad und dann ins Bett!«, verkündete Tina und stand auf.

»Ich geh dann auch mal«, schloss sich Bärbel an.

Vroni wartete noch ein Weilchen. Als Tina und Bärbel im Schlafzimmer verschwanden, ging auch sie ins Bad.

Tina lief und lief und lief und kam doch kaum einen Schritt vorwärts. Schließlich erreichte sie die alte Sigg-Kapelle, die am Rand des Weges lag. Ihr dicht auf den Fersen war ein alter Mönch in einer brauen Kutte. Diese wurde von einem hellen Seil geschnürt. Grade noch hatte sie die Türe zudrücken können, um zu verindern, dass er ebenfalls in die Kapelle kam. Sie drehte sich um und lehnte sich dagegen. Ihr Blick fiel auf den Altar. Die Figur! Die Figur am Kreuz. Eigentlich sollte sie ja Christus darstellen. Aber jetzt? Jetzt war da kein Christus! Jetzt lachte sie der Mönch hämisch an. Sie hörte, wie er sang: Du kommst mir nicht aus! Ich krieg dich! Warte, warte nur ein Weilchen, dann komm ich auch zu dir. Mit meinem kleinen Hackebeilchen mach ich Gulasch aus dir. Dazu winkte er mit diesem seltsamen Messer. Eigentlich ja ein Werkzeug. Wie hieß es wieder? Streuhippe? Heppe? Nein, richtig! Streuheppe hieß das Ding. Er stieg vom Kreuz und kam durch das türkise Gitter direkt auf sie zu. Dabei schwang er das Messer wie eine Sichel. Tina drehte sich um und riss die Türe auf. Raus! Nichts wie raus hier! Sie rannte die steinernen Stufen hinunter und die Straße hinauf, die zum Blausee führt. War es so schon beschwerlich, den Weg zu gehen, kam es Tina vor, als schleppte sie eine tonnenschwere Last hinter sich her. Immer wieder stolperte sie und fiel hin. Nur ganz langsam, endlos langsam kam sie vorwärts. Da! Endlich war sie oben angekommen. Sie blieb stehen, um kurz durchzuschnaufen. Da hörte sie wieder sein Lachen. Unweit von ihr stand er auf dem Weg, der weiter zum See führte, Sein bleiches Gesicht betonte die Röte seiner Lippen. Aus seinem Mund stieg eine stinkende Wolke, die man noch bei ihr riechen konnte. Er kam auf sie zu. Nah, ganz nah stand er vor ihr, als er das Werkzeug hob. Er schlug zu.

»Tina! Tina, wach auf! Tina, bitte wach auf!«, rief jemand.

Tina schlug die Augen auf. Ihr war kalt, unendlich kalt. Ihre Zähne klapperten aufeinander. Gleichzeitig schwitzte sie. Sie kam sich vor, als wäre sie grade aus der Dusche gekommen. Sämtliche Gelenke, Knochen und Muskeln taten weh. Sie schaute entsetzt auf Bärbel, die sich über sie gebeugt hatte. »Du bluatst!«, stellte sie fest.

Bärbel fuhr sich mit dem Handrücken über die Nase. Als

sie darauf sah, meinte sie nur: »Des woast du. Du host mia auf d'Nosn ghaut.«

»I? Wia kummst iatz do drauf?«

»Du host a so um di ghaut, dass i di festhoitn hob miassn. Do host zuaghaut.«

»Des duat ma leid. Des woit i nit. I hob doch bloß …«

»Schlecht dramt host. A Fiaba host aa wieda!« Tina schob Bärbel beiseite und wollte aus dem Bett. »Du bleibst gfälligst lieng. I hoy an Dokta!«, sagte Bärbel und ging hinaus. Tina hörte sie telefonieren.

Währenddessen kamen Tommy, Kathi und Vroni ins Schlafzimmer. »Mama? Was ist mit dir? Bist du immer noch krank?«, fragte Kathi und kam zu ihr.

»Ich glaub … Haaahaahahahatschiii! Ich glaub schon.«

Kathi fasste ihr an die Stirn.

»Du hast Fieber«, stellte sie fest.

»Halb so wild«, sagte Tina und wollte wieder aus dem Bett.

»Liegen bleiben!«, befahl Kathi und drückte sie zurück.

»Aber ich muss doch …«

»Du musst gar nichts, außer gesund werden!«, sagte Vroni.

Bärbel kam zurück. »Der Doktor kommt gleich. Er ist in einer halben Stunde da, hat er gesagt«, erklärte sie

»Aber, Bärbel, hat das jetzt sein müssen? Der haut mir wieder eine von seinen Spritzen rein und scheißt mich gscheid zsamm!«

»Womit er durchaus recht hat. Warum bist du gestern nicht daheim in deinem Bett geblieben? Das wäre vernünftiger gewesen. Aber nein, Madam Gründlich muss ja unbedingt aufstehen und die Kollegen im Büro nerven! Ich sag dir eins. Wenn du heut wieder im Büro auftauchen solltest, lass ich dich von der Bereitschaft einsperren!«, drohte Bärbel.

»Dei Nosn bluat oiwei no«, stellte Tina lakonisch fest.

Bärbel nahm sich eins von den Papiertaschentüchern auf Tina Nachttischchen und putzte sich die Nase.

»Dann kann der Doktor dich ja auch gleich verarzten«, meinte Kathi.

»Ich richt jetzt das Frühstück her«, meinte Bärbel und verließ mit den Kindern das Zimmer. Auch Vroni wollte gehen.

Tina hielt sie aber zurück. »Vroni? Denkst du daran, was wir gestern ausg'macht haben?«

»Du meinst mit den Unterlagen und den Aussagen?«

»Ja, schickst mir die Sachen bitte per Mail? Dann kann ich sie ausdrucken und lesen.«

»Nein! Das tu ich nicht! Das kannst du vergessen! Ich mach das nicht!«, weigerte sich Vroni.

»Vroni, bitte. Ich kann nicht den ganzen Tag hier …«

»Das kommt überhaupt nicht in Frage! Ich lass mich nicht von Bärbel zur Minna machen. Sie ist eh schon sauer auf dich.«

»Bitte, Vroni. Du bist doch die Einzige, die …«

»Nein, und ich sag's nicht noch mal.« Nun ging auch Vroni.

Tina liefen die Tränen übers Gesicht. Wütend schlug sie mit der Faust auf die Bettdecke. *Ich Trottel! Ich Rindviech! Was muss ich auch in den kalten See steigen! Das hätt ich mir sparen können. Jetzt lieg ich da und wart auf den Doc. Fieber hab ich, und kalt ist mir auch! Mich friert's wie einen nassen Hund. Wahrscheinlich stink ich auch so. Gibt's da nicht irgendein Hausmittel, das mich wieder fit macht? Tee kann's nicht sein. Den hab ich gestern genug getrunken. Ich werd nachher den Doc fragen. Vielleicht weiß der ja was. Da gibt's doch sicher so Tropfen, die einen ratz, fatz …*, überlegte sie.

»Hob is nit gwusst? Iatz liegst do wia a pröde Krötn! Gestern no gscheid gwen und nit auf mi ghert, und heit lieng mer wieda flach und kenna kaam schnaufa!«, sagte plötzlich Frieda, die unbemerkt von Tina ins Schlafzimmer kam.

»Loss deine Bemerkunga. Mia geht's eh nit guat. Do konn i dei Meinung nit aa no braucha!«

»Wiast moanst. De Bärbel hot ma gsogg, dass an Dokta ongruafn hot. Dea miassat eh glei kemma. I sog eahm, dass ea dia a Spritzn einihaut, dass du so schnö nimma woch weast.«

»Du untasteh di! I loss ma koa Spritzn nit gem!«

»Mia wean sechn«, sagte Frieda und ging.

Nun war Tina wieder alleine. Sie lauschte, konnte aber außer Friedas Geschirrklappern in der Küche nichts hören. Wahrscheinlich waren die Kinder schon auf dem Weg zur Schule und Vroni mit Bärbel auf dem Weg ins Büro. Die Hautürglocke schellte. Frieda öffnete und begrüßte den Ankömmling herzlich. Wahrscheinlich war es der Arzt. Tina wartete ab.

Es dauerte nicht lange, da kam ihr Hausarzt ins Zimmer. »So, Tina. Da bin ich. Wie geht's dir? Gut schaust ja nicht grad aus. Was hast du für Schmerzen?«

»Ich? Ich hab keine Schmerzen. Ich bin nur ein bisserl … Haatschi! Hahahahatschi! … erkältet, sonst nichts. Nichts, wofür man einen Doktor braucht.«

»Bärbel hat mir aber am Telefon gesagt, dass du hohes Fieber hast und …«

»Die soll nicht so einen Schmarrn daherreden. Mir fehlt gar nichts. Du kannst also wieder gehen.«

»Ich werd nicht gehen, ohne dich gründlich untersucht zu haben«, meinte er.

»Wenn's denn sein muss?«

»Es muss. Du kannst es mir glauben.«

Er untersuchte Tina von Kopf bis Fuß, machte sich Notizen und zog eine Spritze auf. Tina zeigte darauf und fragte ängstlich: »Was ist das? Du willst mir doch nicht etwa …?«

»Das ist nur etwas zum Schlafen. Frieda hat mir erzählt, dass du renitent bist und keine Ruhe geben willst. Also muss ich dafür sorgen, dass du dich erholst. Auf mich hörst du ja nicht. Ich hab dich krankgeschrieben, damit du dich mal ausruhst.«

Nur widerwillig ließ Tina sich die Spritze geben. Der Arzt schrieb noch ein Rezept aus, das er Frieda, die in der Tür stand, gab. »Hier. Dreimal täglich fünf Tropfen in ein Glas mit Wasser oder Tee. Dann müsste die Sache in ein paar Tagen überstanden sein.«

Tinas Augen brannten leicht. Sie wurde schläfrig. Langsam glitt sie hinüber ins Reich der Träume. Sie bemerkte nicht einmal mehr, wie sich der Arzt verabschiedete.

Tina stand am Ufer des Blausees. Sie blickte hinein. Wie schön blau er doch war. Daher hatte er auch seinen Namen. Blau war er aber nur bei schönem Wetter, wenn sich der Himmel darinnen spiegelte. Wenn es bewölkt war, schimmerte er in sanftem Grau. Sie sah sich um. Rund um den See standen junge Tannen. Klein waren sie noch. Man hatte sie erst vor kurzem *gepflanzt. Im Vorjahr hatte ein Sturm sämtliche alten Tannen und Kiefern umgelegt. Einfach so geknickt. Der Schaden war immens. Seltsamerweise betraf es nur die Bäume um den See herum. Lediglich ein Hang in östlicher Richtung war in Mitleidenschaft gezogen worden. Auch da waren die Bäume teilweise geknickt oder entwurzelt. Beim Abtransport der Bruchhölzer kam sogar ein Waldarbeiter ums Leben. Jetzt aber war wieder alles weitgehend gerichtet, und wer es nicht besser wusste, konnte nicht mal erahnen, was hier passiert war. Da! Wieder eine Forelle! Oder war es ein Saibling? Ganz hinten! Bei der Quelle, die direkt aus dem Berg kam, sprangen welche in die Höhe. Wahrscheinlich um sich eine der Eintagsfliegen zu schnappen, die über die Wasseroberfläche tanzten. Tina wollte weitergehen. Den Weg um den See herum, der hier an dieser Stelle begann und nur unweit von hier wieder endete. Sie machte einen Schritt, dann blieb sie ruckartig stehen. Irgendjemand oder etwas hielt sie an der Schulter fest. Sie drehte sich um und sah in das Gesicht eines alten Mannes. Sie kannte ihn. Nur woher? Woher kannte sie den Mann? Er lächelte und zeigte wortlos auf den See. Tina folgte dem Fingerzeig. Sie glaubte ihren Augen nicht zu trauen. Da tanzte jemand auf der Oberfläche. Jemand? Ein Mädchen. Eine junge Frau. Sie schien Flügel zu haben, wie eine Libelle. Klein war sie. Eine Fee? Feen gab es hier in den Hohen Tauern zuhauf, glaubte man alten Erzählungen. Auch die Geschichte vom brennenden Rosengarten und dem König Laurin war Tina ein Begriff. Die Fee oder was immer auch es war, tanzte und flog in die Höhe, dann nach links und nach rechts, und schließlich winkte sie ihr zu. Sie kam näher. Sie flog direkt auf Tina zu. Tina besah sie sich genau. Das Gesicht! Das Gesicht! Es war Eveline, die da tanzte! Sie drehte sich wieder um und sah dem Mann abermals ins Gesicht. Jetzt bemerkte sie, dass es der Einsiedler war. Bruder Johannes!*

Tina erwachte und blickte sich um. *Wo bin ich?*, fragte sie sich. *Grad war ich noch am Blausee, und jetzt? Wo bin ich jetzt?*

Aus der Küche hörte sie Frieda singen: »Tiroler Land, du bist so schön …« Tina lächelte still in sich hinein.

Daheim. Ich bin daheim. Aber was war das soeben? Hab ich geträumt? Geträumt von Bruder Johannes und seiner Tochter? Wollten sie mir etwas sagen? Etwas mitteilen? War es wichtig? Aber nein. Das war reiner Bödsinn. Das gab es nicht. Oder doch?

Tina schloss wieder die Augen und versuchte erneut einzuschlafen. Noch immer trällerte Frieda: »Des Nachts, wenn alles schläft, nur ich allein bin wach, dann steig ich auf die Alm hinauf und jag dem Gamsbock nach …«

»Frieda! Frieda!«

Der Gesang brach ab, und Frieda kam zu ihr herein. »Wos gibt's? Brauchst wos? Is dia nit guat? Mei Maderl. Du schaust aus, ois obst a Gspenst gsechn hättst! Host schlecht dramt?« Sie fühlte Tinas Stirn. »De is ja ganz hoaß! I moch da schnö an koitn Wickl.«

»Naa, brauchts nit. I möcht di nua bittn, dass'd nimma singst. I kon nit schloffn.«

»Ah so? No ja, dann sing i hoit nit«, sagte Frieda in einem Ton, der Tina schmerzte.

Tina wusste, dass Frieda gerne und oft sang. Vor allem wenn sie etwas auf dem Herzen hatte, wenn es ihr seelisch nicht gutging. Dann sang Frieda. Sie sang mit einer Inbrunst, dass wohl jede Opernsängerin vor Neid erblasst wäre. Wahrscheinlich war es jetzt so. Sie, Tina, war offenbar die Ursache, dass es Frieda nicht gutging. Frieda schniefte kurz und stand auf.

Tina nahm ihre Hand und drückte sie. »Wenn dia iatz noch singa zmuat is, nacha singst hoit. Nimm auf mi koa Rücksicht nit«, sagte sie.

Frieda sah sie an und nickte. »Passt scho«, sagte sie und ging.

Tina schloss wieder die Augen. Sie versuchte, den ganzen Fall Revue passieren zu lassen. Aber nichts geschah. Es passte einfach nichts zusammen.

Ein Pfarrer in Indien, der kein Pfarrer war, dann ein Eremit oder auch Einsiedler, der kein Mönch oder Priester war, beide hatten sie Frauen und, was das Seltsamste dran war, auch noch Freundinnen. Das ist es! Genau das muss es ein. Grau Senior wurde von seiner Frau umgebracht, weil er eine Freundin hatte! Warum bin ich da nicht früher draufgekommen? Was aber ist mit Eveline? Sie war nicht verheiratet, und so konnte es keinen betrogenen Ehemann geben. Eher hätte doch Grau Junior dran glauben müssen! Er ist verheiratet und hat zwei Kinder. Dennoch hatte er hier eine Freundin. Eine Freundin? Aber wen? Wer ist diese Freundin? Das muss ich schnellstens herausfinden. Aber dazu muss ich ins Büro. Ins Büro? Nein, das geht nicht. Das geht auf keinen Fall. Die reißen mir den Kopf ab, wenn ich dort auftauche. Aber wie stelle ich das an, dass ich doch noch an die nötige Information komme?

Frieda begann wieder zu singen. Diesmal schien es ihr Vico Torriani angetan zu haben. »La Pastorella ist so jung und schön …« Wieder mit einer Inbrunst, die Steine hätte erweichen können. Diesmal wollte Tina sie nicht unterbrechen. Nein, diesmal nicht. Sie wollte lauschen. Einfach nur zuhören. Frieda sang weiter: »Er hat gesagt …«

Schließlich hielt Tina es nicht mehr aus. Sie stand auf und ging in die Küche. Frieda bekam nichts davon mit. Sie sang gerade: »D'rum schenk ihr jeden Tag von deiner Zeit …«

Tina setzte sich leise auf einen Küchenstuhl. Frieda hatte das Lied beendet und summte nur noch die Melodie. Plötzlich drehte sie sich um und erblickte Tina, die ihren Kopf auf eine Hand stützte und lächelte.

»Wos mochst denn du do? Schaugst nit glei, dass'd in dei Bett kimmst? Aba dalli, bevur i narrisch wead!«, schimpfte sie.

Tina stand auf. »I woit di bloß wos frong. Dann geh i glei wieda in mei Bett«, begann Tina.

»Und wos waar des? Wos wüst wissen?«

»Du kennst doch an Haufa Leit do in da Gegend.«

»Ja, und?«

»I moan, kanntast du di vielleicht amoi umhörn, ob du wos erfoahrn konst, wöche Frau oda Maderl a Gspusi mit oam aus Indien hot?«

»Mit am Inder? Naa, do hob i no nix ghert.«

»Naa, so moan i des doch nit. Dea is koa Inder. Dea is oana vo uns do. Dea lebt bloß in Indien und is hoit manchmoi do.«

»Oiso a Soizbuaga?«

»Ja. Oda aa wieda nit. Dea is vur a poar Joahr noch Indien ganga und duat durt …«

»Du moanst iatz nit den Grau Junior?«

»Ja, den moan i. Kanntast du di do a bisserl umhern, ob du rauskriagst, wea dem sei Freindin is?«

Frieda zuckte mit den Schultern und sagte: »Probiern konn i des. Aba moch dia nit z'fü Hoffnung, dass i wos rauskriag.«

Tina ging zu ihr hin und gab ihr einen Kuss auf die Wange: »Du bist de Beste! Danksche!«

»Iatz schleichst di aba wieda in dei Bett.«

»Ja, mach i«, sagte Tina und ging zurück.

Wie versprochen, legte sie sich auch gleich wieder in ihr Bett. Sie wusste, dass sie Frieda jetzt auf keinen Fall verärgern durfte, sonst wäre sicher nichts aus der notwendigen Information geworden.

Es dauerte nicht lange, da kam bei Tina wieder Langeweile auf. Sie schaute auf ihren Wecker. *Zwölf Uhr!* Sicher waren Bärbel und Vroni bereits durch mit ihren Befragungen. *Was sie wohl rausbekommen haben? Gibt es relevante Ergebnisse? Ob Vroni mir doch die Dateien schickt? Vielleicht wollte sie mich ja nur tratzen?*

Ich muss nachschaun. Jetzt gleich? Nein lieber nicht. Ich wart noch ein bisserl. Tina wältzte sich hin und her.

»Haa … haa … hatschi!« *Dieser verflixte Schnupfen! Husten hab ich keinen. Gott sei Dank! Also auch keine Lungenentzündung im Anzug. Das hätt mir grad noch gefehlt! In die Klinik! Da komm ich an überhaupt keine Informationen!*

»Soo, Tina. I bring dia a Supperl. Heit gibt's ganz wos feins. A Rindssuppn mit Nudeln und Bockerbsen drin. Des mogst du doch, oda?«, sagte Frieda und brachte einen Teller mit Suppe herein. Sie duftete verführerisch, aber eigentlich hatte Tina keinen Hunger. Oder doch? Sie durfte es sich mit Frieda nicht verscherzen. Sie gab sich so viel Mühe. Frieda stellte die Suppe aufs Nachttischchen. Dann ging sie wieder. Tina setzte sich auf und schaute in den Teller. Backerbsen! Sie wäre gestorben für Backerbesen – normalerweise. Aber jetzt? Jetzt hatte sie nicht den geringsten Gusto auf diese gebackenen Kugerl. Ein Löffel lag im Teller. Tina nahm ihn und kostete ein wenig von der Suppe. Salz! Da fehlte Salz. Ein wenig nur, aber immerhin. Ihr blieb aber nichts anderes übrig, als die Suppe trotzdem zu essen. Ein befreundeter Koch hatte mal gesagt, dass man den Koch tödlich beleidigt, wenn man ein Gericht nachsalzt. Frieda kam wieder herein. Sie brachte das Klapptablett mit, das ihr Kathi am Vortag gegeben hatte.

Sie stellte es auf Tinas Bett und den Teller gleich dazu. »Host as scho probiert? Schmeckt's?«

»Ja hob i. Ausgezeichnet wia oiwei. Bloß …« *Sollte sie ihr jetzt sagen, dass Salz fehlte?*

»Wos is bloß? Föht wos? I hob extra a wengal Soiz weniga nei. Des is nit gsund.«

»Geh sei so guat und bring ma trotzdem a Soiz. De is sunst so fad«, bat Tina.

Frieda ging und brachte ihr den Salzstreuer.

»Sog amoi Frieda?«, begann Tina.

»Wos is?«

»Gehst du heit no amoi einkaffn?«

»Ja, hättst wos braucht?«

»Ja, mein … mei … mei Puda is ma ausganga. Kannst ma oan mitbringa?«

»Puda? Wos füa a Puda?«

»No ja, hoit an Gsichtspuda.«

»Füa wos brauchst nacha den? Du schminkst di doch sunst nit?«

»Wea woaß? Vielleicht brauch i oan, wenn i wieda in d'Oabat geh?«

»No ja, wannst moanst, nacha bring i dia hoit oan mit.«

»Frieda?«, begann Tina erneut.

»Ja? Brauchst sunst no wos?«

»Kanntast du mia des Strickzeigl bringa? I brauch wos zum doan. Mia is langweilig.«

»Wos mechst nacha stricka? I moan bloß, wecha da Woi. Wos mechst füa oane?«

»I mecht füan Günther an Schal strickn und vielleicht füan Tommy aa.«

»Guat, i brings da«, sagte Frieda und ging wieder. Tina gab etwas Salz in die Suppe und aß sie. Sie war gerade fertig geworden, als Frieda mit der Schachtel mit Wolle kam. Sie stellte sie vor Tinas Bett. »Do, suach da raus, wos du brauchst. De Nodeln bring i dia glei.« Frieda nahm den Teller und blickte hinein. Zufrieden meinte sie: »Guat. Du host ois zsammgessn. Mogst no oane? I hob no gnua.«

»Naa, danksche, Frieda! Bringst mia iatz de Nodeln?«

»Suach du zerscht dei Woi raus. Sunst woaß i ja nit, wöche Stärkn du brauchst.«

Tina hob das Tablett und stellte es auf den Boden neben das Bett. Frieda nahm es und trug es mitsamt dem Teller hinaus. Tina stieg aus dem Bett, nahm den Karton und suchte die Wolle, die sie brauchen konnte. Sie suchte und suchte, fand aber keine, die ihr gefiel. *Frieda muss mir eine bringen!*, dachte sie.

»Host dei Woi?«, fragte Frieda, als sie zurückkam.

»Naa, de richtige is nit dabei. Kanntast mia oane mitbringa? A graue vielleicht? Nit zu dick.«

»Ja moch i. I foah eh glei los zum Eikaffn. In oana Stund bin i wieda do. Kimmst woih ohne mi kloar?«

»Ja, aufs Klo konn i woahrscheinli no söba geh.«

»Aba sunst bleibst scho im Bett?«, fragte Frieda, die Tina gut genug kannte, misstrauisch.

»Ja, i bleib in meim Bett«, versprach Tina. Frieda ging. Schon bald darauf hörte Tina die Haustür. Kurz danach fuhr Frieda offenbar weg.

Auf diesen Moment hatte Tina gewartet. Sie kletterte aus ihrem Bett und hangelte sich am Bett entlang zur Tür. Ihr war etwas schwummrig. Sie musste sich am Türrahmen festhalten, um nicht umzukippen. Langsam, immer auf ihr Gleichgewicht achtend, ging sie zu ihrem Büro. Dort schaltete sie den Rechner ein und wartete ein wenig, bis er hochgefahren war. Sie rief die Mails ab. *Werbung! Nichts als Werbung! Man sollte die einsperren, die so was zulassen!*, dachte sie.

Da! Eine Mail von Bärbels Rechner! An dem saß ja Vroni. Bärbel benutzte schließlich Tinas Rechner.

Kapitel 11

Sie öffnete die Nachricht und staunte. Dies war der ausführliche Bericht über die Befragungen. Sie druckte die Seiten aus und nahm sie mit ins Schlafzimmer. Dort legte sie sich wieder ins Bett. Sie begann zu lesen.

Zuerst die Befragung von Graus Frau. Kein besonders befriedigendes Ergebnis. Hier stand nur, dass Frau Grau von der bevorstehenden Insolvenz wusste und dabei war, ihre Anteile auf dem Markt anzubieten. Zum Todeszeitpunkt ihres Mannes hatte sie ein Alibi. Angeblich ein Treffen mit einem Investor, der ihre Aktien kaufen wollte. *Mitten in der Nacht?* Dies musste aber noch überprüft werden.

Die Befragung von Markus und Lukas war ebenso unergiebig. Sie gaben sich gegenseitig ein Alibi sowohl für den Todeszeitpunkt ihres Vaters als auch für den ihrer Schwester Eveline. *Aber was war nun mit Johannes?* Tina nahm das nächste Blatt und las es. Johannes gab zu, dass er kein Priester mehr sei. Er gab im Grunde alles zu, was Tina ohnehin schon wusste. Dass er verheiratet war und zwei Töchter hatte. Angeblich wusste außer seinem Vater niemand davon. Er hatte die Legende des Priesters in Indien der Familie gegenüber aufrechterhalten. Es war zwar nicht einfach, aber es funktionierte.

Nur Eveline schien ihm dahintergekommen zu sein. Sie stellte Fragen. Seltsame Fragen. Wie er denn Frauen gegenüber stehe, ob er homosexuell sei und ob er denn nicht aus der Verantwortung treten wolle und eine Familie gründen. Die Firma, so sagte sie angeblich, würde doch auch so laufen. Dies war ein Punkt, an dem er unsicher geworden war und deshalb nach Hause gefahren war. Er wollte mit Eveline reden. Sie davon überzeugen, dass er immer noch Priester sei und nicht daran denken würde, seinen Beruf, den er sehr liebte, aufzugeben. Was die Firma betraf, wusste er nicht so recht, was sie damit meinte. Ob es nun der Konzern seines Vaters war oder die Plantage in Indien. Dies wollte er alles mit Eveline besprechen. Leider kam es nicht mehr dazu, denn sie wurde zuvor umgebracht. Warum er dies alles geheim halten wollte, sagte er aber nicht.

Natürlich wurde er auch nach seiner Freundin gefragt, zumal er diese als Alibi angegeben hatte. Zunächst weigerte er sich, ihre Identität preiszugeben, musste dann aber damit herausrücken, weil er sonst noch mehr in den Kreis der Verdächtigen geraten wäre. Tina staunte nicht schlecht, als sie las, wer denn diese ominöse Freundin war. Es handelte sich dabei um Bettina Griebel, eine Marktleiterin in Mittersill. Er habe sie kennengelernt, als er zu einer Betriebsversammlung in Salzburg war. Dort waren sie sich nähergekommen und schließlich ein Paar geworden. Aber auch diese Sache hatte einen Haken. Frau Griebel wusste, dass er angeblich ein Priester war, aber es machte ihr anscheinend nichts aus, da er in Indien lebte. Auch mit der Entferung kam sie klar. Er hatte ihr versprochen, bald nach Hause zurückzukehren und seinen Beruf aufzugeben. Bärbel hatte auch diese Frau befragt. Sie gab ihr Verhältnis mit Johannes Junior zwar zu, konnte aber sein Alibi nicht bestätigen.

Gut, da muss ich dranbleiben. Aber wahrscheinlich macht das Bärbel auch. Was aber ist mit Lukas und Markus? Die haben ebenfalls kein Alibi. Jedenfalls für mich. Aber auch darum wird sich Bärbel kümmern. Was ist mit Frau Griebel? Eigentlich hat sie auch kein Alibi. Der Todeszeitpunkt von Eveline ist … Wo steht das denn? Ach ja, hier! Der Todeszeitpunkt von Eveline war gegen acht Uhr morgens. Wer kommt dafür in Frage? *Frau Griebel? Nein, die musste sicher in der Filiale sein. Aber trotzdem. Die muss auch überprüft werden. Johannes! Der kann auch kein Alibi vorweisen.*

Jedenfalls nicht für Eveline. Beim Mord an seinem Vater? Hat er auch keins. Also wenn ich mir das so überlege, kommt eigentlich nur Johannes Junior als Täter bei beiden in Frage. *Eine andere Möglichkeit gibt es nicht. Warum sonst sollte er lügen und Alibis erfinden? Aber auch Frau Greil. Hat die überhaupt ein Alibi? Ein überprüfbares Alibi? Braucht sie eins? Ich denke, ja. Aber woher soll sie das nehmen? Ihr Freund war Johannes Senior. Aber – vielleicht hat sie ja einen anderen? Einen, der ihr das abnimmt? Einen, der für sie die Morde begangen hat? Nachprüfen! Unbedingt überprüfen! Notfalls observieren.*

Tina hörte die Haustür. *Frieda! Frieda kommt zurück. Wohin mit den Unterlagen?* Tina hob die Bettdecke hoch und schob die Unterlagen darunter. Keine Sekunde zu früh, denn Frieda kam herein und hielt ihr die Puderdose hin. »Is des des Richtige?«, fragte sie.

»Ja, ja, passt schon«, sagte Tina eilig.

»Is irgendwos? Du schaust so duachananda aus? Is wos passiert?«

»Naa, nix is passiert«, log Tina. Frieda holte noch die Wolle, die sie gekauft hatte und zeigte sie Tina. »Do schau. Im Angebot. Feine Mohairwolle. Do konnst am Günther an richtig woarma Schaal strickn.«

»De is aba schee«, sagte Tina, als sie die Wollknäuel befühlte.

»I bring da glei de Nodeln dazua. Nacha konnst strickn.« Es dauerte eine Weile, bis Frieda zurückkam. Sie schaute Tina streng an und zeigte zur Tür. »Wos soy des? Worum liagst du mi on?«

»I woaß goar nit, vo wos du redst?«

»I woar grod in deim Büro, weil de Stricknodeln durt sand. Und wos siech i? Dei Computer lafft. Woarst du iatz durt drent oda nit?«

Tina zog die Schultern zusammen und sagte leise: »I woit doch bloß wos nochschaun.«

»Und wos, wenn i frong deaf? Wos gibt's so Wichtigs, dass du ois Kranke aufstehst und ins Büro gehst?«

»I woit doch bloß wissen, wos …«

»Du woitst wissen, wias in eiam Foi weidageht? De Vroni hot dia wos gschickt! Stimmt's? Dera wead i aba wos vozöhn, wanns hoamkimmt! So wos unvernünftigs! Oiso do hert se ja ois auf! I dua mi ob und schau, dass dia bessa geht, und wos mochts es? Oabatn! Oabatn obwoih … Ah geh! Wos reg i mi auf? S'is ja dei Gsundheit!«, schimpfte sie und verließ das Zimmer. Tina schnaufte tief durch. Sie hörte, wie Frieda mit Poldi redete: »Dei Frauli is a recht a dumme Nuss. Moant, i spann des nit.« Poldi kläffte nur kurz. »Ja gö, mia zwoa sand schlaua«, sagte Frieda noch.

Tina wagte es nicht, die Blätter wieder hervorzuholen. Sicher kam Frieda noch einmal zurück. Schließlich brauchte sie ja noch die Stricknadeln. Tina wartete noch ein wenig, dann stand sie auf und wollte zur Tür. Dabei stolperte sie, da sie ihr Gleichgewicht nicht richtig halten konnte. Es gab natürlich einen Rumpler, den Frieda offenbar gehört hatte.

Schon stand sie in der Tür. »Wos is iatz los? Worum bist du nit in deim Bett? Schaug bloß, dass'd wieda einikimmst!«, rief sie erzürnt.

»I woit doch bloß … I brauch doch …«

Frieda sah Tina an, die auf den Knien vor ihr lag. »Wos is überhaupt passiert? Is da schlecht wurn, oda wos?«

»Naa, i bin üba a Briafmoarkn gstoipert. Frog nit so bled!«

»Frech wean aa no! Oiso woaßt?« Obwohl Frieda zu Recht wütend war, half sie Tina auf die Beine. Sie führte sie zurück ins Bett. Als Tina sauber verpackt darin lag, fielen Frieda die Blätter auf, die herausgerutscht waren. »No sauba. De nimm i iatz mit, und du gibst a Ruah!« Sie nahm die Blätter und wandte sich ab.

Als Frieda die Tür erreichte, rief ihr Tina nach: »Frieda! I brauch de Stricknodln. I mecht doch stricka!«

»Worum soggst des nit glei?«, antwortete Frieda unwirsch und brachte Tina die Nadeln.

Tina nahm die Wolle und begann zu stricken. Dabei gingen

ihr wieder die Unterlagen durch den Kopf. *Also? Wie war das? Frau Griebl ist die Freundin von Johannes Junior. Frau Greil ist, nein, war die Freundin vom Johannes Senior. Dann haben wir da noch die Frau von Johannes Senior. Dann gibt's noch den Lukas und den Markus. Das wäre mal der engste Familienkreis. Nein! Da gibt's noch jemanden! Was ist mit Johannes' Geschwistern? Die arbeiten doch auch in der Firma. Sozusagen als Entschädigung. Haben die nicht auch einen Grund, ihn umzubringen? Das muss ich herausfinden! Bärbel muss sich mit denen unterhalten. Sicher hat der eine oder andere ein Motiv, und sei es nur so unwesentlich, dass man es nicht sieht. Aber es könnt ja sein, dass ...? Nein! Sie sind doch eigentlich gut versorgt, haben einen Job bei ihrem Bruder und ... Wie spät ist es eigentlich? Zwei Uhr? Ich muss abwarten, bis Bärbel und Vroni heimkommen. Ich muss ihnen das sagen, dass sie die nicht vergessen sollen.*

Es klopfte an Tinas Tür. »Herein?«, bat sie.

Günther kam rein. In seiner Begleitung befand sich eine Frau in Tinas Alter. Nicht hässlich, aber eine Schönheit war sie zumindest in Tinas Augen auch nicht gerade. Seltsamerweise sah sie ihr selbst sehr ähnlich. Man hätte sie beinahe für Schwestern halten können. Als Tina dies auffiel, revidierte sie ihren ersten Eindruck sofort. Diese Frau war wirklich ansehnlich. Beinahe doch eine Schönheit.

»Servus«, begrüßte sie Günther und gab ihr einen Kuss auf die Wange. »Darf ich vorstellen«, sagte er und zeigte auf seine Begleiterin, »das ist Angelika. Wir kennen uns seit drei Monaten und haben vor, zunächst einmal zusammenzuziehen.«

Angelika trat auf Tina zu und gab ihr die Hand. In der anderen Hand, die sie zunächst hinter ihrem Rücken versteckt hatte, erkannte Tina eine Schachtel Pralinen. Ihre Lieblingspralinen! »Hallo, Tina! Ich hoff, ich darf dich so nennen. Das Sie, glaub ich, passt grade nicht so.«

Tina nahm zunächst die Pralinen und schaute Angelika misstrauisch an. *Was will die von mir? Vor allem, was hat Gün-*

ther vor? Ist das wieder eine von denen, die er glaubt, heiraten zu müssen? Sie reichte Angelika ebenfalls die Hand. »Danke für die Pralinen! Das hat dir wohl Günther gesagt, dass es meine Lieblingspralinen sind? Und du hast recht. Das Sie ist so unpersönlich. Ihr kennt euch also schon länger?«

»Ich hab doch gesagt, seit drei Monaten«, erwiderte Günther.

»Ach so, ja. Wo habt ihr euch kennengelernt? In der Sauna?«

»Nein«, antwortete Günther. »Stell dir vor, das war ein Zufall. Ich war beim Einkaufen, und da ist sie mir aufgefallen. Sie hat grade Regale eingeräumt, und da ist ihr eine Schachtel Müsli runtergefallen. Ich hab's aufgehoben und ihr gegeben. Da hat's sofort gefunkt«, erklärte er weiter.

»Du arbeitest also in einem Supermarkt? Bist du Verkäuferin?«

»Nein«, antwortete Günther für Angelika. »Sie ist Marktleiterin im Graugans-Markt in Zell.« Tina war wie elektrisiert. Konnte das ein Zufall sein? Hatte ihr eine höhere Macht ausgerechnet jemanden geschickt, der ihr Auskunft über Kollegen geben konnte? Tina ließ sich nichts anmerken. Sie fragte: »Als Marktleiterin hast du sicher viel Verantwortung? Ihr habt auch Schulungen, nicht wahr? Da lernt man dann auch Kollegen aus anderen Orten und Märkten kennen?«

»Das kannst du laut sagen. Aber die meisten sind … na ja, sagen wir mal ein bisschen überkandidelt. Sie glauben, sie sind was Besseres, weil sie Marktleiter sind. Von den Gebietsleitern ganz zu schweigen. Die spielen sich auf, als wären sie der liebe Gott persönlich.«

Tina entschloss sich zum Frontalangriff: »Dann kennst du sicher auch Frau Griebel aus Mittersill?«

»Ja, die kenn ich. Das ist eine ganz seltsame Person. Stell dir vor, die hat einen Verlobten, der in Indien lebt, und dann hat sie noch einen Freund, der ist in der Zentrale für den Fuhrpark zuständig. Er ist, nein, er war ein Bruder unseres toten Chefs.«

»Sie fährt also zweigleisig?«

»Wenn du das so nennen willst? Also, ich halte das für eine Sauerei. Zwei Männer gleichzeitig zum Narren halten. Das ist für mich völlig unverständlich.«

»Da gebe ich dir völlig recht«, stimmte Tina zu. In Tinas Kopf schwirrte es, sie konnte Angelika nicht mehr folgen. Diese stellte Frage um Frage, aber Tina war nicht in der Lage, ihr zu antworten. *Noch ein Verdächtiger! Hab ich's doch gewusst! Die Verwandtschaft. Die Geschwister vom alten Grau! Aber nein. Er ist doch nur der Freund der Freundin von Johannes Junior. Die beiden wissen sicher nichts voneinander. Aber wenn Bettina Griebel ... nein, das passt nicht.*

»Was meinst du dazu?«, fragte Angelika. Tina hatte die Frage natürlich nicht verstanden. Sie antwortete nur: »Ja, ja, du hast recht, so denke ich auch.«

»Du meinst also auch, dass Günther zu viel trinkt?«, fragte Angelika noch einmal.

»Wie? Günther und zu viel trinken? Na ja. Manchmal lässt er es ganz schön krachen.«

Nun war es Günther, der sich einmischte: »Sag mal, Tina. Stehst du unter Drogen? Was hat dir der Arzt verschrieben?«

»Wieso? Wie kommst du darauf?«

»Na ja, ich hab den Eindruck, dass du gar nicht richtig zuhörst. Mir scheint, du bist ein bisserl daneben?«

»Weil ich g'sagt hab, dass du manchmal ein bisserl zu viel trinkst?«

»Nein, weil du auf die anderen Fragen gar nicht reagiert hast.«

Nun war Tina in einer argen Zwickmühle. »Ihr müsst entschuldigen, aber ich hab wahrscheinlich tatsächlich das falsche Medikament erwischt. Frieda hat es wohl vertauscht«, versuchte sie sich rauszureden.

Ich muss telefonieren! Ich muss Bärbel anrufen! Aber wie? Ich komm nicht ans Telefon, und mein Handy ist draußen in meiner Tasche! Soll ich Günther fragen, ob er mir seins gibt? Nein das geht nicht! Angelika darf nichts davon mitkriegen. Sie ist eine

Außenstehende. Da kann ich nicht mit Bärbel über Dienstliches reden. Noch dazu wenn's um eine Kollegin von Angelika geht. Ich muss das später tun. Irgendwie komm ich schon an ein Handy. Die Kinder! Kathi muss mir ihr Handy geben. Nein, das wird sie wahrscheinlich nicht tun. Sie ist eh sauer auf mich. Aber Tommy. Tommy kann mir seins geben. Aber erst muss ich die zwei loswerden.

»Tina? Tina, is dia nit guat?«, fragte Frieda, die plötzlich neben ihr am Bett stand. Tina starrte sie an, wie einen Geist.

»Wo is da Günther? Wo is de Angelika?«, fragte sie.

»De zwoa sand ganga, nochdem du mittn untam Redn eigschloffn bist.«

»I? Untam Redn eigschloffa? Geh, iatz moch di nit lächerlich. I und eischloffn.«

»I hoy iatz an Dokta. Normal is des nit!«, sagte Frieda und eilte nach draußen.

Hoffentlich kommen die Kinder bald. Die Schule müsste längst aus sein. Ich brauch den Tommy. Aber ich muss aufpassen, dass mich Kathi nicht beim Telefonieren erwischt. Sonst kracht's gewaltig, und ich bin mein Ansehen als Respektsperson endgültig los. Die Medikamente! Hat Frieda mir überhaupt die Tropfen gegeben, oder hat sie sie vergessen? Nein, beide haben wir sie vergessen. Vielleicht liegt's ja daran, dass ich, wenn überhaupt, eingeschlafen bin. Mitten unterm Reden. So ein Blödsinn. So etwas ist mir noch nie passiert und wird mir auch nicht passieren!

Tina hörte Frieda telefonieren. Offenbar versuchte sie gerade, dem Arzt zu erklären, was passiert war. Ihm schien es ähnlich zu ergehen wie Tina. Auch er konnte sich das nicht erklären.

Endlich hörte sie die Kinder zur Haustür hereinkommen. Sie stürmten sofort zu ihr ins Schlafzimmer. »Mama!«, rief Kathi. »Wie geht's dir? Bist du immer noch krank? Hast du Kopfschmerzen? Brauchst du irgendwas? Kann ich etwas für dich tun?«, fragte sie und nahm Tinas Hand. Offenbar war der Ärger vergessen. Oder nur verdrängt? Oder wollte Kathi einfach nicht mehr drüber reden? Egal. Kathi war hier und machte sich Sorgen um ihre Mutter.

»Mir geht's schon wieder ganz gut«, sagte Tina, als auch Tommy ihr dieselben Fragen stellte. »Ich bin bloß noch ein bisserl schlapp. Tante Frieda behauptet, ich sei eingeschlafen, während ich Besuch von Papa und seiner Freundin hatte. So ein Blödsinn!«

»Wer weiß! Vielleicht bist du ja auch ohnmächtig geworden, und keiner hat's gemerkt?«, meinte Kathi dazu.

»Vielleicht? Aber jetzt kommt gleich der Doktor. Der wird schon wissen, was los ist«, sagte Tina beruhigend.

»Ich geh dann wieder. Ich muss noch Hausaufgaben machen. Wir haben heute viel auf. So was Blödes. Ich wollt doch eigentlich bei dir bleiben.«

»Macht nichts. Geh nur«, sagte Tina.

Kathi verließ das Schlafzimmer.

»Ich geh auch gleich. Ich geh dann später zum Fußballspielen«, verabschiedete sich Tommy.

»Tommy? Halt, wart mal«, flüsterte ihm Tina zu.

»Ja? Was ist?«, fragte Tommy und kam näher.

»Kannst du mir mal dein Handy leihen?«, fragte Tina leise.

»Wozu? Wen willst du anrufen?«

»Ich sag's dir, wenn du versprichst, es niemandem weiterzuerzählen.«

»Okay. Aber keine Auslandsgespräche!«

»Keine Auslandsgespräche. Versprochen.«

Tommy gab ihr sein Handy. Sie wählte die Nummer vom Büro. »Kriminalpolizei Zell am See? Wer spricht?«, meldete sich Vroni.

»Hallo, Vroni! Ich bin's, Tina. Kannst du mir mal Bärbel geben?«

»Die ist grad nicht da. Die macht eine Vernehmung. Worum geht's denn? Vielleicht kann ich dir helfen?«

»Du hast mir doch die Unterlagen geschickt. Danke erst mal

dafür. Mir sind da ein paar Sachen aufgefallen, die Bärbel unbedingt nachprüfen muss.«

»Das hat sich Bärbel schon gedacht, dass du anrufst. Sie hat mich nämlich dabei erwischt, wie ich dir die Sachen geschickt hab. Die war stocksauer, kann ich dir sagen.«

»Dein Kopf ist aber noch dran?«

»Ja, schon. Aber sie hat gesagt, dass ich mir das nur nicht noch einmal erlauben soll, dir die Akten zu schicken, solange du krank bist.«

»Ich verstehe. Du denkst also, dass es im Moment besser wäre, wenn ich mit ihr nicht über die Sachen reden würde?«

»Davon würde ich dringendst abraten. Bärbel ist im Moment auf hundertachtzig und nicht zurechnungsfähig.«

»Aha? Na dann ist es wohl besser …«

»Da Dokta hot iatz koa Zeit nit!«, rief plötzlich Frieda, die in der Tür stand. »Iatz telefonierst scho wieda! So wos vo unvernünftig!«, rief sie, kam zu Tina und nahm ihr das Handy weg. Sie hielt es sich ans Ohr und rief hinein: »Wer immer Sie auch sind, rufen Sie hier nicht mehr an!« Dann trennte sie die Verbindung. Sie schaute Tina siegesbewusst an. »So und des is iatz beschlagnahmt! Du kriagst as erscht wieda, wenn …«

»Aba …«, versuchte Tina einen Widerspruch anzubringen.

»Nix aba! Du gibst iatz a Ruah!«, rief Frieda und nahm das Telefon mit.

»Des ghert doch am Tommy!«, rief ihr Tina nach.

»So? Dann hot ea dia des gem? No, dem wead i aba wos vozöhn!«

»Lossn in Ruah, Frieda! Ea hots doch bloß guat gmoant. Do bin i schuid dron«, nahm Tina Tommy ins Schutz. Sie wusste, wenn Frieda mit ihm fertig war, würde er sich mit Sicherheit nie mehr auf so etwas einlassen. Aber vielleicht brauchte sie ihn ja doch noch einmal. Frieda sah sie nachdenklich an. »No, wenn des a so is? Guat, i sog nix zu eahm. Aba du ziahgst eahm aa nimma in so wos nei«, sagte sie nach kurzer Überlegung.

Das Handy in Friedas Hand begann zu klingeln. Nein, eigentlich klingelte es nicht. Es gab nur ein Stück Musik wieder, das Tommy als Klingelton eingestellt hatte. Seltsamerweise war es keine sogenannte Bumbum-Musik, die die jungen Leute sonst immer hören, und es war auch keine Dudelei. Da rief nur jemand: »Bärbel ruft an! Bärbel ruft an!« Immer und immer wieder.

Frieda schaute erstaunt auf das Display. »So, so. De Bärbel. Dera wead i aba iatz wos vozöhn!« Sie nahm den Anruf an: »Frieda Gründlich?« Noch ehe Bärbel etwas sagen konnte, polterte Frieda los: »Sog amoi Bärbel? Host denn du übahaupt koa Hirn nit? Worum ruafst du do on? De Tina is kronk und braucht ihra Ruah!«

Sie lauschte kurz und fragte nach: »Wos? An Tommy wüst hom? I gib eahm di glei. Woat a bisserl«, sagte sie und lief mit dem Handy aus dem Schlafzimmer.

Tina schnaufte erleichtert durch. Sie hoffte, dank Bärbels Anruf einem weiteren Gefecht mit Frieda aus dem Weg entronnen zu sein. Sie lehnte sich zurück und schloss die Augen. Es dauerte nicht lange, da kam Frieda zurück. »So, und iatz zu uns zwoa. I moch dia iatz no amoi an Tee und dua da dei Medizin eini. Nacha konnst schloffn. I mecht schließli aa mei Oarbat doa und nit oiwei Kronknschwesta spün.«

»Frieda?«, sagte Tina leise, als Frieda zur Tür ging. Sie drehte sich um. »Wos wüst no?«

»Geh sei so guat und dua ma an Löffe Honig mit in den Tee. Dea schmeckt sunst so grauslig«, sagte Tina.

»Guat, moch i. Aba dann muaß guat sei«, antwortete sie und verließ das Schlafzimmer. Es dauerte nur ein paar Minuten, dann öffnete sich die Tür wieder. Tommy kam herein. Er schlich mehr, als er ging. Er schaute noch einmal vorsichtig durch den Türpalt. Beinahe wie ein Einbrecher, der Ungutes im Schilde führt. »Was willst du denn hier? Geh lieber wieder, ehe dich Tante Frieda erwischt«, sagte Tina zu ihm.

Tommy legte einen Finger auf den Mund. »Pschscht, Mama! Nicht so laut, sonst hört dich Tante Frieda noch.«

»Was gibt's denn so Wichtiges?«

»Tante Bärbel hat grad angerufen. Sie wollte eigentlich mit dir reden, aber das ging ja nicht, weil …«

»Was hat sie gesagt? Was wollte sie?«, unterbrach ihn Tina aufgeregt.

»Sie hat gesagt, dass alles in Ordnung sei, und sie hat sich nach dir erkundigt, wie es dir denn so geht. Vroni sei ihr eine große Hilfe, hat sie gesagt, weil Vroni ihr den ganzen Schreibkram abnimmt. Sie hat g'meint, dass du den Onkel Ernst fragen sollst, ob sie nicht …«

Weiter kam er nicht, denn Frieda erschien im Zimmer. »Was machst du denn da? Lass deine Mama schlafen. Sie muss doch wieder gesund werden. Außerdem könnte es sein, dass du dich bei ihr ansteckst, und dann hab ich noch so einen Kranken im Haus, um den ich mich kümmern muss.«

»Ich geh ja schon. Ich hab Mama nur einen lieben Gruß von Tante Bärbel ausrichten müssen.«

»Haaa … haa … hatschi! Haahaahatschiui!«, nieste Tina wieder. Sie griff zum Nachtschränkchen und holte sich ein Taschentuch.

Sie schnäuzte sich laut und sagte: »Lass ihn doch, Frieda! Er steckt sich schon nicht an. So nah kommt er mir doch gar nicht.« Frieda sah beide nacheinander misstrauisch an.

»So, so? Einen Gruß von Tante Bärbel? Sonst hast du nichts ausrichten müssen?«

»Nein, nur, dass alles in Ordnung sei und Vroni eine große Hilfe ist«, sagte Tommy wahrheitsgemäß.

»Und das soll ich dir glauben? Nur einen Gruß?«

»Ja, nur einen Gruß! Und wenn du mir nicht glaubst, dann frag sie doch selber. Du kannst sie gerne anrufen!«, sagte er und hielt Frieda das Handy hin.

Frieda schien zu überlegen, ob sie nun anrufen sollte oder

nicht. Aber sie wusste dabei auch, dass dies ein Vertrauensbruch Tommy gegenüber gewesen wäre. Er log ja sonst auch nur äußerst selten. Warum sollte es diesmal anders sein? Frieda stellte die Teetasse, die sie in der Hand hielt auf das Nachttischchen. Tommy ging wieder.

»So, dei Tee«, sagte sie und ergänzte: »I hob extra vü Honig eini gem, dea muaß ja pappsiaß sei. Den trinkst iatz, und dann muaß a Ruah sei füa heit.«

Tina nahm die Tasse und trank einen Schluck. »Ah geh, dea is ja wirkli siaß. Host du iatz do an Honig in Tee eini gem oda an Tee in a Glasl Honig?«

»Red koan söchan Schmoarrn nit. Du woitast den ja a so hom.«

»Is scho guat. So hob i des aa nit gmoant.«

»Nacha is ja recht. Iatz trinkst no dein Tee, und nacha schloffst a wengal«, sagte Frieda milde lächelnd. Sie ging zur Tür. Kurz bevor sie hinausging, wandte sie sich noch einmal um. »Oans sog i dia. Wannst murng wieda koa Ruah nit gibst, leg i mei Omt nieda und geh hoam.«

»Ja ja, scho guat. I hoit mi zruck.« Dabei lächelte Tina schwach. Das Medikament schien bereits zu wirken. Tina schlief tatsächlich ein. Sie bemerkte nicht, wie Bärbel und Vroni zu ihr kamen, um nach ihr zu sehen, dass Kathi und Tommy ihr eine gute Nacht wünschten, und auch nicht, dass Frieda ihr noch eine Tasse Tee ans Bett brachte.

Mitten in der Nacht wachte sie auf. Sie sah um sich, konnte aber wegen der Dunkelheit nichts erkennen. Sie spürte nur, dass sie fror. Gottserbärmlich fror. Neben ihr lag Bärbel und schlief. Dabei schnarchte sie wie immer. Sie gab auch die von Tina lieb gewonnenen leisen Schmatzer von sich. Tina schaltete das Licht ein. Erst jetzt erkannte sie, warum sie so fror. Bärbel hatte ihr wohl im Schlaf die Decke weggezogen und sich selbst darin eingewickelt. Unwillig zog Tina an der Decke, um sie zurückzubekommen. Bärbel grunzte nur erbost und zog ebenfalls daran.

Tina zerrte wieder und wieder, bis Bärbel ein »Wos soy des?« von sich gab und sich aufrichtete. Sie schaute Tina verschlafen an und fragte: »Wos soy des iatz wean? Warum nimmst du mia mei Deck weg?«

»Des is nit deine, sondan meine«, klärte Tina sie auf.

Bärbel sah verwundert darauf und gab dann zu: »Ja, stimmt. De hob i dia woih im Schlof weggnumma.« Tina deckte sich zufrieden zu und schloss die Augen. Sie konnte aber nicht mehr einschlafen.

Kapitel 12

Während Bärbel wieder schnarchte, schossen Tina tausend Gedanken durch den Kopf. *So viel Durcheinander. So viel Hektik. Den ganzen Tag über auf Volllast fahren? Sogar nachts hat man keine Ruhe. Ich träum wirres Zeug, glaub an Geister und Gespenster. Hab Schlafstörungen und … wie hat der Doktor gesagt? Ja, er hat recht! Ich hab die Nase voll. Ich brauch wirklich mal eine Auszeit. Urlaub! Das wär's. Wann hab ich das letzte Mal Urlaub gehabt? Vor einer halben Ewigkeit. Ich geh morgen gleich in ein Reisebüro und buch mir eine Reise. Aber wohin? In die Berge brauch ich nicht. Die hab ich daheim. Ans Meer? Will ich nicht. Ich mag das Salzwasser nicht. Irgendwohin, wo es das alles nicht gibt. Keine Berge, kein Meer, kein … Ich glaub, jetzt spinn ich wirklich! Aber egal! Ich muss mal raus. Was anderes sehen. Vielleicht zu Ernstl nach Salzburg? Mit ihm in die Oper? Er hat doch dort ein Abo. Hat er nicht sogar eine Loge? Die Kinder? Na ja. Die werden eine Weile ohne mich auskommen. Aber … nein, das geht nicht!*

Es war sechs Uhr morgens, als Bärbel leise aufstand. Sie schlich regelrecht aus dem Schlafzimmer, um nur ja Tina nicht zu wecken. Vorsichtig zog sie die Tür ins Schloss. Tina wachte aber dennoch auf. Sie tastete hinüber in Bärbels Bett und flüsterte: »Bärbel? Bist scho wach?« Sie spürte, dass das Bett leer war.

Erschrocken sah sie auf den Wecker. *Sechs Uhr? Bärbel ist schon auf! Ich muss auch raus!*, dachte sie und stand auf. Sie hatte die Rechnung aber ohne ihren Kreislauf gemacht. Prompt knickten ihre Knie ein. Sie ging zu Boden wie ein k. o. geschlagener

Boxer. Mühsam rappelte sie sich auf und hielt sich an der Bettkante fest. Sie zog sich hoch und schüttelte den Kopf, um die Schleier von ihren Augen wegzubringen. Aber es half nichts. Ihr wurde nur noch schwindeliger.

Vorsichtshalber setzte sie sich wieder auf das Bett und wartete ab. Sie hoffte, dass die Schleier von selbst verschwinden würden. Wieder stützte sie sich auf dem Bett ab und richtete sich auf. Sie zog sich langsam vorwärts bis zum Schrank. Dort ließ sie die Bettkante los und machte einen schnellen Schritt auf den Schrank zu. *Das wäre doch gelacht, wenn ich mich unterkriegen ließe!*, dachte sie. Sie wollte sich am Schrank abstützen, aber sie griff daneben. Prompt landete sie auf dem Boden. Dies verursachte einen dumpfen Schlag. Offenbar war der bis in die Küche zu hören, denn plötzlich kam Bärbel angerannt.

»Spinnst iatz komplett? I glaub, du host nimma olle Tassn im Schrank!« Gemeinsam mit Vroni brachte sie Tina zurück ins Bett. »I bind di fest, wannst no amoi aufstehst!«, drohte Bärbel.

Tina blieb liegen, bis sie hörte, dass sowohl die Kinder als auch Bärbel und Vroni aus dem Haus gingen.

Frieda kam leise herein. Tina tat, als ob sie noch schliefe. Frieda stellte eine Tasse Tee auf das Nachtschränkchen. Tina spürte regelrecht den Blick, den Frieda auf sie warf. Noch wagte sie nicht, die Augen zu öffnen, aber schleßlich blinzelte sie doch mit den Augen und rekelte sich. »Bist scho wach?«, fragte Frieda.

»Ja, bin i.«

»I hob da an Tee brocht.«

»Mit dem grausligen Zeigl drin?«

»Ja, aba i hob a poar Löffe Honig dazua und no a poar Stückl Kandis eini doa. Nacha schmeckt ea nimma so greislig.«

Tina stützte sich mit den Ellbogen ab und richtete sich halb auf. Frieda meinte wohl, sie müsse ihr helfen, denn sie hielt sie mit einem Arm am Rücken fest. »Es geht scho, danke, Frieda«, sagte Tina und griff nach der Tasse. Sie trank den Tee und stellte zufrieden fest, dass er nicht mehr ganz so übersüßt war wie am

Vortag. Frieda blieb noch, bis Tina den Tee ausgetrunken hatte, nahm die Tasse und ging wieder.

Langsam spürte Tina die Wirkung des Medikaments. Sie wurde wieder müde und versank in einem traumlosen Schlaf. Erst gegen Mittag erwachte sie. Sie verspürte Hunger und wollte aufstehen. Bereits als sie die Decke zurückschlug, kam Frieda herein und stellte ihr eine heiße Suppe auf das Nachttischchen. »Wia geht's da denn iatz?«, fragte Frieda fürsorglich.

»Scho bessa. I moan de Erkötung is weg.«

»Des is guat. Iatz iss erscht amoi, und nacha sehng mer weida.« Als Frieda den Teller abholte, brachte sie auch gleich wieder eine Tasse Tee mit dem Medikament mit. Tina trank ihn und schlief ein paar Stunden. Später bat Tina um ihr Strickzeug, das ihr Frieda auch brachte. Tina strickte den Rest des Nachmittags über. Dabei verschwendete sie keinen Gedanken an den Fall. Es fiel ihr zwar nicht leicht, aber irgendwie schaffte sie es dann doch, Bärbel und Vroni nicht nach dem Stand der Dinge zu fragen, als diese nach Hause kamen.

An diesem Abend konnte Tina mit der Unterstützung der Kinder aufstehen und in der Küche gemeinsam mit den anderen zu Abend essen. So vergingen die Tage. Tina wunderte sich über sich selbst, dass sie es tatsächlich schaffte, loszulassen. Sie dachte nicht mehr an die Fälle, und sie fragte auch nicht nach. Vor allem ließ sie Vroni in Ruhe, damit sie nicht noch mehr Ärger mit Bärbel bekam. Es ging ihr von Tag zu Tag besser. Der Doktor schaute ein paarmal bei ihr vorbei und stellte zufrieden fest, dass sich Tinas Zustand zusehends besserte. Er lobte Frieda sogar: »Du solltest in der Klinik arbeiten. Du kriegst das hervorragend hin.«

Frieda hielt alle Anrufe von ihr fern. Sogar den Hofrat reichte sie nicht weiter. Sie blockte jeden mit den Worten ab: »Tina ist krank, sie schläft. Ich darf sie jetzt nicht stören.« Tinas Kinder sahen nur ab und zu herein.

Nach fünf Tagen, als Bärbel und Vroni am Abend heimkamen, sagte Tina gut gelaunt: »Was ist? Wer geht mit mir heut in die Muckibude? Ich brauch Training. Meine Muskeln sind total schlaff.«

Bärbel und Frieda sahen sich nur an. Vroni meinte begeistert: »Muckibude? Ich bin dabei! Wann fahren wir?«

»In einer Stunde?«, meinte Tina.

»Gut, ich geh nur noch schnell duschen, und dann können wir«, sagte Vroni.

Bärbel meinte misstrauisch: »Traust du dir das schon zu? Ganz fit bist du ja noch nicht.«

»Doch!«, sagte Tina, »Für ein bisserl Laufen auf dem Band und Radeln auf dem Ergometer und vielleicht sogar noch ein paar Übungen auf dem Crosstrainer reicht's sicher.«

»Du traust dir aber was, Mama«, meinte Tommy dazu. »Noch vor ein paar Tagen warst du halb tot, und jetzt willst du wieder trainieren? Übernimm dich bloß nicht!«

»Ach was«, meinte Tina und winkte ab, »Ich probier's einfach, und wenn's nicht geht, wart ich halt noch ein paar Tage.«

Nach dem Essen ging es nach Mittersill in Tinas Fitnessstudio. Zunächst hatte Tina tatsächlich Probleme, aber die Inhaberin des Studios half ihr dabei, ihre noch nicht ganz vorhandenen Kräfte langsam aufzubauen. Auf dem Heimweg wagte sie es erstmals, Vroni nach dem Stand der Dinge zu fragen: »Wie weit seid ihr eigentlich mit den beiden Fällen? Macht ihr Fortschritte?«

»Ich weiß nicht so recht, ob ich es dir sagen soll, aber wir sitzen fest. Wir kommen keinen Schritt weiter. Bärbel sagt sogar manchmal, dass der Fall längst gelöst wäre, wenn du dabei wärst.«

Dies ging Tina runter wie Öl. Sie beschloss, nicht mehr länger krank zu sein, sondern sich wieder in den Fall zu stürzen. Das sagte sie auch Vroni: »Ab morgen bin ich wieder dabei. Dann werden wir schon sehen, wo es hängt.«

»Aber du bist noch krankgeschrieben! Ich an deiner Stelle würde ich das ausnutzen und mich mal so richtig erholen!«, war Vronis Antwort darauf.

»Weißt, ich hab's satt, den ganzen Tag im Bett zu liegen, an nichts denken zu dürfen und einen faulen Lenz zu schieben«, sagte Tina.

Daheim setzten sie sich noch einmal in der Küche zusammen. Tina fragte Bärbel: »Wie weit seid ihr bei euren Ermittlungen? Wie ist der Stand der Dinge?«

Bärbel sah sie traurig an und meinte: »Na ja, weißt du. Ich merk schon, dass du uns fehlst. Wir kommen keinen Schritt weiter. Aber das hat dir Vroni sicher schon erzählt.«

»Ja, hat sie«, bestätigte Tina.

»Was ist mit Hallermeier? Unterstützt euch der gar nicht?«

»Doch schon. Sogar nach Kräften. Aber trotzdem. Wir scheitern immer wieder an kleinen Dingen.«

»Und die wären?«

»Nun zum Beispiel die Freundin vom Johannes Junior. Wir bekommen ums Verreckn nicht raus, wer das sein könnte. Alle mauern. Keiner weiß was oder will was sagen.«

Tina schlug sich die Hand vor den Mund. »Scheiße! Das hab ich doch glatt vergessen. Ich weiß, wer die Freundin von ihm ist!«

»Wer?«, fragten Bärbel und Vroni unisono.

»Das ist eine Bettina Griebel. Sie ist Marktleiterin in Mittersill. Im Graugans-Markt. Aber da gibt es ein kleines Problem. Diese Frau fährt zweigleisig. Die hat noch einen Freund. Angeblich ist sie zwar mit Johannes verlobt, aber da gibt es noch einen Mann.«

»Wer ist das?«

»Das ist, aber das ist mit Vorsicht zu sehen, der Leiter des Fuhrparks. August Grau.«

»Woher hast du die Info?«, fragte Bärbel aufgebracht. »Warum hast du uns das nicht früher gesagt? Das gibt der ganzen Sache doch einen komplett neuen Gesichtspunkt!«

Tina hob die Schultern und sah sie schuldbewusst an: »Ich hab's vergessen. Tut mir leid. Die Info ist übrigens von Günthers neuer Freundin Angelika. Sie ist Marktleiterin in Zell.«

»Auch in einem Graugans-Markt?«, fragte Bärbel.

»Ja, und sie hat sie bei einer Betriebsversammlung kennengelernt.«

»Hast du das schon überprüft?«, fragte Bärbel nach.

»Wie sollte ich? Ich bin doch krank, und ihr habt mir jede Mitarbeit verboten.«

»Gut, ich übernehm das morgen«, sagte Vroni.

»Du? Wie willst du das anstellen?«

»Ganz einfach. Ich geh einkaufen!«

»Etwa in dem Markt, wo diese Frau arbeitet?«

»Ja, warum nicht?«

»Wie stellst du dir das vor? Du kannst doch nicht ... Du bist doch ein ...«, meinte Bärbel aufgebracht.

»Jobberl? Ja, bin ich. Aber ich bin nicht blöd!«, unterbrach sie Vroni. Tina überlegte kurz. Danach meinte sie kopfschüttelnd: »Nein, das geht nicht. Das geht auf keinen Fall. Selbst wenn du was rauskriegst, dürfen wir das nicht verwenden.«

»Warum nicht? Ich bin doch nur eine Zeugin, die gaaanz zufällig was gehört hat, das sie euch mitteilt? Wo ist das Problem?«

Bärbel sah Tina fragend an.

Diese meinte: »Gut, probiern wir's. Aber du gehst auf keinen Fall irgendein Risiko ein.«

»Welches Risiko soll's denn da geben?«

»Wenn du gaanz zufällig zu viel fragst, zum Beispiel?«

»Lasst das mal meine Sorge sein. Ich werd schon nicht zu viel fragen. Ich unterhalte mich vielleicht nur mit einer Verkäuferin und stell mich gaaanz dumm.«

»Was willst du denn fragen? Wie willst du die Infos bekommen?«

»Na weißt du, Tina. Ich hab mal in den Ferien in einem Supermarkt gejobbt. Da hab ich mitbekommen, wie das Personal untereinander tratscht. Die wissen alles. Aber auch wirklich alles, was sie eigentlich nichts angeht.«

»Ich schlag vor, wie gehen jetzt ins Bett. Morgen früh ist die Nacht rum«, sagte Tina.

Frieda fragte: »Tina? Möchtest du noch einen Tee?«

»So einen mit dem Hammer drin, der mich umhaut?«

»Ja natürlich. Damit du besser schläfst.«

»Vergiss es! Ich trink das Zeugs nicht mehr.«

»Aber da ist doch noch so viel in dem Flascherl drin?«

»Das ist mir egal. Schütt's weg. Ich brauch einen klaren Kopf!«

»Bist du dia sicha?«, fragte Bärbel, als sie und Tina im Bett lagen.

»Bei wos?«, fragte Tina zurück.

»Dass du murng wieda mitoabatn wüst?«

»Ja, bin i.«

»Ganz gwieß?«

»Ganz gwieß!«

»Oiso i woaß nit so recht. Moanst nit, dass es bessa waar, wenn du no a poar Dog a Ruah gem dadatst?«

»Naa, moan i nit, und iatz schloff mer«, sagte Tina und drehte sich zur Seite.

Kurz darauf war das beruhigende Schnarchen Bärbels zu hören. Tina dagegen konnte noch nicht so richtig abschalten. Sie war in Gedanken versunken. *Was ist jetzt, wenn ich das morgen nicht schaff? Wenn es mir doch zu viel wird? Übernehm ich mich nicht damit, wenn ich jetzt wieder anfange zu arbeiten? Ich muss mich einfach zurücknehmen. Nicht auf Volllast fahren. Ganz einfach nur da sein und vielleicht Bärbel ein wenig unterstützen. Sie braucht die Sicherheit, dass sie nicht alleine ist. Vroni ist zwar auch noch da, aber sie darf halt nicht alles machen. Verhöre und Vernehmungen führen. Befragungen und was sonst noch anliegt. Berichte schreiben, ja, das kann sie. Am besten vom Band abtippen. Mal sehen, wie sie sich da macht. Ob sie überhaupt in den Polizeidienst gehen wird? Vielleicht entscheidet sie sich ja doch für Jura. Na ja. Dumm ist sie ja nicht. Vielleicht …?* Bevor sie den Gedanken beendet hatte, schlief Tina ein.

Am nächsten Morgen wurde sie von Vroni geweckt. »Guten Morgen! Aufstehen, ihr Schlafmützen!«, rief sie fröhlich.

Tina wachte sofort auf und stieß Bärbel an, die sich noch mal umdrehen wollte: »Host ghert? De Sunn geht auf. Raus aus de Federn!«

»Wos füa a Sunn?«

»Ja mia zwoa natürli.« Tina stand schwungvoll auf.

Bärbel dagegen rekelte sich noch einmal und gähnte. »Wia spät is denn scho?«

»Hoiwa sieme. Oiso raus do«, antwortete Tina und zog Bärbel die Decke weg.

»Spinnst iatz? So pressierts aa wieda nit.«

»Mia scho. I mecht in d'Oabat.«

Sie frühstückten gemeinsam mit den Kindern.

Kapitel 13

Nach dem Frühstück fuhren sie zur Dienststelle. »Was machen Sie denn hier?«, wunderte sich Hallermeier, als er Tina sah.

»Guten Morgen heißt das!«, sagte Tina und lächelte ihn nachsichtig an. »Sie haben wohl noch nicht ausgeschlafen?«

»Ja schon, aber …«

»Ich fang heut wieder das Arbeiten an«, erklärte ihm Tina.

»Schon? Ich denk, Sie sind noch krankgeschrieben?«

»Das ist schon richtig, aber ich habe festgestellt, dass ohne mich hier gar nichts läuft. Also bin ich hergekommen, um zu arbeiten. Das wollten Sie doch, oder?«

»Gut, wie Sie wollen. Mir ist das zwar recht, aber arbeitsrechtlich hab ich da schon meine Bedenken.«

»Regen Sie sich nicht auf, Herr Hallermeier. Ich bin nur zu beratender Tätigkeit hier. Sonst gar nichts. Ich lasse mich weder in einen Schusswechsel verwickeln, noch jage ich Bankräuber. Also beruhigen Sie sich, und lassen Sie mich meine Arbeit tun.« Hallermeier ging kopfschüttelnd weiter und murmelte vor sich hin. Tina verstand nicht, was er sagte, aber das war im Moment eh egal. Tina nahm wie gewohnt an ihrem Tisch Platz. Bärbel stand an ihrem Tisch und sah sich ratlos um, denn auf ihrem Stuhl saß Vroni. Kurzerhand nahm sie sich den Armesünderstuhl, der neben Tinas Tisch stand und stellte ihn neben Vroni. Natürlich wurde es etwas eng, aber es blieb ihnen nichts anderes übrig. Im Moment wenigstens. Tina erkannte das Problem und meinte: »Besorg dir halt einen eigenen Tisch, Vroni. Dann habt ihr beide mehr Platz.«

»Wo soll ich denn jetzt einen Tisch hernehmen?«

»Geh zur Hausmeisterei. Die ist im Keller. Die haben sicher einen Tisch und einen Stuhl für dich übrig.«

»Ich glaub, ich fahr erst mal zum Supermarkt. Frau Griebel abklären«, sagte Vroni.

»Gut, mach das. Aber lass dich nicht erwischen«, stimmte Tina zu.

»Wobei?«

»Dass du Informationen einholst. Das könnt nämlich ins Auge gehen, wenn Frau Griebel was merkt«, sagte Tina. Vroni nahm noch ihre Jacke und ging.

»Konnst du mia bitte de Sochn gem, de wo es zwoa scho beinanda hobts?«, bat Tina Bärbel.

»De sand olle im System. Du muaßt se bloß aufruafn«, antwortete Bärbel. Tina holte sich die Berichte auf den Bildschirm. Sie nahm noch einen Block und machte sich Notizen, während sie die Berichte las.

»Wos schreibst du do ois auf?«, fragte Bärbel.

»I notier ma de Sochn, de wo no unkloar sand«.

»Und des waar?«

»Do hob i zum Beispü de Alibis vo de zwoa Briada. Vom Markus und Lukas. De gem se gegnseitig a Alibi. De sand nix wert. Do miaß mer no amoi nochhakn. Dann brauch mer no de Info vom Johannes Junior und dera Frau Griebel. Da Johannes hot behaupt, ea waar bei ihra gwen. Vo ihra wissn mia no nix. Aba des klärt ja grod de Vroni. Vo da Frau Greil brauch ma aa no oans«, erklärte ihr Tina.

Tina rief nun noch die Unterlagen der Gerichtsmedizin auf. Dort suchte sie den Bericht über die Untersuchung bei Eveline. Dort stand, wie Tina bereits wusste, dass Eveline zunächst der Schädel mit der spitzen Seite des Werkzeugs eingeschlagen und ihr danach noch einmal mit der Klinge der Kopf gespalten worden war. Als ob der Mörder sichergehen wollte, dass sie auch wirklich tot war. Es gab auch Abwehrverletzungen an Evelines

Armen. Dann hatte man noch tiefe Kratzspuren an ihrer Schulter gefunden, deren Herkunft nicht geklärt werden konnte. Vermutlich stand sie ihrem Mörder Auge in Auge gegenüber, als er zuschlug. Im Bericht über Bruder Johannes stand Ähnliches. Dort schrieb der Doktor, dass Johannes mit der Spitze des Querbalkens eines schmiedeeisernen Kreuzes erschlagen worden war. Auch hier musste der Täter seinem Opfer gegenübergestanden haben. Vielleicht hatten sie sich ja gekannt.

Nun noch der Bericht der Kriminaltechnik. Hier war die Ausbeute weniger als nur gering. Es gab so gut wie keine verwertbaren Spuren. Keine Fingerabdrücke, keine DNA und auch keine Fußabdrücke oder Faserspuren. Nichts! Nichts, aber auch gar nichts gab es bei dem einen sowie dem anderen Mord.

Das gibt's doch gar nicht! Da muss was sein! Die KTU arbeitet doch normalerweise gründlich. Kann es sein, dass sie etwas übersehen haben? Eigentlich ist das unmöglich. Die Kiste! Was ist mit der Kiste? Die KTU hat sie doch mitgenommen und festgestellt, dass sie doppelte Wände hatte? Was ist damit? Eigentlich muss da doch … Ach ja! Da ist die Stelle ja!, überlegte sie, während sie die Berichte las. *In den Zwischenwänden der Kiste fanden sich Faserspuren. Ferner Spuren von Papier, weiß, holzfrei. Des Weiteren noch DNA-Spuren, die bereits gesichert wurden. Der Vergleich ergab, dass die DNA von Frau Eveline Grau stammte.*

Na sauber! Dann hat die Eveline die Kiste ausgeräumt! Also war sie am Tatort. Sie war die Mörderin von Bruder Johannes! Dafür brauch ich aber noch weitere Beweise. Die Motorradkluft! Ich muss herausfinden, ob sie Motorrad gefahren ist! Die Spuren an der Eule sagen ja eindeutig, dass sie den Mörder angegriffen hat und dieser eine Motorradjacke trug. Dann hat sie ja noch diese Kratzspuren. Ich denk, dass die von der Eule stammen!

Tina war erregt und rief zu Bärbel, als ob diese hundert Meter von ihr entfernt säße: »Bärbel! Kumm amoi gschwind her! I hob do wos gfundn. I glaub, mia hom den Mörder vom Bruada Johannes!«

Bärbel sah sie verwundert an und meinte: »Wos schreist denn a so? I bin doch nit derrisch?«

»Iatz red nit lang. Kumm her und schau da des on!«, sagte sie diesmal in gemäßigter Lautstärke. Bärbel stand auf und kam zu ihr. Tina zeigte auf den Bildschirm und sagte: »Do, les des!«

Als Bärbel den Absatz gelesen hatte, sah sie Tina an. »Das mia des nit aufgfoin is?«, fragte sie mehr sich selbst.

»Ja, des frog i mi aa«, antwortete Tina.

»Mia miassn rausfinna, ob de Eveline Motorrad gfoahn is.«

»Do ruaf i am besten glei bei da Firma on«, sagte Bärbel und eilte zum Telefon. Tina überlegte wieder, denn irgendwie war ihr, als hätte auch sie etwas übersehen. Irgendetwas, das mit Evelines Tod zu tun hatte. *Aber was war das? Was konnte das sein? Irgendjemand sagte etwas, das sie eigentlich hätte stutzig werden lassen müssen. Aber wer und vor allem was?*

Tina stand auf und lief hin und her. Schließlich wurde es Bärbel zu dumm. »Konnst di nit hinhockn? Du mochst mi ganz narrisch mit deina Rumlafferei! Wia soy se do oa Mensch konzentriern?«, schimpfte sie.

Tina setzte sich. Schließlich wollte sie Bärbel auf keinen Fall irritieren. *Hab ich eigentlich einen Bericht geschrieben? Ich glaub nicht. Das hat man davon, wenn man seine Arbeit nicht ordentlich macht! Ich muss das Ganze noch einmal überlegen. Wie war das? Ich war erst bei der Frau Brummer, nachdem ich in der Kapelle war. Da hab ich sie dann gefragt, ob … Das ist es! Genau, das ist es! Frau Brummer hat etwas von einem jungen Mann gesagt, der in der Gaststätte gesessen ist und so ausgesehen hat, als ob er auf jemanden wartete. Das muss es sein! Ich brauch die Frau Brummer noch einmal. Ich fahr gleich zu ihr hin, wenn Vroni wieder da ist!* Tina verfiel in Hektik.

»Wos suachst denn?«, fragte Bärbel.

»Mein Block und mein Stift. I muaß no amoi raus zu da Frau Brummer im Siggen. I hob do wos übasechn.«

»Und wos?«

»De Frau Brummer hot mia wos gsogg, dass a junga Mon im Lokal gsessn is, wia de Eveline umbrocht wurn is.«

»Und iatz mechst wissen, wea des woar?«

»Zumindest a Beschreibung brauch i.«

»Da bin ich wieder!«, rief Vroni, als sie ins Büro kam.

»Und? Hast du was?«, fragte Bärbel neugierig.

»Erzähl schon, was hast du rausgekriegt?«

»A Fünferl an da Kassa!«, war Vronis trockene Antwort.

»Das mein ich nicht. Ich mein, welche Infos hast du für uns?«, sagte Bärbel.

»Ja, hab ich. Jetzt haltet euch fest! Offiziell ist Frau Griebel mit Herrn August Grau verlobt.«

»Offiziell? Heißt das …?«

»Ja, das heißt, dass sie ihn schon als ihren Bräutigam ihren Eltern vorgestellt hat.«

»Aber was ist mit Johannes Grau? Mit dem ist sie doch auch verlobt?«, wunderte sich Tina.

»Ja, anscheinend schon. Aber offiziell …«

»Offiziell hin oder her. Wir brauchen beide Graus hier auf der Dienststelle, und zwar zackig, wenn ich bitten darf«, sagte Bärbel.

»Hmm«, sinnierte Vroni. »Was tun wir, wenn beide nichts voneinander wissen?«

»Davon ist wohl auszugehen. Außerdem wird's höchste Zeit, dass da mal klare Fronten geschaffen werden. Schließlich ist Johannes auch verheiratet«, sagte Tina.

»Wisst ihr was«, meinte Vroni, »langsam blick ich hinten und vorne nicht mehr durch. Wer hat da jetzt was mit wem, und wer hat wen umgebracht und warum?«

»Also bei einem Mord kann ich dir schon helfen. Obwohl es noch nicht gesichert ist, geh ich davon aus, dass Eveline ihren Vater umgebracht hat. Die Beweise reichen zwar noch nicht aus, aber da sie ja tot ist …«

»Kann man ihr leicht einen Mord anhängen, meinst du?«, fragte Vroni aufgebracht.

»Nein, das mein ich durchaus nicht. Aber ich kann sie jetzt nicht mehr befragen«, erklärte ihr Tina.

»Wie kommst du eigentlich darauf, dass Eveline ihren Vater umgebracht hat? Ich mein, den eigenen Vater?«, fragte Vroni überrascht.

»Erklär du's ihr«, sagte Tina zu Bärbel. »Ich fahr jetzt raus zum Siggen. Ich möchte wissen, wer der junge Mann war.«

»Welcher junge Mann?«, fragte Vroni.

»Ein eventueller Zeuge, an den ich nicht mehr gedacht hab.«

Tina nahm den Fahrzeugschlüssel, den Vroni zuvor auf den Tisch gelegt hatte. »Also, ich fahr jetzt«, verkündete Tina und verließ das Büro.

Beim Siggen stellte sie ihr Fahrzeug auf dem Parkplatz ab. Bevor sie das Haus betrat, sah sie sich noch einmal um. Sie bewunderte die Größe des Biergartens, der im Sommer sicherlich immer gut besucht war. Gleich daneben war ein neuer Spielplatz angelegt, der mit etlichen Spielgeräten bestückt war. Hier hatte Frau Brummer wohl einiges an Geld in die Hand genommen, um auch den kleinen Gästen etwas bieten zu können.

Sie ging die steinernen Stufen hoch und betrat den Flur. Genauso wie beim letzten Mal stand Frau Brummer an der Registrierkasse. Offenbar hatte sie Tina gehört, als sie hereinkam. Sie drehte sich um und kam auf Tina zu: »Grüß Sie Gott, Frau Major. Was führt Sie zu mir?«

»Ich hab da noch ein paar Fragen. Ich hab ja g'sagt, dass ich vielleicht noch einmal kommen muss.«

»Gehen wir doch in die Gaststube, da redet's sich leichter«, sagte Frau Brummer und zeigte auf die Tür in der Nähe der Kasse. Sie ging voraus. Tina folgte ihr. Sie setzten sich an einen Tisch gegenüber der Theke. »Darf ich Ihnen etwas anbieten?«, fragte Frau Brummer.

»Nein, danke. Ich muss eh gleich wieder weiter«, antwortete Tina.

»Wie geht's Ihnen eigentlich? Haben Sie alles gut überstanden?«, fragte Frau Brummer mitfühlend. Ihre hellblauen Augen blitzten dabei wie blaue Edelsteine.

Tina winkte ab und sagte: »Na ja, momentan geht's wieder. Aber ein paar Tage war ich schon außer Gefecht g'setzt.«

»Das wundert mich nicht. So nass und durchgfroren, wie sie waren.« Tina zog ihren Block und ihren Stift. Dann schaute sie Frau Brummer nachdenklich an. »Sie hatten mir gesagt, dass an dem Tag, an dem die Tote in der Kapelle gefunden wurde, ein junger Mann hier im Lokal saß. Können Sie mir mehr über ihn sagen? Wissen Sie vielleicht, wie er heißt?«

»Nein, leider nicht. Ich weiß nur, dass er es sehr eilig hatte.«

»Woran haben Sie das gemerkt?«

»Nun, er zahlte seine Rechnung, er hatte übrigens nur einen Verlängerten, gleich, als ich ihm den serviert habe. Natürlich hab ich gesagt, dass es das nicht brauche, aber er hat g'meint, dass er nicht wisse, wann er wegmuss, und das müsse dann schnell gehen.«

»Was hat er damit gemeint?«

»Das weiß ich nicht. Aber er hat ständig auf sein Handy gschaut, und irgendwann hat's geklingelt. Er hat den Anruf angenommen und ist dann gleich raus und weg.«

»Womit ist er weggefahren? Wissen Sie das zufällig?«

»Ich glaub mit dem Motorrad. Er hatte zumindest so eine Kombi an.«

»Was können Sie mir noch über den Mann sagen? Wie hat er ausgschaut? Wie alt war er Ihrer Meinung nach? Hatte er ein besonderes Merkmal, eine Narbe, einen Bart oder so etwas?« Frau Brummer überlegte. Dann schüttelte sie den Kopf. »Nein, nicht, dass ich wüsste. Mir ist jedenfalls nichts aufgefallen. Ich schätz aber, dass er so Mitte zwanzig war.«

»War er blond oder braun? Seine Augenfarbe?«

»Blaue Augen hat er ghabt. Wie zwei Sterne! Dunkelbraune, nein, fast schwarze Haare, fast wie ein Italiener, so Schneckerl, aber da passen die Augen nicht dazu. Vielleicht warn die gefärbt.«

»Seine Sprache? War die Deutsch, oder sprach er irgendeinen Dialekt?«

»Dialekt? Nein, er hat ganz normal geredet. Wie alle hier.« Tina hatte sich alles notiert und stand auf. Sie gab Frau Brummer die Hand: »Vielen Dank, Frau Brummer! Sie haben mir sehr geholfen.«

»Immer wieder gerne.«

»Auf Wiedersehen!«

Während Tina zurück nach Zell fuhr, überlegte sie: *Ein junger Mann? Motorradfahrer? Mitte zwanzig? Wer könnte das sein? Mir ist bisher noch keiner untergekommen, auf den die Beschreibung passen könnte. Ein Freund Evelines kann es wohl kaum sein. Oder vielleicht doch? Ein Motorradklub? Der Club of Newchurch vielleicht? War sie da Mitglied? Welche Maschine fuhr sie? Lukas Grau hat eine Harley. Ist er auch Mitglied bei denen? Obwohl – das sind eigentlich Triumph-Fans. Aber warum nicht? Warum sollte ein Harleyfahrer nicht Mitglied bei denen sein? Der junge Mann? Welche Maschine fuhr er? Wenn überhaupt – dass er eine Lederkombi trug, heißt noch lange nicht, dass er mit einer Maschine da war. Hatte er überhaupt etwas mit Eveline zu tun? War es nicht reiner Zufall, dass er da war? Umgebracht hat er sie sicher nicht. Er war ja zu dem Zeitpunkt in der Gaststätte. Ich muss ihn finden! Vielleicht hilft ja ein Phantombild?*

Tina bremste ab und fuhr zurück zum Gasthof Siggen. Wieder stand Frau Brummer an der Registrierkasse. Sie drehte sich um und sah Tina überrascht an. »Haben Sie etwas vergessen? Oder habens was liegen lassen? Ich hab nichts gsehn.«

»Nein, Frau Brummer. Ich hab da noch eine Frage.«

»Die wäre?«

»Würden Sie den jungen Mann wiedererkennen? Vielmehr, könnten Sie mit uns ein Phantombild erstellen, damit wir nach ihm suchen können? Er wäre ein wichtiger Zeuge.« Frau Brummer winkte ab. »Das brauchts nicht. Schauns mal in die Gaststube. Dort, wo wir vorhin gsessn sind. Da sitzt er, der junge Mann.«

Da die Tür offen stand, konnte Tina hineinsehen. Der Mann saß mit dem Rücken zu ihr auf einem Stuhl. Sie ging zu ihm hin und klopfte ihm leicht auf die Schulter. Erschrocken drehte er sich um und blickte sie an. Auch Tina sah jetzt seine strahlend blauen Augen. Sie machten sicherlich einen guten Eindruck auf Mädchen.

Er fragte: »Ja, bitte?«

Tina zeigte auf einen freien Stuhl neben ihm. »Darf ich mich setzen?«

»Ja, gerne«, sagte er und stand höflich auf.

Tina setzte sich und sagte: »Darf ich mich vorstellen? Ich bin Frau Major Gründlich von der Kripo in Zell.«

»Ja, und was wollen Sie von mir?«

»Die Wirtin« – Tina zeigte auf Frau Brummer, die hinter der Theke stand – »sagte mir, dass Sie auch hier waren, als die junge Frau oben in der Siggenkapelle ums Leben kam?«

»Sie meinen wohl umgebracht wurde?«, sagte er unwirsch.

»Ja, das meine ich. Ich hab da noch ein paar offene Fragen, bei denen Sie mir vielleicht helfen können?«

Er zuckte mit den Schultern und meinte: »Ich weiß nicht, wie ich Ihnen da helfen sollte. Aber fragen können Sie mich gerne.«

»Danke! Dann wären wir schon mal bei der ersten Frage. Was haben Sie hier gesucht, als Sie hier waren? Haben Sie auf jemanden gewartet?«

Er nickte. »Ja auf einen Anruf.«

»Warum ausgerechnet hier?«

»Hier ist es grad so gut wie anderswo.«

»Wie heißen Sie?«

»Ich wüsste nicht, was Sie das angeht.«

»Ich ermittle in einem Mordfall, und Sie sind ein möglicher Zeuge. Also? Wie heißen Sie?«

»Ich heiße Dominik Greil.«

»Sie sind der Sohn von Frau Greil?«

»Natülich. Wer denn sonst?«

»Ihre Mutter heißt also Mathilde Greil?«

»Nein, Maria Greil. Mathilde heißt meine Oma.«

»Darf ich mal Ihren Ausweis sehen?«

Widerwillig zog Dominik seine Geldbörse aus der Tasche und gab ihr seinen Ausweis. Tina nahm ihn und studierte ihn genau. Als sie die Adresse erkannte, fragte sie: »Aber Sie wohnen bei Ihrer Großmutter?«

»Ja, ich hab ein Zimmer bei ihr.«

»Kannten sie Frau Grau? Ich meine die Tote oben in der Siggenkapelle?«

»Ja, ich hab sie gekannt.«

»Näher?«

»Was heißt näher? Ich hab sie halt gekannt.«

»Woher?«

»Sie war ein paarmal bei uns, wenn Großvater da war.«

»Großvater? Sind Sie ein Enkel von Johannes Grau?«

»Ja, bin ich«, sagte er trocken.

»Was wollte sie von Ihrem Großvater?«

»Das weiß ich nicht. Ich weiß nur, dass sie sich meistens heftig gestritten haben.«

»Ging es dabei um Geld?«

»Das weiß ich auch nicht. Ich lausche doch nicht.«

»Wie sind Sie am Todestag von Frau Greil hierhergekommen?«

»Mit dem Motorrad natürlich.«

»So natürlich ist das auch wieder nicht. Wie sind Sie heute hierhergekommen? Auch mit dem Motorrad?«

»Sieht man das nicht?«

»Doch, aber es hätte ja sein können, dass …«

»Glauben Sie, jemand zieht seine Motorradkluft an und fährt mit dem Auto?«

»Haben Sie irgendetwas gesehen oder gehört, ist Ihnen irgendetwas aufgefallen? Haben Sie Frau Grau gesehen, als Sie hier waren?«

»Natürlich. Ich hab sie ja hergebracht.«

»Wieso? Was wollte sie hier? Wollte sie jemanden treffen?«

»Ja, aber ich weiß nicht, wen. Jetzt möchte ich Sie aber bitten, mich in Ruhe zu lassen. Ich muss gleich wieder weg.«

Tina gab ihm ihre Karte und sagte: »Hier, kommen Sie bitte morgen früh zu mir in die Dienststelle Zell. Ich erwarte Sie um neun Uhr.«

»Und wenn ich nicht komme? Ich hab anderes zu tun, als mich auf irgendeiner Polizeidienststelle aufzuhalten.«

»Dann muss ich Sie leider abholen lassen.«

Er reagierte nicht darauf.

Tina stand auf. Sie sagte: »Wir sehen uns morgen um neun Uhr.« Sie sagte das in einem Ton, der keinen Widerspruch duldete.

Er sah sie nur an und antwortete: »Auf Wiedersehen – vielleicht morgen.«

Tina verließ den Gasthof.

In der Dienststelle setzte Tina sich an ihren Platz und schrieb den Bericht über die Begegnung. Vroni hatte sich einstweilen einen Tisch und einen Stuhl besorgt. »Was hast du erfahren? Gibt's was Neues?«, fragte sie.

Tina erzählte ihr von ihrer Begegnung.

»Komisch ist das schon«, meinte Bärbel. »Da bringt er sie sozusagen zur Hinrichtungsstelle und fährt wieder weg. Meinst du, er wusste, was auf sie wartet?«

»Ich hab keine Ahnung. Aber das werd ich schon noch rausbekommen.«

»Sie war doch quasi seine Tante oder nicht?«

»Ich glaub schon. Das hat uns Frau Greil aber nicht gesagt, dass sie eine Tochter mit Johannes hatte«, sagte Tina.

»Du hast sie ja auch nicht danach gefragt, oder?«

»Nein, hab ich nicht. Ich dachte nicht, dass die Beziehung schon so lange geht.«

»Sollten wir nicht Frau Greil einen Besuch abstatten? Ich denk, sie hat uns noch einiges zu erzählen«, schlug Bärbel vor.

»Ja, und bei Eveline lass ich eine Durchsuchung machen. Sie hat wahrscheinlich die Dokumente aus Bruder Johannes' Kiste.«

»Meinst du, da könnte das Motiv liegen?«

»Ja, ich glaub auch, dass sie so einiges wusste, das Johannes geheim halten wollte.«

»Aber warum hat sie ihn umgebracht? Wo liegt da das Motiv?«, fragte Bärbel.

»Auch das weiß ich nicht. Vielleicht ...? Aber nein, das kann's nicht sein.«

»Vielleicht was? Komm Tina, lass uns an deinen Gedanken teilhaben.«

»Ich dachte grad daran, dass es vielleicht um das Testament ging. Vielleicht wollte Eveline ja Einsicht in das Testament haben.«

»Aber deshalb bringt man doch keinen um?«, warf Vroni ein.

»Da hast du recht. Aber es muss etwas mit den Unterlagen zu tun haben. Sonst hätte sie die wohl nicht mitgenommen.«

»Für dich steht also fest, dass Eveline Bruder Johannes umgebracht hat?«

»Ja. Alle Indizien sprechen dafür.«

»Aber wir haben keinen Beweis.«

»Du hast recht, Bärbel. Uns fehlt der absolute Beweis. Fahren wir jetzt zu Evelines Wohnung.«

»Ich komm mit!«, rief Vroni und stand auf.

»Das geht leider nicht. Du bist ...«

»Nur ein Jobberl. Ja, ja, ich weiß«, sagte sie beleidigt und setzte sich wieder.

Tina tat sie leid, aber sie versuchte ihr zu erklären, warum das nicht ging: »Schau mal, Vroni, vielleicht ist das ja ein Tatort. Wir wissen nicht, was uns dort erwartet. Wenn du mitkommst, kann es sein, dass du den Tatort kontaminierst und ...«

»Ich strahle doch nicht! Ich bin kein Atom!«, widersprach Vroni.

»Das mein ich damit doch nicht. Aber es kann sein, dass du irgendwo deine DNA hinterlässt oder gar deine Fingerabdrücke. Dann hat die KTU eine ganze Menge Arbeit mehr, und die sind ohnehin schon überlastet.«

»Ich hinterlass keine DNA und Fingerabdrücke schon gar nicht! Ich fass nichts an!«

»Aber stell dir mal vor, irgendwer stellt später fest, dass in der Wohnung was fehlt? Was glaubst du, wer als Erstes verdächtigt wird?«

Vroni hob hilflos die Schulter und meinte: »Na ja, so gesehen hast du recht.«

»Siehst du? Dann sind wir uns ja einig.«

Tina und Bärbel verließen das Büro. Tina ging noch zur Spurensicherung, um sich dort den Wohnungsschlüssel abzuholen. »Herr Riegler. Ich brauch den Wohnungsschlüssel für die Wohnung von Frau Grau.«

»Den haben wir nicht.«

»Wieso habt ihr den nicht?«

»Haben Sie denn den Bericht nicht gelesen? Da stand drin, dass wir außer Handy und Geldbörse nichts bei ihr gefunden haben. Vermutlich hat der Täter den Schlüssl mitgenommen.«

»Das ist ja eine schöne Scheiße!«, schimpfte Tina und rannte zum Ausgang, wo Bärbel auf sie wartete. »Sog amoi, Bärbel? Worum host du nit gwusst, dass bei da Eveline koane Schlüssl nit gfundn wurn sand? Host du den Bericht nit glesn?«

»Jo, hob i scho!«

»Aba woih nit genau!«

»Und iatz?«

»Iatz foahrn mer oafach zu dera Wohnung und loss mer uns vom Hausmoasta aufspirrn.«

Als sie bei der Wohnung ankamen, sperrte ihnen der Hausmeister auf. Sie betraten die Wohnung und sahen sich um. *Beinahe zu schad, um da reinzugehen*, dachte sich Tina. *Weißer Marmorfußboden, weiße Möbel, alles in Weiß! Wer das wohl alles putzt?*

Tina ging zuerst in das Zimmer gleich neben der Wohnungstür. Als sie die Tür öffnete, trat sie sofort einen Schritt zurück. »Bärbel!«, rief sie. »Bärbel!«

»Wos is?«, fragte Bärbel und kam aus einem anderen Zimmer.

»Schau da des on«, sagte Tina und zeigte hinein.

»Wos is denn do passiert?«, fragte Bärbel erstaunt und trat ebenfalls einen Schritt zurück.

»A so a Sauerei. Do woar oana schnölla wia mia. Ois duachanand! Do is oana eibrochn. Oda des woar oana, dea wo an Schlüssl khob hot. Ruaf in da Soizbuaga Zentrale on. De soyn de Spurensicherung und de Technik herschickn.«

Bärbel rief dort an und gab die entsprechenden Informationen weiter. Sie legte wieder auf. Inzwischen hatte Tina bereits ihre Handschuhe angezogen und ging in das nebenan liegende Zimmer. Auf den ersten Blick zeigte sich, dass dies wohl das Wohnzimmer war. Aber auch hier war alles durchwühlt. Die Schubladen herausgerissen. Sämtliche Bücher lagen auf dem Boden. Auch das Sideboard, der Sekretär und all die anderen vorhandenen Möbelstücke waren durchwühlt worden.

»Schau da des on! Ob dea des gfunna hot, wos ea gsucht hot?«, fragte Bärbel.

»I denk, dea hot de Untalagn gsuacht, de wo de Eveline woahrscheinli bei ihrm Vadda mitgnumma hot«, antwortete Tina.

»Oiso muaß des aa ihra Mörder gwen sei?«, mutmaßte Bärbel.

»Kannt scho ei. Aba gwieß woaß ma des nit.« Sie verließen auch dieses Zimmer, ohne etwas anzufassen. Sie warfen noch einen Blick in das Schlafzimmer und die Küche. Überall war dasselbe Chaos. Herausgerissene Schubladen, auf dem Boden verstreute Wäsche. Sogar das Bettzeug war aufgeschlitzt. In der Küche lag das zerbrochene Geschirr am Boden. Etliche Töpfe und Pfannen darauf. »Do hot oana saubane Oabat gleist«, meinte Bärbel.

»Aba i denk, dea hot nit gfunna, wo ea gsuacht hot.«

»Wia kimmst iatz do drauf? Nacha miassatn de Untalagn ja no do sei?«

»Schau, Bärbel, wo suachst du ois erschts, wenn du Untalagn suachst?«

»Im Büro?«

»Richtig! Und wenn du do nix findst?«

»Im Wohnzimmer. De Sochn kanntatn ja in am Schrank drin sei.«

»Und wennst do nix findst?«

»Iatz glaub i, vosteh i. Dea hot nix gfundn und desweng de ganze Wohnung duachsuacht.«

»Wos hoaßt des füa uns?«

»Dass de Sochn no do sei miassn?«

»Ja, aber bloß dann, wenn de Eveline de Untalagn tatsächlich mitgnumma hot.« Sie verließen die Wohnung. Draußen im Treppenhaus setzten sie sich auf die Stufen, um auf die Spurensicherung zu warten. Die Kollegen kamen auch bald. Tina instruierte sie. Sie wartete noch ab, bis ihr einer der Kollegen sagen konnte: »Also eingebrochen wurde hier nicht. Der Eindringling muss einen Schlüssel gehabt haben. Es sind keinerlei Einbruchsspuren am Schloss feststellbar.«

Als die Männer der SpuSi an der Arbeit waren, fuhren Tina und Bärbel wieder zurück nach Zell. Im Büro wartete Hallermeier auf sie. Er unterhielt sich soeben angeregt mit Vroni. »Hallo! Da seids ja wieder!«, freute Vroni sich.

»Und? Habt ihr was gefunden?«

»Leider nein. Da war einer schneller als wir. Der ist vermutlich mit einem Schlüssel reingekommen.«

Hallermeier räusperte sich. »Frau Gründlich? Mir ist da etwas zu Ohren gekommen.«

»Das wäre?«, fragte Tina freundlich.

»Kann es sein, dass Sie Frau Eisele zum Supermarkt geschickt haben, um dort Nachforschungen anzustellen?«

»Wer hat Ihnen denn den Bären aufgebunden?«, fragte Tina erstaunt.

Vroni hob schüchtern den Finger, wie in der Schule, und gab

kleinlaut zu: »Entschuldige. Das war ich. Ich hab's Herrn Hallermeier erzählt, weil ich so stolz drauf war, dass ich auch mal was tun durfte, was mit Polizeiarbeit zu tun hatte.«

»Dann hast du dir ja was Schönes eingebrockt. Ich hab dir doch g'sagt, dass …«

»Ich weiß, was du gesagt hast. Ich hab's ja auch so gemacht. Dort hat keiner was gemerkt.«

Tina atmete tief durch und überlegte. *Was sag ich ihr jetzt? Ich kann sie doch nicht ausschimpfen! Sie wusste es halt nicht besser. Aber wie mache ich ihr klar, dass das nicht geht?*

Tina sah Vroni streng an und sagte: »Also, du hast dir das jetzt selbst eingebrockt. Das musst du auch alleine wieder auslöffeln. Aber für die Zukunft, falls du bei der Kriminalistik bleiben solltest, musst du dir merken, dass du niemals, verstehst du, niemals jemandem erzählen darfst, was du herausgefunden hast und schon gar nicht wie. Das könnte unter Umständen unsere Ergebnisse und die Ermittlungen in Gefahr bringen.«

»Also, Frau Gründlich«, begann Hallermeier und nahm Vroni in Schutz. »Frau Eisele kann nichts dafür. Ich hab mich nur gewundert, wie Sie auf solche Erkenntnisse gekommen sind. Da hab ich Frau Eisele einfach gefragt, und sie hat es mir erzählt.«

»Welche Ergebnisse meinen Sie?«

»Ich meine die, die in Ihrem Bericht stehen, den ich immer noch nicht habe. Schlicht und einfach. Ich hab mich nach dem Stand der Ermittlungen erkundigt.«

»Warum haben Sie nicht ganz einfach mich gefragt?«

»Sie waren ja nicht da!«

»Und da konnten Sie nicht warten? Frau Eisele hat ohnehin keine Ahnung vom Stand der Ermittlungen. Sie ist nur als …«

»Jobberl da!«, ergänzte Vroni.

»Genau! Nur als Jobberl! Da kann sie noch keinen Einblick in unsere Arbeit haben. Geschweige denn einschätzen, wo wir stehen!«

Hallermeier sah sie an, wie ein Schulbub, den man dabei

erwischt hatte, wie er eine Fensterscheibe mit einem Ball eingeschossen hatte. Er sagte: »Ja, Sie haben recht. Ich hätte auch warten können, aber ich hab da einen Anruf bekommen und …«

»Von wem? Wer hat Sie angerufen?« Tina geriet langsam in Rage, denn sie fühlte sich unter Druck gesetzt, und das war etwas, was sie nicht ausstehen konnte.

Hallermeier trat unwillkürlich einen Schritt zurück und versuchte eine Erklärung: »Die Herren vom Innen …«

Weiter kam er nicht, denn Tina unterbrach ihn: »Innenministerium? Was soll das denn schon wieder? Herr Hofrat Steiger ist bereits wegen so etwas bei mir erschienen. Na, dem werd ich aber was erzählen!« Tina setzte sich auf ihren Platz und schaltete den Rechner ein. Dass Hallermeier immer noch im Büro stand, ignorierte sie einfach.

Hallermeier schien zu bemerken, dass er hier wohl überflüssig war. Er verabschiedete sich: »Ich geh dann mal wieder. Sie schicken mir Ihren Bericht aber zeitnah?«

»Auf Wiedersehen, Herr Hallermeier!«, knurrte Tina nur.

»Auf Wiedersehen!«, antwortete Hallermeier und verließ das Büro.

Vroni zog ihren Stuhl neben Tinas und setzte sich.

»Was willst du?«, fragte Tina ungeduldig.

»Ich … ich … es tut … ich …«

»Jetzt stammel da nicht rum wie ein Schulmäderl. Ich weiß, dass es dir leidtut. Aber du musst das einfach einsehen, dass so etwas nicht geht.«

»Aber ich hab gedacht, dass …«

»Du sollst nicht denken, sondern nur das tun, was man dir sagt«, sagte Tina strenger, als sie wollte.

Vroni begann zu weinen. Sie schluchzte: »Ich hab doch gedacht, dass Herr Hallermeier das sowieso erfährt. Er liest doch deine Berichte, und da steht doch auch alles drin! Ich war doch so stolz auf meine Ermittlungsergebnisse.«

Tina stand auf und zog Vroni hoch. Sie nahm sie in die Arme

und drückte sie. Leise sagte sie zu Vroni: »Ich weiß das doch. Aber versteh mich. Da geht es nicht darum, was du wem erzählt hast. Es geht einfach nur darum, dass du es erzählt hast. So etwas geht einfach nicht. Und jetzt ist es wieder gut, und wir reden nicht mehr drüber. Ist das für dich in Ordnung?«

»Ja«, flüsterte nun Vroni. Tina ließ sie los. Sie setzte sich wieder. Vroni nahm ihren Stuhl und schob ihn zurück an ihren Platz.

»Hat das jetzt sein müssen?«, zischte Bärbel Tina zu.

»Was? Wovon redest du?«

»Ach, von nichts. Ist schon gut«, sagte Bärbel, als sie bemerkte, dass Vroni sie beobachtete.

»Ich hab Hunger!«, monierte Vroni. »Ihr denn nicht?«

»Doch, jetzt, wo du es sagst. Ich glaub, ich könnt einen ganzen Esel verputzen.« Tina lachte. Vroni sah sie dankbar an. Sie schien irgendwie erleichtert, dass ihr Tina nicht mehr böse war.

»Gehen wir in die Fleischhauerei?«, fragte Bärbel.

»Ja, gut. Da gibt's bestimmt auch einen Salat«, stimmte Tina zu.

»Einen Salat?«, wunderte sich Vroni. »Ich hab gedacht, du könntest einen ganzen Esel verdrücken?«

»Ich hab g'sagt, dass ich das könnte, aber nicht, dass ich es tue.«

Vollbepackt mit Essen kamen sie kurz darauf zurück ins Büro. Vroni verdrückte sich gleich an ihren Tisch, während sich Tina und Bärbel an ihre Plätze setzten.

Es klopfte kurz an der Tür. Noch ehe Tina etwas sagen konnte, kam Hallermeier herein. »Frau Gründlich«, begann er. »Ich habe vorhin einen Anruf von der Spurensicherung in Salzburg bekommen. Man sagte mir, dass es wichtig für Sie sei.«

»Ja, und? Worum geht's?«, fragte Tina mit vollem Mund.

»Nun, man sagte mir, dass man etwas gefunden habe, das ...«

»Nun stottern Sie nicht so herum, Herr Hallermeier. Sagen Sie schon, was man gefunden hat. Etwa das Testament?«

»Nein, das nicht. Aber so wie es aussieht, muss das jemand gewesen sein, der sich in der Wohnung auskannte.«

»Wie kommen die Kollegen darauf?«

»Ich glaub, das lesen Sie besser im Bericht nach. Der müsste schon im System sein. Ich hab auch nicht ganz verstanden, was man mir da erklärt hat.«

»Gut, danke, Herr Hallermeier!« Hallermeier blieb stehen und beobachtete Tina, wie sie genüsslich ihren Salat aß. »Gibt's noch was, Herr Hallermeier?«, fragte sie.

»Nein, wieso? Ach so, ja, ich geh dann wieder.«

Als er draußen war, kicherte Vroni. »Ein bisserl schusselig ist er schon, oder?«

»Nein, so möchte ich das jetzt nicht unterschreiben. Er ist eigentlich ein ganz netter Kerl«, meinte Tina darauf.

»Vor allem, wenn man bedenkt, wem er seinen Job hier zu verdanken hat«, setzte Bärbel hinzu.

»Wieso?«, fragte Vroni verständnislos. »Habt ihr ihn etwa vorgschlagen?«

»So ungefähr. Eigentlich hätte Tina den Job bekommen sollen, aber sie wollte nicht. Sie hat gesagt, dass sie lieber draußen auf der Straße Verbrecher jagt, als im Büro rumzusitzen«, erklärte ihr Bärbel.

»Das verstehe ich jetzt aber nicht«, sagte Vroni verunsichert »Das ist doch ein gemütlicher Job, den er da hat. Wenn mich jemand fragen würde …«

»Dich fragt aber keiner«, grinste Bärbel sie an.

Tina aß ihren Salat. Danach rief sie im System den Bericht der Spurensicherung in Salzburg auf. Bärbel sah ihr zu. Sie fragte: »Was kann ich derweil tun?«

»Wart ein bisserl, ich sag's dir gleich«, antwortete Tina.

»Und ich? Was kann ich tun?«, fragte Vroni.

»Jetzt nervt nicht, ihr zwei! Ich sag euch gleich, was ihr tun sollt.«

Tina las den Bericht aufmerksam. Sie murmelte: »Jetzt möchte ich aber schon wissen, was Hallermeier meint. Ha! Da ist es!«, rief sie aus.

Bärbel stand auf und kam zu ihr. Auch Vroni kam zu Tina und blickte ihr über die Schulter. Tina zeigte auf eine Stelle im Bericht: »Da! Lest das! Ich glaub, mir haut der Schuh ab!«

Bärbel las leise vor: »Die Spuren weisen darauf hin, dass sich der Täter oder die Täterin in der Wohnung ausgekannt haben muss. Er wusste genau, wo er zu suchen hatte. Die Gegenstände lagen so übereinander, dass genau nachvollzogen werden konnte, welcher Gegenstand zuerst auf den Boden geworfen wurde. Daraus ist zu schließen, wo der oder die Täter zuerst gesucht haben …«

»Des gibt's ja nicht!«, rief nun auch Bärbel aus.

»Da! Da steht noch was!«, rief Vroni und zeigte auf eine andere Stelle.

Bärbel las wieder vor: »Die sichergestellten DNA-Spuren deuten darauf hin, dass Frau Grau mehrfach männliche Besucher hatte. Eventuell war sie promiskuitiv. Auf jeden Fall ist davon auszugehen, dass sie HWG hatte.«

»Mehrfach männliche Besucher? Promi …? HWG? Was heißt das?«, fragte Vroni.

»Ganz einfach. Sie hatte mehrere männliche, sagen wir mal, Begleiter, und HWG bedeutet häufig wechselnde Geschlechtsverkehrspartner«, erklärte Tina.

»Das liegt wohl in der Familie?«, vermutete Vroni.

»Wie kommst du darauf?«

»Na ja, der Pfarrer, der keiner mehr ist, ist verheiratet und hat hier mindestens eine Freundin. Dann unser Bruder Johannes, der war auch verheiratet und hatte eine Freundin …«

»Mit der er sogar ein Kind hatte«, ergänzte Tina.

»Ich möchte nicht wissen, in welche Abgründe wir noch schauen, bis der Fall gelöst ist«, sinnierte Vroni.

»Also? Was können wir jetzt tun?«, fragte Bärbel.

»Überleg du mal. Was würdest du jetzt normalerweise tun, wenn es dein Fall wäre?«

»Das ist er doch?«

»Ja … nein, eigentlich nicht. Dein Fall war ja, den Mord an Bruder Johannes aufzuklären, und das haben wir ja bereits. Jetzt geht es darum, den Mord an Eveline Grau aufzuklären. Also? Was denkst du, ist jetzt zu tun?«

Bärbel dachte nach. »Du hast gesagt, dass Bruder Johannes ein Kind mit seiner Freundin hatte? Meinst du damit Frau Greil?«

»Ja, das Kind heißt Maria Greil und hat einen Sohn. Das ist der junge Mann, den ich für morgen einbestellt hab.«

»Das wäre dann der Enkel von Bruder Johannes und Eveline quasi seine Tante?«, fragte Vroni.

»Gut gedacht. Das ist auch so. Also? Was macht ihr?«

»Ich würde sagen, dass wir zur Frau Greil fahren. Ich denke, dass sie der Schlüssel zu dem Ganzen sein könnte«, sagte Vroni.

»In Ordnung. Dann macht das. Übrigens – sehr gut gedacht, Vroni.«

»Danke!«, sagte Vroni fröhlich.

»Wofür?«, fragte Tina.

»Dafür, dass ich auch mal gelobt werde.«

»Gerne geschehen, und jetzt ab mit euch beiden«, sagte Tina.

Kapitel 14

Tina schrieb weiter an ihrem Bericht. Nun hatte sie noch den Vorteil, dass sie auch auf den Bericht der Salzburger Kollegen verweisen konnte. Tina versuchte, den Fall in ihrem Kopf noch einmal Revue passieren zu lassen.

Da wäre erst mal der Mord an Bruder Johannes. Wenn ich Eveline als Täterin nehme, könnte der Fall so abgelaufen sein. Sie hat ihn aufgesucht, um ihn nach seinem Testament zu fragen. Als er ihr eine Auskunft verweigerte, gerieten sie in Streit. Sie nahm das Kreuz von der Wand und erschlug ihn damit. Aber die Eule? Was hat die Eule damit zu tun? An ihren Krallen wurden Reste von Leder gefunden. Also eventuell eine Lederkombi. Hatte Eveline so eine? Die Frage muss noch geklärt werden. Obwohl – eine Verletzung, die sie hatte, passt dazu. Die Eule greift sie an, während sie Johannes erschlägt. Das könnte so gewesen sein. Aber war es auch so? Jedenfalls versuchte die Eule ihren Herrn und Meister zu verteidigen. Unter Einsatz ihres Lebens. Wie hieß die Eule eigentlich? Er muss ihr doch einen Namen gegeben haben. Könnte es sein, dass sie Gunkel hieß? So wie die Stiftung? Da war doch was. Herr Friedel, der Banker hat so etwas angedeutet. Also weiter. Sie erschlug Johannes und durchsuchte dann die Kiste. Dort fand sie die Unterlagen und das Testament. Aber – hat sie die wirklich gefunden? Die Spuren weisen darauf hin. Aber – die Spuren sagen eigentlich nur, dass sie die Kiste geöffnet hat. Doch ob die Papiere wirklich drin waren? Keine Ahnung! Ich geh mal davon aus, dass sie es waren. Sie hat sie also mitgnommen und daheim irgendwo versteckt. Oder doch nicht? Scheiße! Ich muss mir das alles auf-

schreiben. Sonst vergess ich die Hälfte. Ich weiß nicht, ich kann mich heut nicht so richtig konzentrieren.

Tina nahm einen Block und schrieb ihre bisherigen Überlegungen auf. Als sie fertig war, überlegte sie weiter. *Jetzt mal zum persönlichen Teil. Bruder Johannes war noch verheiratet und hat vier, nein, fünf Kinder. Eines davon, Till, sitzt auf Betreiben seiner Frau im Gefängnis. Der Sohn entstammt aber dem Verhältnis mit der Kinderfrau Kleopatra. Angeblich eine Schönheit. Das muss ich noch überprüfen. Dann hat er zwei weitere Söhne, Lukas und Matthias. Dann ist da seine Tochter Eveline und eine weitere Tochter, Maria, die er aus seiner, ich nehme mal an, langfristigen Beziehung mit Mathilde Greil hatte. Diese wiederum hat einen Sohn, der Dominik heißt, also der Enkel von Bruder Johannes ist. Verdammt noch mal! Warum denk ich immer Bruder Johannes? Das ist doch Johannes Senior? Apropos Senior. Da gibt es auch noch den Johannes Junior. Angeblich Pfarrer in Indien. Dass das nicht stimmt, wissen wir bereits. Er ist konvertiert, hat geheiratet und zwei Kinder, Töchter, wenn ich mich nicht irre. Dann hat er hier auch noch eine Freundin, Frau Griebel, die wiederum einen angeblichen Verlobten hat, der auch wieder zur Familie Grau gehört. Das ist August Grau, der Bruder von Johannes Senior. Jetzt stimmt's. Hab ich alles beieinander?*

Tina las das Geschriebene noch einmal durch und nickte zufrieden. *Jetzt weiß ich aber immer noch nicht, wer Eveline umgebracht hat. Das Motiv, glaub ich, war das Testament, falls es eins gab. Wer könnte mir dazu Auskunft geben? Das Nachlassgericht! Sicher, da muss etwas hinterlegt sein! Auch das muss ich überprüfen! Außerdem hatte er ja einen Notar. Eveline hat da was gesagt. Einen Notar und einen Anwalt. Den Notar hat er damit beauftragt, seinen Vertrag, den er mit seinen Kindern abgeschlossen hatte, zu überwachen. Aber ob er mit dem sein Testament erstellt hat? Was ist eigentlich mit den Bienen? Da haben wir noch gar nichts! Er muss doch irgendwo seine Bienenstöcke …? Ja! Die müssen wir finden! Vielleicht hat er ja da …? Evelines Handy! Das hat die KTU. Ich muss wissen, mit wem sie telefoniert hat. Vielleicht bekommen wir dadurch raus, mit wem sie sich verabredet hat?*

Tina unterstrich alles, was sie ihrer Meinung nach noch überprüfen musste, mit einem roten Stift. Zufrieden legte sie Block und Stift beiseite. Sie schaute sich das Geschriebene noch einmal durch. Danach nahm sie das Telefon und rief in der Kriminaltechnik an.

»Kriminaltechnik Haider?«, meldete sich der zuständige Beamte.

»Herr Haider. Gründlich hier. Sie haben doch das Handy von Frau Grau. Ist das richtig?«

»Ja, das stimmt. Wir haben die Auswertung fertig.«

»Die Anruflisten auch? Um die geht es mir. Ich muss wissen, mit wem sie zuletzt telefoniert hat.«

»Sie liegen bereits auf dem System«, antwortete er.

»Dann werd ich mir die gleich mal anschauen. Danke, Herr Kollege!«

Tina legte auf und suchte die Ergebnisse der Kriminaltechnik. Sie hatte sich diese zwar schon angeschaut, aber offensichtlich die Liste übersehen. Sie durchsuchte die Nummern. Dabei fiel ihr auf, dass Eveline offenbar eine Nummer öfter angerufen hatte als die anderen. Leider waren die Namen der Teilnehmer nicht mit aufgelistet, aber das war im Moment egal. Das würde sie auch so herausbekommen.

Sie nahm das Telefon und rief die Nummer an. Es ertönte ein Freizeichen. Tina wartete ein paar Sekunden, dann meldete sich die Mailbox. »Hier ist die Mailbox von Dominik Greil. Leider …« Tina legte wieder auf. Sie hatte erfahren, was sie wissen wollte und was sie sich eigentlich auch schon gedacht hatte. Die Dame hatte mehrfach mit ihrem Neffen telefoniert. Aber wozu? Eine Verabredung? Ein längeres Gespräch war nicht auf der Liste verzeichnet. Nur immer wieder kurze Anrufe, die nicht länger als zwei bis drei Minuten gedauert hatten. Tina sah auf ihre Uhr. *Fünf Uhr*, stellte sie fest. *Wird Zeit, dass Bärbel und Vroni zurück-*

kommen. So lange kann das doch bei Frau Greil nicht dauern? Der Notar! Ich brauch den Namen des Notars! Vielleicht kann der …? Nein, das wird er nicht tun. Das darf er auch nicht. Aber ich kann's probieren.

Tina nahm das Telefon. Sie rief bei der Zentrale der Firma Graugans an. Sie bat darum, mit Frau Grau Senior verbunden zu werden. Tatsächlich wurde sie sofort durchgestellt. Das hatte Tina eigentlich nicht erwartet. Frau Grau meldete sich: »Grau.«

»Frau Grau, hier ist Major Gründlich von der Polizei Zell. Sie erinnern sich? Ich war kürzlich mit meiner Kollegin bei Ihnen.«

»Ja, ich weiß, eine sehr unerfreuliche Begegnung. Was wollen Sie?«, fragte sie mit ihrer rauchigen Stimme.

»Ich muss wissen, welcher Notar und welcher Rechtsanwalt für ihre Firma tätig ist. Wir müssen da ein paar Punkte abklären.«

»Was wollen Sie abklären? Wollen Sie wissen, was im Testament meines Mannes steht? Das kann ich Ihnen auch so sagen. Dieser Dreckskerl hat uns alle enterbt! Er hat alles seiner unehelichen Tochter vererbt! Dieses Miststück bekommt alles! Sogar seine Anteile an der Firma hat er ihr überschrieben!«

»War denn die Testamentseröffnung schon? Es ist doch ungewöhnlich …«

»Papperlapapp! Testamentseröffnung! Das braucht es nicht! Der Mistkerl war kürzlich bei mir und hat mir alles gesagt!«

»Wann war er bei Ihnen?«

»Vor zwei Wochen! Da hat er mir brühwarm erzählt, dass unser lieber Herr Sohn Johannes das Priesteramt aufgekündigt und eine Hindi zur Frau genommen hat. Darüber hat er sich dermaßen aufgeregt, dass er sein Testament ändern wollte.«

»Auch zu Ihren Ungunsten, nehme ich an?«

»Nicht nur das! Alle! Alle wollte er aus seinem Testament nehmen! Lediglich ein Pflichtteil bliebe uns, hat er gesagt.«

»Und die Firma geht in die Insolvenz?«

»Ja, aber das hat nichts mit dem Tod meines Mannes zu tun.«

»Aber das Geld, über das er noch verfügt hat, hätte die Firma doch sicher gerettet?«

»Welches Geld? Johannes hatte keinen Cent mehr! Er war gerade so pleite wie wir auch!«

»Und was ist mit der Firma Ihres Sohnes Johannes?«

»Welche Firma? Ich weiß nichts von einer Firma!«

»Ich meine die Palmölplantage in Indien. Ihr Sohn ist doch Geschäftsführer dieser Firma, und die gehörte Ihrem Mann.«

»Davon weiß ich nichts! Ich hab keine Ahnung, woher sie diese Informationen haben. Für mich ist das Gespräch hiermit beendet. Guten Tag!«

»Frau Grau, ich …«

»Ich habe gesagt, dass das Gespräch für mich beendet ist!«, wiederholte Frau Grau und legte auf.

Tina lehnte sich in ihrem Stuhl zurück und dachte nach. *Eigentlich sind das ja sehr interessante Nachrichten. Er hat sie also enterbt? Nein, sie hat gesagt, er wollte sie enterben! Das ist etwas ganz anderes! Wer wollte das verhindern? Frau Grau wusste bis vor zwei Wochen nichts von Johannes Juniors Verhalten? Soll ich ihr das glauben? Kann es sein, dass keiner der Familie etwas wusste? Auch nicht von der Plantage? Warum hat Bruder Johannes ihr davon nichts gesagt? Was wusste Eveline? Was weiß Dominik? Hat Bruder Johannes sie wirklich enterbt? Möglich wär's. Was ist mit den anderen beiden? Lukas und Markus? Was wussten die? Was ist eigentlich mit dem Rest der Verwandtschaft? Allen voran dieser August? Hat der etwas damit zu tun? Aber er hätte sowieso nichts geerbt. So viel ist mir klar.*

»Hallo! Da sind wir wieder!«, unterbrach Vroni Tinas Gedanken. Sie kam gemeinsam mit Bärbel ins Büro. Bärbel platzte schier vor Neuigkeiten und konnte es kaum erwarten, sie loszuwerden.

»Du glaubst ja gar nicht, was wir alles erfahren haben! Der Fall ist so gut wie gelöst!«, sagte Bärbel voller Enthusiasmus.

»Ja, und was da alles dahintersteckt! Frau Greil hat so viel über die Familie und die Verhältnisse gewusst und …«, sagte Vroni freudig.

»Die Eveline muss eine ganz Ausgfuchste gwesn sein. Stell dir vor, die hat sogar in Zell eine Wohnung ghabt, von der sonst keiner wusste und …«

»Und der Dominik, der ist ein ganz lieber, der …«, unterbrach Vroni Bärbel.

Tina hob die Hand und sagte: »Jetzt mal langsam und der Reihe nach. Ich hab auch ein paar Neuigkeiten. Also, Bärbel, was habt ihr?«

Bärbel begann aufzuzählen: »Also, da haben wir mal Evelines Wohnung in Zell. Sie hat das geheim gehalten, weil sie der Meinung war, dass das niemanden etwas anginge.«

»Eine Wohnung in Zell?«, fragte Tina verwundert. »Wieso das denn? Wozu brauchte sie eine Wohnung hier?«

»Na ja. Vielleicht für ihre HWGs?«, meinte Vroni.

»Woher weiß Frau Greil davon? Ich mein, wenn Eveline das geheim gehalten hat?«

»Das wusste Frau Greil nicht. Dominik hat's gewusst«, sagte Vroni verträumt.

»Mir scheint, der Dominik hat's dir angetan?«, fragte Tina Vroni.

»Nein! Wo denkst du denn hin? Ich weiß doch, dass wir von der Polizei kein Verhältnis mit Tatbeteiligten anfangen dürfen.«

»Du schon. Du bist ja keine Polizistin, sondern …«

»Ja, ja, reib's mir nur hin, Bärbel. Ich weiß selber, dass ich bloß ein Jobberl bin.«

Tina ging nicht darauf ein, sondern fragte: »Was wisst ihr noch? Was habt ihr sonst noch für mich?«

Bärbel wurde nachdenklich und sagte leise: »Weißt, irgendwie hat mir die Frau leidgetan. Da kommt so ein reicher Hallodri daher, verspricht dir den Himmel auf Erden und macht dir ein Kind. Dann lässt er dich einfach fallen wie eine heiße Kartoffel. Dann nimmt er sich eine, die viel Geld hat, und meldet sich nimmer. Erst nach vielen Jahren taucht er auf und heult dir vor, wie dreckig es ihm doch mit seiner Frau geht. Weißt, was ich mit dem gmacht hätt?«

»Sag's lieber nicht.«

»Doch! Kastriert hätt ich den. Rausgschmissn! Aber nein, Frau Greil nimmt ihn wieder auf. Sie hat ihn sogar noch unterstützt, wie er auf den Berg gangen ist.«

»Was ist mit dem Dominik? Wie hat er zu dem Ganzen gestanden? Wie war sein Verhältnis zu Eveline?«, fragte Tina.

»Ich weiß nicht so recht …«, begann Vroni. »Mir ist es so vorgekommen, als ob er bis heut nicht gewusst hätt, dass Eveline seine Tante war.«

Tina wurde hellhörig. »Wie meinst du das? Wie kommst du darauf?«

»Na ja, ich war mal kurz draußen vor dem Haus. Da ist er auch rausgekommen und hat eine geraucht. Drinnen darf er nicht, hat er g'sagt. Da hab ich halt ein bisserl mit ihm gredet. Ich hab ja drin schon den Eindruck ghabt, dass er was sagen wollt, sich aber wegen seiner Oma nicht getraut hat.«

»Er hat dir also was erzählt? Was war das denn?«, fragte Tina.

»Er hat's nicht direkt g'sagt, aber ich hab es halt so verstanden, dass er mit Eveline ein Verhältnis ghabt hat. Er hat auch nichts gewusst von der Wohnung in Salzburg.«

»Jetzt versteh ich auch die vielen Anrufe«, murmelte Tina.

»Welche Anrufe?«, fragte Bärbel.

»Ich hab mir die Anrufliste von Evelines Handy angschaut und festgestellt, dass die beiden sehr oft miteinander telefoniert haben. Jetzt wird mir auch klar warum.«

»Frau Greil hat uns noch etwas erzählt, das für uns nicht ganz unwichtig sein könnte«, begann Vroni.

»Das wäre?«

»Die Bienen! Bruder Johannes hat Bienen gezüchtet. Den Honig hat er verkauft und das Wachs zu Kerzen gezogen, die er dann auch verkauft hat.«

»Das weiß ich doch. Aber wo sind diese Bienen? Hat Frau Greil darüber etwas gesagt?«

»Ja, hat sie. Die Bienenstöcke hat er herunten im Tal ghabt. Bei einem Bauern. Der hat ihm ein paar Plätze gegeben, wo er die Stöcke aufstellen hat können.«

»Ja, und wo ist dieser Bauer?«

»Der ist in Bramberg. Frau Greil hat uns die Adresse aufgeschrieben«, erzählte Vroni stolz und kramte in ihrer Hosentasche. »Herrschaftszeiten, wo is' denn der scheiß Zettel? Ich hab ihn doch … Ah, da ist er ja!«, murmelte Vroni vor sich hin und zog einen zerknitterten Zettel aus der Tasche, den sie Tina gab.

Tina las die Adresse. »Das ist ja derselbe Bauer, von dem Johannes seinen Wald gekauft hat?«, wunderte sie sich.

»Ja, und jetzt kommt's!«, erzählte Vroni stolz weiter. Tina hörte ihr aufmerksam zu. »Die Unterlagen, die Johannes hatte, die sind alle in den Bienenstöcken versteckt. Das hat er nur Frau Greil erzählt. Er hat sie in Plastikfolien eingeschweißt und in die Stöcke gelegt. Wenn da jemand ranwill, der bekommt Probleme mit den Bienen.«

»Hat sie auch etwas über das Testament gesagt? Wo hat er das hinterlegt?« Bärbel blieb ruhig, obwohl sie sichtlich angespannt war, als sie sagte: »Es gibt keins. Es gibt kein Testament.«

Tina war verblüfft: »Das ist ja der Hammer! Der hat die ganze Familie reinglegt. Aber letztlich hat's ihm das Leben gekostet. Was habt ihr noch erfahren?«

Bärbel zuckte mit den Schultern: »Eigentlich nicht sehr viel. Frau Greil hat auch noch gesagt, dass Johannes von der bevorstehenden Insolvenz wusste und deshalb Eveline zur Rechenschaft ziehen wollte.«

»Das könnte auch ein Motiv für den Mord an Johannes sein«, sinnierte Tina laut.

»Es deutet also alles auf Eveline? Mir ist das zu einfach, zu logisch, zu geplant«, wandte Vroni ein.

»Na, dann bring doch mal einen anderen, der es gewesen sein könnte«, forderte Tina sie auf.

»Was ist mit dem Stiftungsrat, Herr Hauptmann? Der musste doch Angst um seine Position gehabt haben? Nachdem Bruder Johannes herausgefunden hatte, wie er die Stiftungsgelder zum Fenster rausgworfen hat? Das ist doch auch ein Motiv?«, mutmaßte Vroni.

»Da könntest du schon recht haben. Aber mit dem Mord an Johannes wird er seinen Posten ohnehin los. Die Stiftung wird sicher aufgelöst«, widersprach Tina.

Vroni drückte einen Finger an den Mundwinkel. Man sah regelrecht, wie es in ihrem Kopf arbeitete. Sie legte die Stirn in Falten und murmelte unhörbar vor sich hin.

Tina bemerkte, wie Vroni unsicher wurde. »Passt mal auf. Ich hab vorhin mit Frau Grau telefoniert. Sie hat mir erzählt, dass Johannes bei ihr war und angekündigt hatte, sein Testament zu ändern …«, sagte Tina.

»Aber er hat doch keins …«, begann Vroni.

»Das mag schon sein. Aber das wusste niemand außer Frau Greil«, unterbrach Tina sie.

»Dann hat wieder jeder ein Motiv. Die ganze Sippschaft, jeder von ihnen kann's gewesen sein«, sagte Bärbel.

»Was ist eigentlich mit Evelines Motorradkluft? Hat Dominik etwas darüber gesagt, ob sie auch Motorrad gefahren ist? Ich mein, wegen der Spuren an Gunkels Krallen.«

»Gunkel? Wer ist Gunkel?«, fragte Vroni.

»Die Eule. Sie heißt sicher Gunkel. Die Stiftung hieß doch auch so. Der Filialleiter der Bank hat uns doch gesagt, dass Johannes den Namen der Stiftung vermutlich von der Eule hatte. Also bleibt meiner Meinung nach nur der Name Gunkel für die Eule.«

»Gunkel … Ein komischer Name, findest du nicht?«, fragte Vroni.

»Wie auch immer – ich schlag vor, wir machen Feierabend für heut«, sagte Tina und stand auf.

Kapitel 15

Daheim wartete bereits Frieda mit dem Abendessen auf sie. Schon als sie das Haus betraten, rochen sie den Duft des Gulaschs. Die Kinder hatten bereits gegessen und waren auf ihr Zimmer gegangen. Nach dem Essen begaben sich alle drei ins Wohnzimmer. Tina holte noch eine Flasche Wein aus dem Keller.

Frieda erledigte die Arbeit in der Küche. Als sie das Geschirr in der Spülmaschine verstaut hatte, verabschiedete sie sich: »Ich geh jetzt. Ich wünsch euch noch einen schönen Abend. Gut Nacht!«

»Gut Nacht, Frieda! Bis morgen!«, sagte Tina.

Tina wandte sich an Vroni. »Darf ich dir eine ganz persönliche Frage stellen?«

»Ja, sicher. Warum denn nicht?«, sagte Vroni offenbar gespannt.

»Wir, also Bärbel und ich, haben, als du zu uns kamst, bemerkt, dass du uns beide beobachtest. Warum hast du das getan? Was war für dich so wichtig?«

»Ist das jetzt ein Vorwurf?«, fragte Vroni.

»Nein, das ist kein Vorwurf. Uns interessiert es einfach«, sagte Bärbel.

»Na gut. Also, ich hab euch beide beobachtet, weil ich wissen wollte, wie ihr arbeitet. Als Team sozusagen. Es interessiert mich ganz einfach, wie zwei Frauen in einem – sagen wir mal Männerberuf – so erfolgreich sein können.«

»Und zu welchem Schluss bist du gekommen?«, fragte Tina.

»Ich find, ihr zwei passt gut zusammen. Ihr wisst genau, worauf es ankommt.«

»Und worauf kommt es deiner Meinung nach an?«

»Dass beide genau wissen, dass sie sich aufeinander verlassen können. Sowohl privat als auch beruflich.« Tina nickte. Sie hatte verstanden. Aber sie hatte noch eine Frage: »Sag mal, Vroni. Du bist jetzt über eine Woche bei uns. Kannst du uns vielleicht schon sagen, ob dir dieser Beruf gefallen könnte?«

Vroni wiegte den Kopf und meinte vorsichtig: »Na ja. Ich bin mir noch nicht ganz sicher. Weißt, die Arbeit an den Wochenenden und den Feiertagen, dann die vielen Überstunden …? Ich mein, Freizeit wird da wohl sehr klein geschrieben? Auch das Gehalt ist nicht gerade prickelnd.«

Tina nickte. »Da hast du durchaus recht. Das Geld ist völlig unzureichend, und ein Privatleben gibt es bis auf wenige Ausnahmen bei uns kaum«, gab sie zu.

»Andererseits«, begann Vroni erneut, »glaub ich, dass euer Beruf spannender ist als in einem Büro in einer Anwaltskanzlei. Ich glaub, ich studier Kriminalistik. Aber legt mich noch nicht fest. Ich hab ja noch ein paar Wochen zum Überlegen.«

»Dann tu das«, antwortete Tina.

»Ich hab aber noch eine Bitte«, sagte Vroni.

»Und die wäre?«, fragte Tina.

»Ich hab ja jetzt bei diesem Fall – oder soll ich sagen bei diesen Fällen? – mitgearbeitet, so gut es ging.«

»Ja, und jetzt?«, fragte Bärbel.

»Jetzt wollt ich euch bitten, dass ich bei den Verhaftungen der Mörder dabei sein darf.«

»Der Mörder? Denkst du, es waren zwei? Denkst du, Eveline hat ihren Vater nicht umgebracht?«

»Das denke ich wirklich nicht. Ich bin mir sogar sicher, dass sie das nicht getan hat. Warum hätte sie auch? Sie hatte doch gar keinen Grund. Kein Motiv. Nichts.«

»Wieso? Alle Indizien weisen doch darauf hin«, widersprach Bärbel.

»Du sagst es. Indizien. Aber haben wir Beweise? Nein, haben

wir nicht. Nicht einen einzigen Beweis. Gut, Eveline wusste wahrscheinlich von der Drohung ihres Vaters, sie zu enterben. Aber das wussten die anderen auch. Denkt doch mal nach! Was hätte sie schon groß verloren, wenn sie tatsächlich enterbt worden wäre? Was hätte sie gewonnen, wenn sie ihren Vater umgebracht hätte? Ich sag es euch. Nichts! Sie hätte nichts verloren. Sie war ohnehin Geschäftsführerin der Firma, hatte die Anteile und die Freiheiten, die eine Frau wie sie brauchte. Gewonnen hätte sie auch nichts. Wer sagt uns denn, dass ihr Vater ihr überhaupt etwas vererbt hätte? Er hat ihr doch genug gegeben. Was also hätte sie noch erwarten können? Die Anteile, die ihm gehörten? Die wären sicher aufgeteilt worden.«

»Und was ist mit der Verletzung an ihrer Schulter?«, warf Tina ein.

»Die kann sie sich sonst wo geholt haben. Gibt es DNA-Spuren, die auf sie hinweisen? Der einzige Hinweis von Gunkel – so heißt die Eule doch? – ist der, dass der Täter einen Bikeranzug angehabt haben muss. Sonst eigentlich nichts. Wissen wir, ob nicht auch ein anderer der Familie eine Verletzung an der Schulter hat? Überhaupt – wo steht denn, dass die Verletzung an der Schulter sein mus? Wir wissen lediglich, dass der Mörder von Gunkel angegriffen wurde und die Motorradkombi beschädigt sein muss.«

»Und was ist mit der DNA von Eveline in den Seitenfächern der Kiste?«

»Wir wissen doch, dass nach dem Mord noch jemand in der Hütte war. Kann es nicht sein, dass Eveline die Tat beobachtet hat, nach dem Mord in die Hütte gegangen ist und die Kiste durchsucht hat? Dabei könnten doch ihre Spuren dorthin gelangt sein.«

»Ja, und gefunden hat sie nichts!«, rief Bärbel.

»Genau, und deshalb sind die drei ja noch einmal rauf und haben danach gesucht«, sagte Vroni sichtlich erfreut, dass ihre Theorie Anklang gefunden hatte.

»Wobei sie auch nichts gefunden haben, weil da nichts war«, ergänzte Tina.

Vroni streckte die Arme aus und dehnte sich. Dabei gähnte sie laut und herzhaft. »Ich bin müde. Ich geh jetzt ins Bett«, verkündete sie und begab sich ins Bad.

Tina und Bärbel warteten noch, bis Vroni nach oben in ihr Bett verschwunden war. Dann gingen auch sie zu Bett.

Kapitel 16

Am nächsten Morgen fuhren sie nach dem Frühstück ins Büro. Vroni war seltsam ruhig. Sie sagte kaum etwas.

»Was ist mit dir? Geht's dir nicht gut?«, fragte Tina beunruhigt.

»Ich weiß auch nicht. Ich hab so ein dumpfes Gefühl im Kopf. Irgendwie hab ich gestern wohl zu viel Wein erwischt«, antwortete Vroni träge.

»Das kann nicht sein. Du hast doch höchstens zwei Glaserl getrunken?«, fragte Bärbel.

»Trotzdem. Mit geht's heut miserabel.«

»Ich geb dir im Büro ein Aspirin, dann wird's schon wieder«, bot Tina an.

»Ich glaub nicht, dass das was hilft. Kann es sein, dass du mich angesteckt hast?«, meinte Vroni zu Tina.

»Möglich wär's schon. Aber ich hoffe nicht. Wir brauchen dich nämlich noch.«

»Schön zu … haaa … hatschii, hören. Entschuldigung!«

Bärbel reichte ihr ein Papiertaschentuch. Vroni nahm es und schnäuzte sich kräftig. Sie näselte: »Danke! Ich glaub, ich hab's doch bekommen.«

Im Büro sagte Vroni: »Ich hab noch mal über den Fall nachgedacht.«

»Und? Was ist dabei rausgekommen?«

»Wir wissen doch, dass alle drei noch einmal zur Hütte gegangen sind …«

»Gefahren«, unterbrach sie Bärbel

»Wie?«

»Gefahren. Sie sind mit der Gondel bis zur Mittelstation gefahren und dann zur Hütte glaufen«, erklärte Bärbel.

»Ist ja auch egal«, begann Vroni, »jedenfalls sind die drei da noch mal rauf und haben die Dokumente, das Testament oder was auch immer gesucht. Gefunden haben sie vermutlich …«

»Nichts«, unterbrach Tina diesmal.

»Ja, vermutlich nichts, weil da ja nichts war, wie wir wissen.«

»Und weiter?«, fragte Tina.

»Ich frag mich halt, warum sind die drei da rauf? Warum nicht nur Lukas oder Markus? Oder nur Eveline? Warum alle drei? Es kann doch nur so sein, dass keiner von denen während des Mordes da oben war. Auch nicht Eveline. Sie hätte ja gewusst, dass da nichts mehr zu finden ist. Sie müssen sich abgesprochen haben. Sie gingen davon aus, dass die Dokumente noch irgendwo in der Hütte sein mussten …«

»Falsch, Vroni. Du bist völlig auf dem falschen Weg. Woher sollten sie wissen, dass der Mörder die Dokumente nicht gefunden hat? Wer soll es ihnen gesagt haben?«, widersprach Tina.

»Da hast du auch wieder recht«, gab Vroni zu.

»Haben die sich eigentlich abgesprochen, dass sie miteinander dort oben noch einmal alles durchsuchen wollen?«, fragte Bärbel.

»Warum sind sie dann nicht gemeinsam hochgefahren?«, fragte Vroni schniefend.

»Das sind Fragen, die wir noch abklären müssen. Allerdings können wir uns das sparen, wenn wir von Vronis Theorie ausgehen, die ich nicht für abwegig halte«, sagte Tina.

»Dazu brauchen wir aber noch den wahren Täter, oder nicht?«, näselte Vroni wieder.

»Das werden wir schon noch hinkriegen«, sagte Bärbel.

»Jetzt müsste dann gleich Domik Greil kommen. Ich hab ihn für neun herbestellt«, erklärte Tina.

»Darf ich bei der Befragung dabei sein?«, bat Vroni.

»Warum denn das? Das ist eigentlich nicht üblich.«

»Bitte, Tina«, sagte Vroni.

»Sag mal, Vroni, kann es sein, dass dir der Dominik gefällt?«, fragte Tina vorsichtig.

»Ich weiß nicht? Ich find ihn einfach süß.«

»Ein Grund mehr, dass du nicht dabei sein kannst.«

»Bitte, Tina, bitte«, bettelte Vroni noch einmal.

»Ich mach dir einen Vorschlag. Ich geh mit ihm in einen Verhörraum, und dort kannst du hinter dem venezianischen Spiegel dabei sein. Dann kannst du auch keinen Schaden anrichten.«

»Schaden anrichten? Ich? Wie kommst du denn darauf? Welchen Schaden sollte ich anrichten?«

»Indem du mit ihm flirtest zum Beipiel?«

Vroni zog beleidigt eine Schnute und murmelte: »Ich und flirten? Mit dem? Kommt ja gar nicht in Frage! Vielleicht ist er sogar der Mörder?«

»Wie kommst du denn darauf?«

»Könnt ja sein, oder?«

»Nun mal raus mit der Sprache! Welche Überlegungen geistern da durch dein hübsches Köpfchen?«

»Danke! Für das hübsche Köpfchen mein ich. Also ich hab mir gedacht, dass Bruder Johannes ja der Großvater von Dominik ist. Das stimmt doch, oder? Also wäre er als Enkel doch auch erbberechtigt? Gehen wir mal davon aus, dass er weiß, dass sein Großvater kein Testament gemacht hat. Also kann er auch davon ausgehen, dass er gegebenenfalls leer ausgeht. Schließlich ist die Firma ja pleite, oder? Also will er sich noch etwas holen. Er braucht Geld, und zwar jetzt und nicht erst in weiß Gott wie vielen Jahren.«

»Woher weißt du das?«, unterbrach sie Bärbel.

»Was?«

»Dass er Geld braucht?«

»Ich weiß es nicht. Es ist ja nur eine Theorie. Also weiter. Er braucht Geld, und das schnell. Er geht zu seinem Großvater und bittet ihn darum. Dieser verweigert es ihm, aus welchen

Gründen auch immer. Daraufhin geraten beide in Streit, und er erschlägt seinen Großvater. Eveline, die warum auch immer ebenfalls dort oben ist, bekommt das mit. Sie wartet ab, bis Dominik verschwindet, und geht in die Hütte. Dort durchsucht sie alles und findet, wie wir wissen, nichts.«

»Die Theorie hat was«, stimmte Bärbel zu.

»Aber was ist mit Eveline? Wer hat die erschlagen?«, fragte Tina.

»Dominik natürlich. Eveline ruft ihn an und sagt, dass sie weiß, was er getan hat. Daraufhin fährt er mit ihr zur Siggenkapelle und erschlägt sie dort«, erklärte Vroni.

»Eine interessante Theorie. Die hat was«, stimmte Tina zu.

»Aber sie hat einen Haken«, widersprach Bärbel.

»Und der wäre?«, fragte Vroni.

»Wir haben keinen Beweis für die Theorie.«

»Den finden wir sicher!«, meinte Vroni zuversichtlich.

Bärbel ging auf und ab. Sie dachte offensichtlich nach. Plötzlich blieb sie stehen und sagte: »Was ist eigentlich mit Dominiks Mutter? Dieser Maria Greil? Von der wissen wir gar nichts. Bruder Johannes war doch ihr Vater. Da wäre sie doch auch erbberechtigt?«

»Gute Frage. Ich kümmer mich gleich drum!«, sagte Tina und nahm das Telefon.

»Das könnt ihr euch sparen«, sagte Vroni spontan.

»Und warum, wenn ich fragen darf?«

»Weil es die Mutter nicht mehr gibt.«

»Woher willst du das wissen?«

»Ich war doch mit Dominik draußen, als er eine geraucht hat. Ihr erinnert euch?« Tina und Bärbel nickten nur. Sie hörten gespannt zu, als Vroni weitererzählte: »Also, ich hab natürlich Dominik auch nach seiner Mutter gefragt, weil mich gewundert hab, dass er bei seiner Oma wohnt. Da hat er mir erzählt, dass seine Mutter bei seiner Geburt gestorben sei und seine Oma ihn aufzogen habe.«

»Und der Vater? Es muss doch einen Vater geben?«, fragte Bärbel aufgeregt.

»Ja, natürlich gibt es einen Vater, sonst gäbe es auch Dominik nicht. Aber da gibt's ein kleines Problem. Dominik kennt seinen Vater nicht. Er weiß nicht mal seinen Namen. Er ist das Ergebnis eines – sagen wir mal – kurzen, sehr kurzen Abenteuers seiner Mutter. Ein One-Night-Stand sozusagen. Haa ... hatschi!«

»Gesundheit!«, rief Bärbel.

»Danke«, sagte Vroni, nahm ein Taschentuch aus ihrer Schublade und schnäuzte sich.

Es klopfte an der Tür.

Tina rief: »Herein?«

Die Tür wurde langsam geöffnet. Dominik Greil sah herein: »Bin ich hier richtig im Büro bei Frau Gründlich?«

»Ja, natürlich! Kommen Sie herein!«, rief Vroni erfreut und ging auf die Tür zu. Sie hielt sie ihm auf und zeigte auf Tina. »Das da ist Frau Major Gründlich. Sie er ...«

»Danke, ich weiß. Frau Gründlich und ich kennen uns schon«, unterbrach er sie. Er ging auf Tina zu und reichte ihr die Hand. »Guten Tag, Sie wollten mich noch einmal sprechen?«

»Ja, gut, dass Sie da sind. Es gibt noch ein paar offene Fragen, die ich Ihnen stellen muss.«

»Möchten Sie einen Braunen?«, unterbrach Vroni.

»Nein, danke«, lehnte er ab.

»Vielleicht etwas anderes? Ein Wasser oder eine ...«

»Nein, danke. Ich möchte jetzt nichts«, sagte er unwillig und versuchte einen tiefen Blick in Tinas Augen.

Aha? So einer ist das? Na warte!, dachte Tina und lächelte ihn an. »Darf ich Sie bitten, mir zu folgen?«, sagte sie und zeigte auf die Tür. Tina ging voraus in den Keller, wo sich die Vernehmungsräume befanden. Sie blieb vor der Tür stehen, auf der stand VERNEHMUNGSRAUM 1 stand. Sie öffnete die Tür und zeigte hinein. »Bitte sehr, nehmen Sie doch Platz«, sagte sie.

Er sah sie erstaunt an. »Vernehmungsraum? Wird das jetzt

eine Vernehmung? Ich dachte, ich bin Zeuge. Sonst hätte ich gleich einen Anwalt mitgebracht.«

»Das hat schon seine Richtigkeit. Sie sind Zeuge. Ich mach die Befragungen lieber hier unten. Da ist es ruhiger, und wir sind ungestört.«

»Das höre ich gerne«, meinte er anzüglich.

Du wirst dich noch wundern!, dachte Tina.

»Womit fangen wir an?«, fragte er. Tina schaltete das Mikrophon auf dem Tisch ein.

»Also zunächst brauche ich Ihre Daten. Name, Vorname, Geburtsdatum, Adresse …«

»Wo geboren? Wenn ja warum?«, unterbrach er sie.

»Das hier ist kein Spaß, Herr Greil. Ich befrage Sie hier, weil zwei Morde geschehen sind und Sie mir sicher dabei helfen können, diese aufzuklären.«

Hinter dem Spiegel war ein leises »Hatschi!« zu hören. Dominik schien das ebenfalls vernommen zu haben, denn er rief amüsiert: »Gesundheit, Frau Eisele!«

Zu Tina sagte er, während er auf das Mikrophon zeigte: »Können wir das nicht ausschalten? Ich hab's nicht so gerne, wenn ich …«

»Das überlassen Sie bitte mir. Also nun zu meinen Fragen.«

»Fragen Sie nur. Fragen Sie«, unterbrach er sie wieder.

»Sie sagten mir gestern, dass Sie Frau Grau mit dem Motorrad zur Siggenkapelle gefahren haben?«

»Ja, das war auch so.«

»Und warum? Was wollte Frau Grau dort?«

»Sich mit jemandem treffen.«

»Mit wem? Mit wem hat sie sich getroffen?«

»Das weiß ich nicht.«

»Wie wollte sie wieder nach Hause kommen? Sie haben sie doch hingebracht und sind dann wieder …«

»Nein, bin ich nicht. Ich hab noch einen Braunen im Siggen getrunken und bin dann gefahren.«

»Nachdem Sie einen Anruf erhielten? Von wem war der Anruf?«

»Das, mit Verlaub, geht Sie nichts an.«

»Sie hatten ein Verhältnis mit Frau Grau? Wussten Sie, dass sie Ihre Tante ist?«

»Nein, das wusste ich nicht. Das hab ich erst gestern von Ihrer reizenden Kollegin erfahren.«

»Wo waren Sie, als Ihr Großvater umgebracht wurde?«

»Bei meiner Tante natürlich.«

»Das behaupten Sie jetzt, wo sie tot ist! Wo waren Sie wirklich?«

»Ich sagte schon, bei meiner Tante. Sie war aber nicht da!«

»Haben Sie Frau Grau umgebracht?«

»Wie sollte ich? Ich war doch in der Gaststätte, als es passierte.«

»Ihnen ist also nichts aufgefallen? Sie haben weder etwas gehört noch gesehen? Einen Mann oder eine Frau?«

»Nein, das hab ich Ihnen doch gestern schon gesagt!«

»Besaß Frau Grau ein Motorrad?«

»Ja, hatte sie.«

»Wo ist das Motorrad?«

»In der Tiefgarage des Hauses, in dem sie wohnt.«

»Gewohnt hat«, verbesserte ihn Tina.

»Wie? Ach so, ja.«

»Natürlich hatte sie auch eine Lederkombi?«

»Ja, hatte sie. Ich hab sie ihr mal zum Geburtstag gekauft.«

»Sicher kein billiges Teil?«

»Davon können Sie ausgehen. So etwas hätte sie nicht angezogen.«

»Was wissen Sie über das Testament Ihres Großvaters?«

»Testament? Es gibt keins. Aber das wissen Sie doch sicher bereits. Meine Großmutter hat es Ihrer Kollegin erzählt.«

»Was wissen Sie über die finanziellen Verhältnisse Ihres Großvaters?«

»Finanzielle Verhältnisse? Ich hab mich darum nie gekümmert. Er hat meiner Großmutter jeden Monat eine ordentliche Abfindung gezahlt. Erst in letzter Zeit schien es ihm nicht besonders gutzugehen. Das Geld wurde weniger.«

»Was wissen Sie über den Pfarrer Johannes Grau?«

»Pfarrer Johannes Grau? Ich wusste nichts über ihn. Erst letzte Woche habe ich von diesem Saukerl erfahren.«

»Was wissen Sie heute über ihn?«

»Dass er ein Miststück ist, das meinen Großvater jahrelang belogen und betrogen hat.«

»Wie hat er das gemacht?«

»Das wissen Sie doch längst!«, sagte er wütend.

»Das ist richtig. Aber ich möchte es von Ihnen hören.«

»Nun, meines Wissens nach hat er den Job als Pfarrer geschmissen und sich ein süßes Leben mit so einer Inderin gemacht. Zwei Kinder soll er mit ihr haben, und zu guter Letzt hat er sich auch noch hier bei uns eine Freundin angelacht!«, erzählte er, und seine Stimme klang verbittert.

»Könnten Sie sich vorstellen, dass er Ihren Großvater umgebracht hat?«

»Vorstellen? Vorstellen kann man sich viel. Aber bei dem bin ich mir sicher, dass er es war.«

»Könnte es so gewesen sein, dass er Ihren Großvater um Geld gebeten hat, dieser es ihm verweigerte und er ihn daraufhin getötet hat?«

»Ja, das kann ich mir durchaus vorstellen. Dieser scheinheilige Patron ist zu allem fähig.«

»Dann könnte es auch sein, dass er Ihre Tante umgebracht hat?«

»Ja, natürlich! Sie sagen es! Dass ich da nicht selber draufgekommen bin?«

Er sprang auf und rannte zur Tür.

»Wo wollen Sie hin?«, rief ihm Tina zu.

»Natürlich zu diesem Pfarrer oder wie er sich heute nennt! Der kriegt eine Abreibung, die es in sich hat.«

»Sie bleiben hier!«

»Das haben nicht Sie zu bestimmen! Ich habe nur eine Zeugenaussage gemacht, und das war's dann schon! Auf Wiedersehen!«

Er riss die Tür auf und rannte hinaus. Tina folgte ihm. Draußen sah sie, wie Bärbel ihn festhielt. Vroni stand kreidebleich daneben und ballte die Fäuste. Tina eilte hinzu und legte dem sich heftig sträubenden Dominik Handschellen an.

»Was soll das?«, rief er. »Ich bin freiwillig hergekommen, und ich gehe jetzt!«

»Vergessen Sie das! Sie haben eine Straftat angekündigt, und diese gilt es zu verhindern! Ich nehme Sie deshalb vorläufig in Schutzhaft!« Zu Vroni sagte sie: »Geh in die Kabine und ruf einen von der Bereitschaft. Sag ihm, wir haben hier eine Festnahme. Schnell! Beeil dich!«

Vroni war sichtlich aufgeregt, denn während sie in die Kabine eilte, sagte sie immer wieder: »Bereitschaft anrufen. Festnahme. Bereitschaft, schnell.«

Kurz darauf kam sie wieder zurück und erklärte: »Der Kollege kommt gleich.« Tina packte Dominik am Arm und führte ihn zurück in den Raum. Sie schob ihn zu dem Stuhl, auf dem er schon zuvor gesessen hatte, und sagte in Befehlston: »Hinsetzen und sitzen bleiben!« Vroni war in der Tür stehen geblieben und schaute Dominik fassungslos an. Sie zitterte am ganzen Körper. Bärbel stand hinter ihr. Tina sagte: »Bärbel, pass du auf unseren Gast auf. Ich geh mit Vroni nach oben.« Bärbel trat beiseite. Tina ging an ihr vorbei und fasste Vroni am Arm. Sie führte sie mit sich, bis sie oben waren. Vroni sagte während der ganzen Zeit kein Wort. »Setz dich!«, verlangte Tina und zeigte auf Vronis Stuhl. Vroni setzte sich und stierte vor sich hin. Tina ging vor ihr in die Hocke und streichelte ihr sanft übers Gesicht. »Vroni, geht's wieder?«, sagte sie.

»Ja, ja ich glaub schon. Das war so … ich weiß nicht, wie ich sagen soll. Damit hab ich nicht gerechnet. Gut, dass Bärbel da war. Passiert so etwas öfter?«, sagte Vroni.

»Manchmal?«

»Und was macht ihr dann?«

»Das hast du ja gesehen. Diese Leute ziehen immer den Kürzeren.«

»Warum hat er das gemacht? Wollte er wirklich …?«

»Das weiß ich nicht. Deshalb hab ich ihn ja auch vorsichtshalber festgenommen.«

»Aber Bärbel? Man sieht ihr das gar nicht an. Wie sie ihn gestoppt hat. Wie sie ihn … Er ist doch ein Mann.«

»Ja, und?« Tina lachte leise. »Bärbel hat schon ganz andere Kaliber aufs Kreuz gelegt.«

»Du auch?«

»Ja, ich auch.«

»Wie geht's jetzt weiter? Ich mein mit unserem Fall? Etwas wirklich Neues haben wir von Dominik nicht erfahren.«

»Nein, haben wir nicht. Leider bin ich gar nicht so weit gekommen.«

»Was meinst du? Wen sollten wir jetzt noch befragen?«

»Sag du es mir. Vielleicht hast ja du eine Idee?«

»Was ist mit Johannes Junior? Sollten wir den nicht herkommen lassen?«

»Was würdest du ihn denn fragen wollen?«

»Na ja, vielleicht etwas über seine Plantage, wie das jetzt weitergeht, was er für Planungen hat und so?«

»Und so reicht nicht. Da müssen wir schon andere Ansatzpunkte haben.«

»Kann es denn sein, dass er der Täter ist?«

»Das weiß ich nicht, aber ich will's nicht ausschließen. Was wir jetzt brauchen, sind die Aussagen von Johannes Grau, August Grau und Frau Griebel. Die rufst du jetzt an und bestellst sie ein. Möglichst noch heut Nachmittag.«

»Aber die sind doch …«

»Ja, ich weiß. Frau Griebel ist mit beiden mehr als gut befreundet. Deshalb will ich auch alle drei hier haben.«

»Was soll das bringen?«, fragte Vroni.

»Ich will die drei gegeneienander ausspielen. August Grau ist mir im Moment völlig wurscht. Was ich brauche, ist eine Aussage, die Johannes Junior dazu bringt, Angst zu bekommen. Wer Angst hat, macht Fehler. Du verstehst, was ich mein?«

»Ich glaub schon. Du meinst, der Johannes Junior soll glauben, dass wir ihm auf der Spur sind und mehr wissen, als er denkt.«

»Ja, du hast es erfasst.«

»Aber da versteh ich etwas nicht. Was hat das mit Frau Griebel und dem August Grau zu tun?«

»Im Grunde genommen nichts. Ich will nur, dass Johannes unsicher wird, wenn er merkt, dass ihn Frau Griebel hintergangen hat. Vielleicht hat er die Tat sogar ihretwegen begangen?«

Vroni dachte kurz nach und sagte dann: »Du willst ihn also aufs Glatteis führen und ihm weismachen, dass du alles weißt. Dass du ihm unterstellst, dass er es getan hat?«

»Hast grad gmerkt, wie hell es war? Das war dein Geistesblitz!«

»Ich ruf gleich an!«, sagte Vroni, und es schien, als wäre sie wieder sehr stolz auf sich.

Tina beobachtete sie, wie sie die Nummern heraussuchte und dann telefonierte. *Sie ist wirklich ein reizendes Mädchen. Eigentlich viel zu schade für den Polizeidienst. Aber grad da wäre es sicher hilfreich, wenn so ein Mäderl wie sie … Aber egal. Sie muss es für sich entscheiden. Es sind ja nur noch ein paar Tage bei uns. Eigentlich schad, aber es hilft nichts*, dachte Tina.

»So, der wär erst mal in Sicherheit bracht!«, rief Bärbel, als sie zur Tür hereinkam. Tina legte den Finger auf den Mund und zeigte zu Vroni. »Was ist?«, fragte Bärbel leise.

»Vroni holt uns grad noch drei Befragungen ins Haus. Wenn alles so läuft, wie ich denk, könnten wir heut noch den Mörder verhaften.«

»Nein, einen Anwalt brauchen Sie nicht mitzubringen. Es ist lediglich eine Zeugenbefragung. Um drei sind Sie dann hier?«, sagte Vroni und legte auf.

»Na, was sagt ihr jetzt? Ich hab den Herrn Grau und den Herrn Grau und die Frau Griebel vorgeladen. Sie sind um drei da.«

»Eher ging's nicht?«

»Nein, die beiden Graus sitzen ja in Salzburg. Die müssen erst herfahren. Frau Griebel hab ich deswegen auch um drei einbestellt.«

»Aber du hast keinem von denen gesagt, dass er auf die anderen treffen wird?«, fragte Tina.

»Ich bin doch nicht blöd. Ich weiß doch, was abgehen soll. Darf ich da auch wieder dabei sein?«

»Na gut, meinetwegen. Aber du hältst dich zurück?«

»Ja, ich weiß«, begann Vroni gelangweilt, »ich bin nur ein Jobberl.«

»Gehen wir was essen? Ich hab Hunger«, fragte Bärbel.

»Ich lad euch ein!«, sagte Vroni.

»Du lädst uns ein? Wieso das denn?«, fragte Tina verwundert.

»Na ja. Ich wohn jetzt doch schon ein paar Tage bei euch und hab Kost und Logis, und da muss ich mich doch mal revanchieren. Also? Wo gehen wir hin?«

Tina überlegte. Schließlich kam sie zu einer Entscheidung: »Weißt du was, ich find's ja sehr nett vor dir, dass du uns einladen willst, aber ich denk, das sollten wir verschieben. Ich lad dich ein, sobald der Fall gelöst ist. Einverstanden?«

»Einverstanden. Wo gehen wir jetzt hin? Wieder zum Fleischhauer?«

»Ja, sicher. Ich möchte wieder einen Salat«, sagte Tina.

Kapitel 17

Nach dem Essen fiel Tina noch etwas ein: »Die Unterlagen! Wir brauchen noch die Unterlagen von Bruder Johannes! Die sind nach wie vor in den Bienenstöcken!«

»Soll ich fahren und sie holen?«, bot sich Vroni an.

»Nein, das geht nicht. Das muss ein anderer, ein Beamter, machen. Bärbel? Fährst du, oder soll ich lieber dem Hallermeier ...«

»Ich fahr schon. Gib mir die Adresse!« Tina nahm den zerknitterten Zettel, der noch auf ihrem Tisch lag und gab ihn Bärbel.

»Dummel di. Mia brauchn de Sochn, no bevur de drei do sand!«

»Bin scho furt!«, rief Bärbel und rannte hinaus.

»Tina?«, sagte Vroni nach einer Weile leise.

»Ja? Was gibt's?«

»Darf ich dich mal was fragen?«

»Ja, sicher. Was willst wissen?«

»Du und die Bärbel. Ihr seids doch ein Paar?«

»Ja, sind wir.«

»Und du hast zwei Kinder?«

»Ja, hab ich.«

»Wie ist das eigentlich bei euch? Ich mein, normalerweise besteht eine Familie doch aus Mann und Frau?«

»Normalerweise schon. Aber worauf willst du hinaus?«

»Ich frag mich das schon eine ganze Weile. Wer von euch wird von den Kindern als Papa und wer als Mama angesehen?«

»Na, du hast Sorgen?«, lächelte Tina.

»Nein, ich mein das ernst. Wie ist das bei euch? Du warst doch früher verheiratet und hast mit deinem Mann die zwei Kinder bekommen? Jetzt auf einmal ist da nicht mehr der Vater da, sondern Bärbel? Ich weiß, dass die Kinder Tante zu Bärbel sagen, aber ich versteh das irgendwie nicht?«

Tina lachte laut auf und antwortete: »Weißt was? Du bist ein richtiger Schnuckelputz zum Anbraten! Du kommst vielleicht auf Sachen? Aber ich kann dir darauf schon eine Antwort geben. Ich bin für die Kinder die Mama und Bärbel eben die Tante Bärbel. Einen Papa brauchen wir nicht.«

»Aha?« Vroni schien mit der Antwort zufrieden zu sein. Dennoch sah sie Tina wieder so seltsam an. *Was wohl in ihrem Kopf jetzt vor sich geht? Sie ist ja noch ein halbes Kind und hat wahrscheinlich noch nicht viel Erfahrung. Aber das kommt sicher noch. Irgendwie kommt sie mir vor wie eine zweite Kathi. Jung, verspielt und manchmal ein bisserl leichtsinnig. Seltsam – ich mag sie.*

»So. Da bin ich wieder«, sagte Bärbel, als sie mit einem kleinen Stapel Unterlagen ins Büro kam.

»Ich kann euch sagen, so ein Bienenstock hat's in sich. Obwohl's jetzt schon ziemlich kalt draußen ist, sind die noch fleißig am Arbeiten. Sogar der Bienenstock ist innen ganz warm.«

Als weder Tina noch Vroni reagierten, fragte sie unsicher: »Ist irgendwas? Hab ich was verpasst?«

»Nein, warum fragst du?«, antwortete ihr Tina.

»Na ich mein, ihr zwei sitzt da, hört mir gar nicht zu und …«

»Schon gut, Bärbel. Ich hab dir ja zugehört. Gib mir bitte die Unterlagen.«

Bärbel reichte ihr die Unterlagen, die immer noch in Folie eingeschweißt waren. Der betäubende Duft von Wachs und Honig erfüllte das Büro. *Beinah wie Weihnachten!*, dachte Tina, als ihr das auffiel. Sie schnitt die Folien auf und entnahm ihnen die Papiere.

»Darf ich das machen?«, fragte Vroni und hielt ihre Hand zu Tina hinüber.

»Ja, sicher. Warum auch nicht?«, antwortete Tina und gab sie ihr. Vroni schnitt die Folien auf und reichte die Papiere gleich an Tina weiter. Diese übergab Bärbel eine Hälfte davon. Sie lasen die Unterlagen langsam und ausführlich. »Jetzt weiß ich schon, warum alle so scharf auf diese Papiere sind«, sagte Bärbel plötzlich.

»Warum?«, fragte Tina.

»Na, ich hab da die Unterlagen von der Plantage in Indien. Die Firma läuft auf Johannes Senior.«

»Na prima. Ich hab da auch was! Die Anteile von den Graugans-Märkten. Die sind alle längst verkauft. An einen Investor. Kannst du dir vorstellen, dass die Familie davon nichts wusste?«

»Nein, kann ich eigentlich nicht. Die müssten doch informiert worden sein, dass da …«

»Halt mal! Da steht noch was!«, unterbrach Tina Bärbel. Tina zeigte auf einen Paragraphen: »Hier Paragraph achtzehn, Absatz drei. Da steht, dass die Anteile im Besitz des Herrn Johann Grau verbleiben, bis die Summe von …? Das gibt's doch nicht? Der hat wertlose Anteile für dreizehn Millionen Euro verkauft? So ein Schlitzohr!«

»Nein«, rief Vroni herüber, »das ist genauso ein Schnuckelputz zum Anbraten wie ich!«

Bärbel sah sie verwundert an. »Wie kommst du auf so was?«

»Na, Tina hat das vorhin zu mir gesagt!«

Bärbel sah Tina vorwurfsvoll an und meinte nur: »So, so? Tina hat das gesagt?«

Tina grinste sie nur an. »Na ja, ich hab das halt so gesagt, weil sie …«

»Danke! Ich brauch keine weitere Erklärung!«, sagte Bärbel wütend und verließ das Büro.

»Ups? Hab ich was Falsches gesagt?«, fragte Vroni.

»Nein, nein. Das passt schon. Die beruhigt sich schon wieder«, sagte Tina darauf. *Ich hätt wohl besser meinen Mund gehalten. Aber mir ist das halt so rausgerutscht. Ich muss das bei Bärbel wiedergutmachen*, dachte Tina. Sie blätterte weiter in den

Unterlagen. *Hier! Da ist was über die Stiftung! Die Auflösung! Er hat die Auflösung der Stiftung bekannt gegeben. Wert der Stiftung zu dem Zeitpunkt …?*

»Das gibt's doch nicht! Der hat das ganze Geld verblitzt!«, rief Tina wütend aus.

»Wer hat was verblitzt?«, fragte Vroni.

»Der Hauptmann! Der saubere Herr Hauptmann hat das gesamte Stiftungsvermögen verbraucht. Abzüglich der Verbindlichkeiten sind da grade mal noch fünf Euro dreiunddreißig auf dem Konto! Mich wundert das nicht, dass der Johannes da sauer war! Dazu kommt noch, dass er die dreizehn Millionen für die Anteile auch noch dazugerechnet hat! Na, der darf sich warm anziehen, der Herr Hauptmann!«

»Also ein durchaus brauchbares Motiv?«, fragte Vroni.

»Könnte man so sagen, ja«, stimmte Tina zu.

»Soll ich ihn einbestellen?«

»Ja, tu das. Am besten noch heute! Sag ihm auch, dass er gleich einen Anwalt mitbringen soll.«

»Mach ich!«, antwortete Vroni und nahm das Telefon.

Während Vroni telefonierte, kam Bärbel wieder herein. Sie hatte rot geränderte Augen, und die Nase war rot. Offenbar hatte sie geweint.

Sofort tat sie Tina leid. Sie sagte: »Bärbel? Ich …«

»Was ist mit den Unterlagen? Haben wir noch etwas? Ich bin ziemlich durch. Die drei Herrschaften müssten auch gleich da sein. Es ist kurz vor drei«, sagte Bärbel, ohne auf Tinas Reaktion einzugehen.

»Bärbel? Ich hab …«

»Was ist? Haben wir noch etwas?«

»Ja, haben wir!«, sagte Tina wütend auf sich selbst und gab Bärbel noch ein paar der Dokumente hinüber.

Bärbel quittierte dies mit einem kurzen »Danke!« und sah sich die Unterlagen an. Tina wusste nicht, wie sie Bärbel in ein Gespräch bringen konnte. Sie überlegte eine Weile. *Wie mach ich das jetzt? Ich kann das doch nicht so stehen lassen? Soll ich …? Nein, besser nicht. Aber wie dann? Ich versuch's mal damit:* »Was ist jetzt eigentlich mit Johannes Bienen? Was passiert damit? Hat der Bauer irgendetwas gesagt?«

Bärbel sah sie mit Tränen in den Augen an und sagte: »Der Bauer hat gesagt, wenn keiner von der Familie die Bienen will, dann verkauft er sie. Er hat dafür keine Verwendung. Das Geld gibt er dem Pfarrer. Das wäre sicher im Sinne von Bruder Johannes.«

»Wie viele Stöcke sind es?«, fragte Vroni aufgeregt.

Bärbel sah sie verwundert an und antwortete: »Ich glaub, achtzehn oder neunzehn. Ich hab sie nicht so genau gezählt. Warum? Was willst du damit? In Tinas Garten ist kein Platz für so viele.«

Es war wie ein Hieb in Tinas Magen. *Was dachte sie sich dabei? Warum reagierte sie so, ohne dass sie sich vorher ausgesprochen hatten? Das konnte Tina nicht so stehen lassen. Nicht jetzt und auch nicht später. Es wurde Zeit für ein ernsthaftes Gespräch.* Tina stand auf.

»Kann ich dich mal kurz sprechen?«, sagte sie zu Bärbel und winkte mit dem Kopf zur Tür.

»Das geht jetzt nicht, die Herren Grau und Frau Griebel werden gleich da sein. Du musst schon noch ein wenig warten mit deiner …« Sie machte eine kurze Pause und setzte drauf: »Beichte.«

Vroni beobachtete sie still. Tina setzte sich wieder und murrte: »Wie du willst. Dann eben später.«

»Darf ich noch etwas fragen?«, meldete sich Vroni zu Wort.

»Ja? Was willst du?« Bärbels Antwort klang ein wenig feindselig, so dass Vroni leise fragte: »Diese Bienen? Die sind doch jetzt im Winterquartier?«

»Das weiß ich nicht. Ich kenn mich da nicht aus«, war Bärbels kurze Antwort.

»Ich mein ja nur. Ich hätte vielleicht schon Verwendung für sie. Es käme halt auf den Preis an.« Tinas Kopf ruckte herum.

»Du?«, fragte Bärbel überrascht.

»Ja, ich. Ich hab das bei meiner Oma gelernt. Sie hat auch Bienen. Eine ganze Menge sogar. Sie hat damit das Geld verdient, das nötig war, damit ich aufs Gymnasium gehen konnte. Ein bisserl was ist übrig geblieben, aber das reicht halt nicht fürs Studium.«

»Und da denkst du, du kannst dir das Geld fürs Studium mit den Bienen verdienen? Haben denn deine Eltern ...?«, fragte Bärbel gereizt.

»Meine Eltern sind tot. Sie sind bei einem Autounfall ums Leben gekommen. Ich bin bei meiner Oma in Adnet aufgewachsen«, sagte Vroni.

»Das tut mir leid«, sagte Bärbel in einem versöhnlichen Ton.

»Das braucht dir nicht leidzutun. Ich komm auch so durchs Leben. Ich hab schon ganz andere Sachen durchgemacht«, antwortete nun Vroni leicht aggressiv.

Es klopfte an der Tür. Noch ehe jemand etwas sagen konnte, ging diese auf. Eine Frau steckte den Kopf durch den Spalt und sagte: »Ich suche Frau Gründlich und Frau Kürzinger. Der nette Herr nebenan meinte, ich solle es doch mal hier probieren?«

»Sie sind sicher Frau Griebel?«, sagte Tina und stand auf.

»Ja, das bin ich. Eine junge Dame hat mich angerufen und gebeten, um drei Uhr hier zu sein. Nun, hier bin ich. Was kann ich für Sie tun? Ich muss aber gleich dazu sagen, dass ich nicht viel Zeit habe. Ich muss zurück ins Geschäft. Ich bin ...«

»Leiterin des Graugans-Marktes in Mittersill. Ich weiß«, unterbrach sie Tina.

»Bitte, nehmen Sie doch Platz! Es kann noch ein paar Minuten dauern. Wir haben auch die Herren Grau eingeladen«, sagte Tina und zeigte auf den freien Stuhl neben ihrem Tisch. Sie beobachtete Frau Griebel genau. Sie wollte wissen, welche Reaktion ihre Worte hervorriefen. Die Frau wurde weder blass, noch gab sie sonst eine Reaktion von sich. Tina war enttäuscht. Aber warum eigentlich? Was hatte sie erwartet? Dass die Frau in

Ohnmacht fiele oder sich aufführte wie eine Furie? Nun, es blieb abzuwarten, was passierte, wenn die beiden Herren dann kamen. Es dauerte auch nur wenige Minuten, bis wieder jemand an die Tür klopfte. Tina rief: »Ja, bitte?« Die Tür öffnete sich langsam. Ein Mann kam herein. Er machte auf Tina einen seltsamen Eindruck. Sie wusste nicht so recht, wie sie ihn einreihen sollte. War er nun ein Gigolo oder ein Heiratsschwindler? Jedenfalls war er außerordentlich gut gekleidet. Einen Anzug, der sicher nicht von der Stange war, Schuhe blitzblank geputzt und eine Krawatte aus reiner Seide. Tina beobachtete ihn, wie er erstaunt Frau Griebel ansah. Er ging schnurstracks auf sie zu und gab ihr einen Kuss auf die Wange.

»Bettina! Liebes! Was machst du denn hier? Warum hast du nichts gesagt, dass du vorgeladen bist? Ich hätte dich doch ...«

Tina räusperte sich laut und vernehmlich. »Darf ich fragen, wer Sie sind?«, sagte sie.

»Das müssen Sie doch wissen! Sie haben mich ja vorgeladen?«, sagte er aufgebracht.

»Ich weiß nur, dass Sie ein Herr Grau sind. Leider weiß ich noch nicht, welcher«, antwortete Tina darauf.

»Mein Name ist August Grau, und ich bin der Verlobte von Frau Griebel. Außerdem, was soll das heißen, Sie wissen nicht, welcher?«

»Nun, ich habe auch den Verlobten von Frau Griebel eingeladen. Einen Herrn Johannes Grau. Sagt Ihnen der Name etwas?«

»Also, das ist doch ... Bettina! Sag du doch was! Ich bin der Verlobte von Frau Griebel! Ich und kein anderer!«

»Wir haben da etwas anderes gehört«, sagte Tina mit einem Unterton in der Stimme, der August noch mehr in Rage brachte.

»Was soll das heißen? Was haben Sie gehört? Ich will das jetzt sofort wissen! Wer erzählt solchen Unsinn? Ich bin ganz offiziell der Verlobte von Frau Griebel. Sie hat mich sogar schon ihren Eltern vorgestellt!«

»Ja? Haben Sie den Eltern von Frau Griebel auch erzählt, dass

Sie Herrn Grau, den Arbeitgeber Ihrer Verlobten, umgebracht haben?«, bluffte Tina.

»Also, da hört sich jetzt alles auf! Ich soll ...«

Ein Klopfen an der Tür unterbrach ihn. Tina rief: »Herein?«

Die Tür ging auf, und ein eher schüchterner Mann kam herein. Er flüsterte beinahe: »Guten Tag, ich soll mich hier einfinden?« In dem Moment, als er Frau Griebel entdeckte, stürzte er auf sie zu: »Bettina! Was machst du denn hier?«

Im selben Moment packte ihn August von hinten und rief: »Hab ich dich! Du Ausgeburt der Hölle! Du scheinheiliger ...«

Noch bevor das Zusammentreffen in eine Schlägerei ausarten konnte, ging Tina dazwischen. »Aufhören! Sofort aufhören!« Sie packte August an seiner Jacke und zog ihn von Johannes weg. Leider war sie um den Bruchteil einer Sekunde zu langsam. August konnte seinem Rivalen noch einen Schlag verpassen, der ihn auf der Nase traf. Bärbel sah sich nun ebenfalls gezwungen, einzuschreiten und packte ihrerseits Johannes und hielt ihn fest. Dieser scheinbar schwächliche Mann entwickelte Kräfte, die man ihm nicht zugetraut hätte. Er schüttelte Bärbel ab und ging nun seinerseits auf August los. Vroni stand an der Tür und wusste nicht, wie sie sich verhalten sollte. Sie hatte die Fäuste geballt und trippelte von einem Fuß auf den anderen. Tina rief ihr zu, während sie August festhielt: »Hol Hallermeier! Schnell! Beeil dich!«

Vroni rannte hinaus. Tina hatte alle Hände voll damit zu tun. August festzuhalten. Bärbel rang mit Johannes, dem Blut aus der Nase lief. Nur wenige Augenblicke später kam Vroni mit Hallermeier ins Büro, der stehen blieb und laut rief: »Was ist hier los?!« So, als wäre er gar nicht da, rang Johannes weiter mit Bärbel. »Vroni! Nimm meine Handschellen und mach sie an ihm fest!«, rief Tina. Vroni zog mühevoll die Handschellen von Tinas Gürtel und versuchte, sie August anzulegen. Sie schaffte es nicht. Hallermeier nahm sie ihr aus der Hand und legte sie August an. Danach nahm er seine eigenen und legte sie Johannes an.

Schnaufend und erschöpft ließen sowohl Tina als auch Bärbel die beiden Kontrahenten los. Tina zeigte auf August und sagte: »Sie sind vorläufig festgenommen wegen Widerstands gegen eine Exekutivbeamtin und wegen Körperverletzung zum Nachteil von Herrn Johannes Grau!« Dann ging sie zu Johannes und fragte ihn: »Wollen Sie Anzeige wegen Körperverletzung gegen Herrn August Grau erstatten?« Johannes zappelte in den Händen von Hallermeier. Er versuchte ihn loszuwerden, was aber natürlich nicht gelang. Hallermeier wiederum sagte zu ihm: »Herr Johannes Grau, ich nehme Sie fest wegen …«

»Ja, ja, ja! Nehmen Sie mich nur fest und den da auch gleich mit!«, rief er.

»Gut, dann sind Sie beide festgenommen!«, bemerkte Hallermeier.

»Ich lass sie gemeinsam in eine Zelle sperren«, sagte er dazu und zwinkerte Tina zu, die mit verschränkten Armen vor den beiden stand. Zu Vroni sagte er: »Frau Eisele. Rufen Sie in der Bereitschaft an, die sollen vier Mann heraufschicken. Es gibt ein paar Festnahmen.«

»Ich brauch Herrn Johannes Grau aber noch hier«, wandte Tina ein.

»Frau Griebel. Sie können gehen«, sagte Tina noch.

»Aber ich …«

»Auf Wiedersehen, Frau Griebel!«, sagte Tina nachdrücklich. Frau Griebel verließ das Büro mit gebeugtem Rücken. Was sie nun aus der Situation machte, war Tina ziemlich egal. Sie hatte hier ein anderes Problem. »Setzen Sie sich!«, sagte sie zu Johannes.

Dieser zögerte. »Sie sollen sich setzen!«, wiederholte Tina laut. Johannes zuckte zusammen, als er Tinas scharfen Ton hörte. Zögernd nahm er Platz. Er sah Tina verschüchtert an. Diese schlug nun einen anderen Ton an. »Herr Grau. Sie wissen, warum Sie hier sind?«

»Nein, ich hab keine Ahnung.«

»Nun, ich nehme an, sie können es sich zumindest denken?«

»Nein, kann ich nicht. Nun sagen Sie schon, was Sie wollen, dann kann ich wieder gehen.«

»Zu Ihrer Frau nehme ich an?«

»Zu meiner …? Ich habe keine Frau! Ich bin …«

»Priester? Machen Sie sich nicht lächerlich, Herr Grau! Sie sind ebenso wenig Priester, wie unser Herr Hallermeier Papst ist! Sie sind ein ehemaliger Priester, der es vorgezogen hat, sein Amt niederzulegen, um eine Hindi heiraten zu können! Ich mache Ihnen daraus keinen Vorwurf. Wirklich nicht. Das ist ganz alleine Ihre Privatsache. Was mich aber stört, ist dieser Beigeschmack. Dieses Gschmäckle. Dieser Geruch von faulen Kompromissen. Sie haben in Indien eine Schule aufgemacht? Das ist doch richtig?«

»Ja, das stimmt. Aus Spendengeldern von meinem Vater!«

»Sie haben Krankenhäuser gebaut. Das ist doch auch richtig?«

»Ja, auch das stimmt. Aber …«

»Sie haben eine Schreinerwerkstatt errichtet? Stimmt auch das?«

»Ja, ich hab damit Arbeitsplätze geschaffen und …«

»Sie haben eine Palmölplantage gegründet? Liege ich immer noch richtig?«

»Ja, hab ich. Sie läuft …«

»Und Sie haben Ihren Vater betrogen? Immer noch richtig?«

»Nein, ich habe meinen Vater niemals …«

»Und Sie haben Ihren Vater umgebracht.«

»Was erlauben Sie sich! Ich habe meinen Vater nicht umgebracht! Warum hätte ich das tun sollen? Mit seinem Geld habe ich …«

»Und zu guter Letzt haben Sie auch noch Ihre Schwester umgebracht!«

»Ich glaube, es wird Zeit, dass sich Herr Grau um einen Anwalt bemüht«, sagte Hallermeier, der dabeistand.

Die Beamten, die die zwei Männer abholen sollten, standen

in der Tür und warteten ab. Hallermeier gab ihnen ein Zeichen. Sie kamen herein, nahmen die beiden in ihre Mitte und führten sie ab. Tina blies die Backen auf und pustete durch. »Puuuh! Das war eine schwere Geburt«, sagte sie erleichtert.

»Die aber durchaus hätte ins Auge gehen können«, meinte Hallermeier dazu.

Tina ging zu Bärbel und nahm sie in die Arme. »Danke fürs Helfen«, flüsterte sie ihr ins Ohr. Über Bärbels Schulter hinweg sah sie Vroni, die die Faust ballte und den Daumen hoch zeigte.

»Ich bin dann wieder weg«, verabschiedete sich Hallermeier.

»So! Und jetzt?« fragte Bärbel.

»Was und jetzt?«, fragte Tina.

»Jetzt haben wir immer noch keinen Täter. Wie soll das jetzt weitergehen?«, fragte Bärbel.

»Ich bin dafür, dass wir Feierabend machen!«, ließ Vroni verlauten.

»Feierabend? Ist es denn schon so spät?«, fragte Tina.

Vroni nickte: »Ja, halb sechs Uhr. Es wird Zeit. Ich bekomm schon wieder Hunger. Der Salat heut Mittag war einfach zu wenig.«

»Gut, dann fahrn wir eben heim«, beschloss Tina.

Frieda hatte kalte Platten hergerichtet. Gemeinsam mit den Kindern aßen sie zu Abend. Eigentlich wollte Tina noch ein wenig mit Bärbel und Vroni plaudern und mit einer Flasche Wein den Abend ausklingen lassen. Vroni war aber müde und ging ins Bett. So saßen Tina und Bärbel alleine im Wohnzimmer. Tina merkte Bärbel an, dass etwas nicht stimmte. Sie konnte es sich zwar denken, wollte es aber von Bärbel selber hören. »Bist grantig?«, fragte sie deshalb.

»Naa, bloß miad«, antwortete Bärbel.

»Nacha geh hoit ins Bett«, forderte Tina sie auf.

»I mog aba no nit«, widersprach Bärbel.

»Iatz sog scho. Wos is los? Wos hob i ongstöt, dass du sauer bist?«

Bärbel drehte sich zu ihr und sah sie wütend an: »Des froggst du no? Schnuckelputz soggst du zu ihra? A hübsches Köpferl hot se, soggst du! Glaubst, i bin bled? I siech doch, wos do obgeht. Du und de Vroni. Es habts wos mitanand, und es glaubts, i spann des nit! Scho vom erschtn Dog on, wias kemman is, host di in ihra voschaugt. Ihra Hand host goar nimma loslossn woin, wias Griaß God gsogg hot! Wea woaß, wos do no ois obganga is, wenn i nit do woar!«

»Iatz, Bärbel, sei nit dumm! Do is nix, do woar nix, und do wead nix sei.«

»I hears iatz no, wias gsogg hot, dass koan Freind und koan Mon nit hot, und i woaß aa ganz gwieß, dass se koan Mon nit mog!«

»Wo wüst des herwissn? Host se gfrogg? Hots des gsogg? Se is a liabs Maderl, ja. Aba onfanga dua i nix mit ihra. I hob di gern, und i wü di nit voliern.« Bärbel stand wortlos auf und ging ins Bad.

Tina lief hinterher. »Iatz haust ob! I wü des ausgredt hom. Du host goar koan Grund nit zum Eifasüchig sei!«

»Was ist denn da los?«, kam eine schläfrige Stimme von oben. Vroni!

»Hab ich dich aufgeweckt?«, fragte Tina.

»Habt ihr Streit? Meinetwegen?«, fragte Vroni

»Nein, geh nur wieder in dein Bett und schlaf dich aus«, sagte Tina.

»Na gut. Gute Nacht!«

»Gute Nacht, Vroni!« Tina klopfte noch einmal an die Badtür. Sie rief leise: »Bärbel. Kumm moch auf. I mecht mit dia redn.« Die Tür ging auf. Bärbel kam heraus. Tina lächelte, denn sie hoffte, doch noch vernünftg mit Bärbel reden zu können. Diese aber schob sie beiseite.

»Aba i nit mit dia«, sagte sie. Sie ließ Tina stehen, die ihr sprachlos nachschaute. Bärbel ging ins Schlafzimmer. Tina eilte ihr nach und setzte sich auf die Bettkante von Bärbels Bett.

Sie sagte: »Oiso guat. I hob an Fehla gmocht. I hätt des nit zu da Vroni song deafn. Des is ma hoit so rausgrutscht. Es tuat ma leid.«

Bärbel drehte ihr demonstrativ den Rücken zu und sagte: »Loss mi in Ruah. I mecht schloffn.«

Tina stand auf und sagte enttäuscht: »Na dann hoit nit.«

Sie ging ins Bad, duschte und begab sich dann bald ebenfalls ins Bett. Während sie so dalag und wieder sinnierte, bemerkte sie, dass von Bärbels Seite nichts zu hören war. Kein Schnarchen, kein leises Schmatzen – nichts. Offenbar war Bärbel noch wach. Also wagte Tina einen neuen Versuch: »Bärbel? Es tuad ma leid«

»Loss mi in Ruah«, sagte Bärbel. An ihrer Stimme hörte Tina, dass Bärbel offenbar weinte.

»Iatz geh. Sei hoit nit a so. I konn mi doch bloß entschuidgn.«

»Du soyst ma mei Ruah lossn!«, rief Bärbel und richtete sich auf. »Übaleg dia gfälligst as nächste Moi, wos du soggst. Des duat fei weh. Oiwei bin i füa di do und steh da zua Seitn. Aba du? Du duast mit oana andan rum, ois gabats mi goar nit!«

»Ah geh, Bärbel. Des woar doch bloß a Ausrutscher. So wos passiert ganz gwieß nimma. Oiso? Nimmst mei Entschuidung on?«

»Des muaß i mia no schwaar übaleng«, sagte Bärbel und legte sich zurück. Es dauerte nicht lange, da schlief Bärbel offenbar. Tina vernahm das leise Schnarchen und Schmatzen. Zufrieden schloss auch sie die Augen.

Kapitel 18

Am nächsten Morgen standen sie auf und frühstückten. Diesmal waren auch die Kinder mit dabei. Bärbel tat so, als wär nichts gewesen. Nur die rot geränderten Augen ließen erkennen, dass sie geweint hatte. »Tante Bärbel?«, fragte deshalb Kathi.

»Ja?«

»Hast du geweint?«

»Nein, Kathi. Ich hab nur ein bisserl Zugluft erwischt«, log sie.

»Du musst aufpassen. Sonst geht's dir wie Mama, und du liegst auch eine Woche im Bett.«

»Ich pass schon auf. Danke für deine Sorge!«

Als die Kinder aus dem Haus waren, fuhren sie zur Dienststelle. Vroni sagte während der ganzen Zeit nichts. Sie beobachtete Bärbel und Tina aufmerksam. Tina fiel das zwar auf, aber auch sie sagte nichts dazu. Im Büro fragte Vroni: »Und wo machen wir heute weiter? Das gestern war wohl ein Schlag ins Wasser.«

»Mach einen Vorschlag«, forderte Tina sie auf.

»Also, ich hab heut Nacht überlegt, was uns eigentlich noch fehlt. Da bin ich draufgekommen, dass wir die beiden Brüder Markus und Lukas noch nicht befragt haben. Ihr Alibi war doch offensichtlich falsch.«

»Das ist schon richtig, Vroni. Also bestell sie ein!«

»Für wann?«

»So bald wie nur möglich.«

»Noch am Vormittag?«

»Wenn's den beiden zeitlich ausgeht, dann ja.« Vroni telefonierte. Tina hörte nebenbei zu. Sie vernahm noch, wie Vroni sagte: »Um elf Uhr? Ja, wir sind da. Nehmen Sie sich bitte ausreichend Zeit für uns.«

Sie legte auf: »So, das wär erledigt. Die beiden können nicht kommen. Sie haben noch eine Menge zu tun wegen der Insolvenz. Den Bestand katalogisieren, einen vorläufigen Jahresabschluss machen und so weiter.«

»Dann müssen wir nach Salzburg?«, fragte Tina.

»Ja, uns bleibt nichts anderes übrig. Um elf haben wir den Termin dort.«

»Na gut, dann fahren wir eben nach Salzburg«, seufzte Tina.

»Könnten wir … ich mein … vielleicht«, begann Bärbel.

»Willst du bei Onkel Ernst vorbeischauen?«, fragte Tina.

»Wenn's uns irgendwie ausgeht? Ich war schon lang nicht mehr dort«, sagte Bärbel und sah Tina bittend an.

»Ja gut. Mir schadet's auch nichts, wenn ich mich mal wieder dort blicken lasse«, stimmte Tina zu. Vroni hörte der Unterhaltung aufmerksam zu. Sie hob den Finger. »Ich hätt da auch noch eine Bitte«, sagte sie

»Ja, und welche?«, fragte Tina.

»Ich möcht gerne bei meiner Omama vorbeischaun. Geht das? Ich mein, wenn wir schon in Salzburg sind? Das wär ja bloß ein kleines Hupferl nach Adnet.«

»Gut, dann fahrn wir eben auch noch nach Adnet. Ich möchte deine Oma auch gerne mal kennenlernen«, stimmte Tina auch hier zu.

»Ui! Prima! Da wird Omama sich sicher freun! Die wird Augen machen!«

»Willst du sie nicht anrufen und Bescheid geben, dass du kommst?«

»Doch! Das mach ich gleich!« Vroni nahm das Telefon und telefonierte.

Als sie auflegte, sah sie Tina betrübt an. Sie sagte: »Das mit Omama wird wohl nichts. Man hat sie ins Krankenhaus gebracht. Ihr geht's nicht gut.«

»Was hat sie denn?«, fragte Bärbel mitfühlend.

»Das weiß ich nicht. Irgendwas mit dem Herzen. Ich mach mir Sorgen.«

»Weißt was? Wir bringen dich zu deiner Oma ins Krankenhaus. Da kannst du sie besuchen, und sie wird sich gwieß freun, dich zu sehen.«

»Geht das? Ich hab gehofft, dass du das sagst, Tina.«

»Das geht schon. Du musst dich nur noch erkundigen, wo sie liegt.«

»Mach ich! Danke, Tina!«, rief Vroni und umarmte Tina.

Als sie ihr auch noch einen Kuss auf die Wange gab, war es mit der Beherrschung Bärbels vorbei. »Ich geh dann mal lieber und lass das Pärchen alleine«, knurrte sie und verließ das Büro.

Vroni sah ihr verwundert nach. »Was hat sie denn? Hab ich was falsch gemacht?«, fragte sie.

»Nein, hast du nicht. Bärbel ist halt ein bisserl eifersüchtig. Sie denkt ...«

»Dass du und ich ...?«, fragte Vroni.

Tina nickte nur.

»Das kann doch nicht sein! Ich bin doch nicht ...! Ich red mit ihr. Das kriegen wir schon wieder hin!«, sagte Vroni und rannte ebenfalls hinaus. Es dauerte über eine Viertelstunde, bis die beiden zurückkamen. Tina wunderte sich, da die beiden Händchen haltend ins Büro kamen. »Ist alles in Ordnung?«, fragte sie.

Bärbel antwortete: »Ja, alles in Ordnung. Vroni hat mir alles erklärt.«

»Gut, dann fahren wir jetzt nach Salzburg.«

»Ich hab da noch eine Idee«, sagte Vroni.

»Die wäre?«

»Sollten wir nicht auch noch bei Frau Grau vorbeischaun? Ich denk, die hat eine Menge Motive, ihren Mann umzubringen.«

»Das kann ich mir eigentlich nicht vorstellen. Sie ist eine ältere Dame, und sie wird wohl kaum mit dem Motorrad hierher fahren und dann auf den Berg klettern. Das auch noch mitten in der Nacht«, erwiderte Tina.

»Sag das nicht. Meine Großtante ist achtzig Jahre alt und geht trotzdem noch jedes Jahr auf die Alm. Dort hat sie achtzig Kühe zu betreuen, und die Bewirtung muss sie auch machen. Das geht noch ganz gut.«

Tina grinste: »Wohl nach dem Motto: Meine Oma fährt im Hühnerstall Motorrad ...?«

»Ja, so könnte man das sagen«, antwortete Vroni und lachte.

»Also gut. Ruf sie an und sag ihr, dass wir kommen.« Vroni telefonierte kurz. Da sie zu weit wegstand, verstand Tina nichts. Vroni legte auf.

»Und? Was sagt sie?«, fragte Tina.

»Begeistert war sie nicht. Ich würd eher sagen, dass es ihr gar nicht passt, dass wir kommen. Angeblich hat sie keine Zeit, weil sie Evelines Aufgabenbereich übernehmen musste.«

»Egal! Wir fahren trotzdem hin.«

»Was ist eigentlich mit dem Schlüselbund, den wir im Hühnerstall gefunden haben?«, fragte Bärbel.

»Mist! An den hab ich gar nicht mehr gedacht. Vroni, geh mal runter in die Technik und lass dir den Schlüsselbund geben«, sagte Tina. Vroni eilte davon.

»Und? Host mit da Vroni gredt?«, fragte Tina Bärbel.

Diese nickte und sagte betrübt: »Ja, hob i. Es tuat ma leid. I bin a richtigs Rindviech.«

»Is scho guat. Hau da a Ei drüba.«

»Bist ma nit bös?«

»Naa, worum soyt i?«

»I moan hoit, weil i mi benumma hob wia a eifasüchtiga Teenager.«

»I sog doch: Vogiss es!« Vroni kam zurück und klimperte mit dem Bund. »Die da unten haben mich gfragt, warum wir den nicht schon früher geholt haben:«, sagte sie dazu.

»Weil ich es einfach vergessen hab«, seufzte Tina.

»Ich glaub, du bist wirklich urlaubsreif«, grinste sie Vroni an.

In Salzburg meldeten sie sich an der Rezeption an. »Sie werden schon erwartet«, sagte die freundliche Dame am Empfang. Sie wollte sie zu den Büros führen, aber Tina lehnte ab: »Danke! Wir kennen den Weg.«

Sie fuhren mit dem Aufzug nach oben. Während der Fahrt fragte Bärbel: »Wie machen wir es? Teilen wir uns die beiden?«

»Ich würd sagen, ja. Dann geht's schneller.«

»Bei wem darf ich mitgehen?«, fragte Vroni.

»Du kommst am besten mit mir mit«, sagte Tina.

»Ich nehm den Markus«, sagte Bärbel.

»Gut, dann nehmen wir den Lukas.«

Auf dem Flur teilten sie sich. Tina klopfte an die Tür von Lukas' Büro. Dieser öffnete selbst und bat sie herein: »Bitte, die Damen. Nehmen Sie doch Platz. Darf ich Ihnen etwas anbieten? Einen Braunen vielleicht? Oder einen Kognak? Oder lieber etwas anderes?«

»Nein, danke. Wir sind im Dienst«, antwortete Tina kalt. Sie setzte sich auch nicht. Sie zog den Schlüsselbund aus der Tasche und legte ihn vor Lukas auf den Schreibtisch.

Er sah ihn verwundert an und fragte: »Was ist das? Was soll ich damit?«

»Ich hoffte, Sie können mir das sagen?«, antwortete Tina.

Er nahm den Bund und besah ihn sich von allen Seiten. Dann fragte er: »Woher haben Sie den?«

»Den haben wir im Hühnerstall Ihres Vaters gefunden. Was können Sie uns darüber sagen?«

»Eigentlich nichts. Aber … warten Sie mal. Ich frag nach«, sagte er und wollte mit dem Bund in der Hand das Büro verlassen. Noch ehe er an der Tür ankam, fragte Tina: »Wo wollen Sie hin?«

»Ich will herausfinden, was es mit dem Bund auf sich hat. Was sonst?«

»Bei wem wollen Sie nachfragen?«

»Bei August. Er ist unser Fuhrparkleiter. Da ist doch ein Autoschlüssel mit dran. Er weiß vielleicht, zu welchem Fahrzeug er gehört?«

»Das können Sie sich sparen. Herr Grau sitzt bei uns in Haft.«

»Wieso? Was hat er angestellt? Hat er unseren Vater umgebracht?«

»Dazu kann ich Ihnen nichts sagen. Die Ermittlungen laufen noch.« Tina ging zu ihm hin und hielt ihm die Hand hin: »Den Schlüsselbund bitte«, sagte sie knapp. Er legte ihr den Bund in die Hand. Tina zeigte auf seinen Stuhl. »Setzen Sie sich bitte«, sagte sie. Vroni stand etwas abseits und beobachtete das Ganze. »Also, Herr Grau, wo waren Sie in der Nacht, als ihr Vater umgebracht wurde?«

»Das hab ich doch bereits ausgesagt. Mein Bruder und ich haben hier gearbeitet.«

»Mitten in der Nacht?«

»Ja, warum denn nicht? Wir müssen unsere Besprechungen öfter so spät abhalten. Tagsüber haben wir kaum Zeit dazu. Das Geschäft, wissen Sie.«

»Gibt es dafür Zeugen? Wer außer Ihrem Bruder war noch bei der Besprechung dabei?«

»Meine Sekretärin natürlich. Sie musste über die Besprechung Protokoll führen.«

»Kann ich die mal sprechen?«

»Aber natürlich. Gehen Sie einfach ins Nebenzimmer. Frau Sauber sitzt dort.«

»Gut, ich werde das sofort machen. Sie bleiben hier und warten, bis ich wiederkomme.«

»Soll ich mitgehen?«, fragte Vroni.

»Ja, komm mit«, sagte Tina.

Sie gingen in das Nebenzimmer, wo Frau Sauber saß. Die Sekretärin stand auf, als Tina das Büro batrat. Ihr Anblick verblüffte Tina. Sie hatte ein Kleid an, das man bei einer Sekretärin nie vermutet hätte. *Gucci? Armani? Oder was sonst? Jedenfalls sündhaft teuer. Dazu diese Ohrringe? Diamanten oder nur Strass? Eine Sekretärin?*, schoss es durch Tinas Kopf. Sofort wurde sie misstrauisch.

Vroni blieb wie angewurzelt stehen. Plötzlich rief sie: »Kathi! Katharina! Was machst du denn hier?« Sie rannte auf die Sekretärin zu und warf sich regelrecht in deren Arme. Tina blieb stehen und beobachtete die beiden. Nach einer kurzen, angeregten Unterhaltung kam Vroni mit Katharina an der Hand zu Tina: »Darf ich vorstellen? Das ist Katharina Sauber. Eine ehemalige Mitschülerin von mir. Wir haben uns eine Ewigkeit nicht mehr gesehen!«

»Das freut mich für euch, dass ihr euch ausgerechnet hier wiedergetroffen habt. Aber würdest du bitte draußen warten, Vroni?«

»Aber warum denn? Wir haben noch …«

»Das ist eine Anordnung, über die nicht diskutiert wird«, sagte Tina hart. Vroni sah Tina vorwurfsvoll an. Sie ging aber doch. Schon an Tinas Stimme hatte sie bemerkt, dass hier jeder Widerspruch sinnlos war. Tina wandte sich an Katharina: »So, Frau Sauber, ich hab da ein paar Fragen an Sie.«

»Die wären?«

»Wo waren Sie in der Nacht, als Herr Grau Senior ermordet wurde?«

»Ich … ich … ich weiß nicht, ob ich das sagen darf.«

»Sie dürfen, glauben Sie mir.«

»Na ja. Ich war mit dem Chef … Verstehen Sie, das darf aber keiner wissen. Ich war mit dem Chef in der Stadt beim Essen und dann noch in der Oper, und danach sind wir …«

»Gut, danke! Das reicht schon«, sagte Tina. *Ein Verhältnis mit dem Chef? Na ja, da wundert es mich nicht, dass sie sich solch teures Zeug leisten kann!*

Sie verließ das Büro wieder. Draußen kam Vroni auf sie zu

und fragte wütend: »Wieso darf ich mich nicht mit einer alten Schulfreundin unterhalten?«

»Du hast die Frage soeben selbst beantwortet. Sie ist eine alte Schulfreundin von dir, und für mich ist sie eine Zeugin. Da haben persönliche Dinge nichts verloren.«

»Aber ich bin …«

»Vergiss es!«, sagte Tina streng und ging zurück in Lukas Büro.

»So, Herr Grau«, sagte sie zu Lukas, der noch immer in seinem Sessel hinter dem Schreibtisch saß. Sie ging auf ihn zu. Vor seinem Schreibtisch blieb sie stehen und blickte ihn schweigend an. Es dauerte eine Weile, dann wurde er unruhig.

Schließlich fragte er: »Hat meine Sekretärin Ihnen …«

»Sie hat mir bestätigt, dass sie ein Verhältnis mit Ihnen hat, Herr Grau.«

Zunächst wurde er blass. Schließlich sagte er: »Dann haben Sie ja mein Alibi.«

»Warum haben Sie gelogen, was Ihr Alibi angeht?«

»Weil das meine Privatsache ist und niemanden etwas angeht.«

»Kann es sein, dass Ihre Mutter so ein Verhältnis missbilligen würde?«

»Lassen Sie meine Mutter aus dem Spiel! Sie hat nichts damit zu tun!«

»In Ordnung. Dann werde ich sie selbst danach fragen. Ich hab ohnehin gleich einen Termin bei ihr.«

»Ich werde alles abstreiten. Davon können Sie schon jetzt ausgehen!«

»Dann haben Sie kein Alibi mehr«, sagte Tina und lächelte süffisant. Sie sah zu Vroni hinüber, die die Szene misstrauisch beobachtete.

Tina sagte: »Kommen Sie, Frau Eisele! Wir haben noch anderes zu tun.« Draußen auf dem Flur warteten sie auf Bärbel. Vroni nutzte die Gelegenheit und fragte Tina: »Darf ich noch einmal zu Kathi gehen? Ich will mich mit ihr verabreden. Wir haben uns so viel zu erzählen. Weißt du, wir haben uns nicht mehr gesehen, seit ich aufs Gymnasium gewechselt bin.«

»Tut mir leid, Vroni. Das geht leider nicht. Du kannst dich mit ihr verabreden, wenn der Fall erledigt ist. Dann spricht nichts mehr dagegen.«

»Ich will aber nur kurz mit ihr reden. Nur ganz kurz. Nur ein paar Worte?« Sie zeigte mit Daumen und Zeigefinger einen kleinen Abstand. »Nur so wenig. Bitte, Tina, bitte!« Dabei sah sie Tina treuherzig an.

Tina ließ sich erweichen: »Na gut. Nur ein paar Worte. Aber dann kommst du sofort wieder her. Eine Verabredung gibt es aber vorerst nicht.«

»Ja, danke, Tina! Tausendmal danke!«, rief sie und rannte in das Büro. Es dauerte wirklich nur eine Minute. Vroni schlüpfte wieder heraus. Im selben Moment kam Bärbel aus Markus' Büro. Sie ging zu Tina. Die fragte: »Und? Wie sieht's aus? Was sagt er?«

»Tja, ein seltsamer Mensch. Aber eigentlich ganz nett.«

»Ich will nicht wissen, welchen Eindruck er auf dich gemacht hat. Ich will wissen, was du rausbekommen hast«, sagte Tina ungeduldig.

»Kurz und bündig?«

»Ja, so kurz wie möglich.«

»Er hat mit der Sache nichts zu tun. Er hat weder Bruder Johannes noch seine Schwester umgebracht. Er hat ein astreines Alibi.«

»Welches?«

»Er war mit seiner Sekretärin aus.«

»Hast du das überprüft?«

»Ja, hab ich. Ich hab sie selbst gefragt, und sie hat es bestätigt.«

»Sag mal, war sie mit ihrem Chef beim Essen und dann in der Oper und dann bei ihm? Hat sie teure Klamotten und Schmuck?«, fragte Tina angespannt.

»Ja, warum fragst du? Sie hat doch ein Verhältnis mit ihm. Da ist so etwas doch gang und gäbe?«

»Da stimmt doch was nicht!«, rief Tina aus und stürmte in das Büro Katharinas. Vroni wollte hinterher, aber Bärbel hielt sie fest: »Lass Sie! Das wär jetzt nicht gut, wenn du da reingehst«, sagte sie dabei zu Vroni.

Tina blieb vor Katharinas Schreibtisch stehen und sah sie mit zusammengekniffenen Augen an. »Warum lügen Sie mich an?«, fragte sie leise.

»Aber ich hab doch gar nicht …«

»Lügen Sie nicht schon wieder! Sie waren nicht mit Ihrem Chef beim Essen, nicht in der Oper und was weiß ich, was Sie dann getan haben wollen. Also? Ich höre?«

Katharina sprang auf. »Ich sage die Wahrheit! Es war so! Ich habe nicht gelogen!«

Nun wurde Tina laut: »Sie lügen schon wieder! Ich sag Ihnen eins. Hier geht es nicht um ein Bagatelldelikt. Hier geht es um Mord! Um zweifachen Mord, um genau zu sein. Sie machen sich mitschuldig, wenn Sie für Ihren Chef lügen! Die Richter kennen da keine Gnade. Sie wandern für ein paar Jahre ins Gefängnis!«

»Aber ich …«

»Keine Ausflüchte! Keine Lügen! Ich will die Wahrheit!«

Katharina setzte sich und begann zu weinen. »Ja, es stimmt. Ich hab gelogen. Aber nur weil Lukas …«

»Was hat Lukas? Ihnen Geld gegeben? Eine Beförderung versprochen? Was haben Sie bekommen?«

Ihre Stimme klang piepsig, als sie antwortete: »Fünftausend Euro hat er mir gegeben, und weitere fünftausend sollte ich bekommen, wenn die Sache ausgestanden ist.«

»Und wo war er wirklich?«, fragte Tina nun sanfter.

»Ich glaub, er war im Kasino. Mit Markus. Seine Mutter darf das nicht erfahren.«

»Ihre Kollegin hat dann wohl auch gelogen? Sie hat nämlich dasselbe gesagt wie Sie.«

Sie schniefte. »Ja, das hat sie wohl.«

Tina atmete tief durch. »Kommen Sie morgen auf das hiesige Polizeipräsidium. Dort wird ein Protokoll mit Ihrer Aussage erstellt. Ist das in Ordnung?«

»Ja, ich werde dort sein.«

Tina verließ das Büro. »Warum warst du so laut da drinnen?«, fragte Vroni.

»Anders ging's leider nicht. Ich mag's nicht, wenn ich angelogen werde«, antwortete Tina schulterzuckend.

»Klärst du das mit der Kollegin noch ab?«, fragte Tina Bärbel.

»Ja, mach ich. Was machst du derweil?«

»Ich werd mir den sauberen Herrn da drinnen noch mal vorknöpfen. Von wegen Aussage kaufen und so. Das wird teuer für ihn!«

Zu Vroni gewandt sagte Tina: »Rufst du bitte bei der örtlichen Dienststelle an? Erklär ihnen, was hier los ist und dass sie zwei Streifen schicken sollen. Wir haben ein paar Festnahmen zu machen.«

»Ja, wird gleich erledigt«, erwiderte Vroni und setzte hinzu: »Was passiert jetzt mit Kathi? Wird sie auch bestraft?«

»Das habe nicht ich zu entscheiden. Aber vielleicht hast du wenigstens etwas gelernt?«

»Was denn?«

»Dass man sich privat nicht mit potentiellen Tatbeteiligten treffen soll?«

»Ja, ich verstehe.«

Tina klopfte kurz an Lukas' Bürotür. Sie wartete nicht ab, bis sie hineingebeten wurde, sondern öffnete die Tür und betrat den Raum. Lukas saß hinter dem Schreibtisch und telefonierte. Als er sie sah, murmelte er etwas in den Hörer und legte auf. Sie ging schnurstracks auf ihn zu und blieb vor ihm stehen: »Herr Grau«, begann sie, »Sie und Ihre Sekretärin haben mich belogen. Sie haben sie gekauft. Sie waren gar nicht hier. Sie waren mit Ihrem Bruder im Kasino! Das wird Sie teuer zu stehen kommen ...«

»Das stimmt nicht! Ich war nicht im Kasino! Schon gar nicht mit meinem Bruder!«

»So? Wo waren Sie dann?«

»Ich … ich … na gut! Dann war ich halt im Kasino«, gab er schließlich zu.

»Das ist klug von Ihnen«, lobte ihn Tina. »Wir werden das aber noch überprüfen.«

»Tun Sie, was Sie nicht lassen können.«

»Jedenfalls sind Sie vorläufig festgenommen. Wegen des Verdachts, Ihren Vater und ihre Schwester umgebracht zu haben. Ebenso wegen Fluchtgefahr. Ich rate Ihnen, sich einen Anwalt zu nehmen.«

Lukas sank in sich zusammen. Er sagte noch: »Ich habe weder meinen Vater noch meine Schwester umgebracht. Ich war zusammen mit meinem Bruder im Salzburger Kasino.«

»Wie gesagt, das werden wir überprüfen.« Tina ging zur Tür und öffnete sie. Vroni bemerkte dies und kam zu ihr, als Tina ihr zuwinkte. Sie sagte: »Pass auf, Vroni, wenn die Kollegen kommen, schickst du gleich zwei Mann zu mir herein und die anderen beiden zu Markus und Bärbel.«

»Ja, mach ich.« Tina schloss die Tür wieder und ging zu Lukas. Sie sah ihn nur verächtlich an, als sie sagte: »Was sind Sie doch für ein Waschlappen! Haben Angst vor Ihrer Mutter. Lügen und betrügen und morden vielleicht sogar?«

Sie ging auf und ab. Immer wieder sah sie auf die Uhr. Es dauerte nicht lange, da kam die Reaktion, die sie von Lukas erwartet hatte. Er fauchte Tina an: »Können Sie sich denn nicht setzen? Sie machen mich nervös mit Ihrer Herumrennerei!«

»Was ist, Herr Grau? Haben Sie Angst?«

»Nein, brauch ich auch nicht. Ich hab nichts Verbotenes getan.«

»Wenn Sie nicht wissen, was Sie tun sollen, rufen Sie doch Ihren Anwalt an. Der kann Ihnen sicher helfen.«

Endlich kamen die Kollegen. Tina zeigte auf Lukas und sagte:

»Bitte festnehmen und wegbringen. Es besteht Mordverdacht und Fluchtgefahr.« Die Beamten nahmen Lukas in ihre Mitte und führten ihn ab. Tina verließ das Büro. Draußen sah sie, wie zwei weitere Beamte Markus abführten.

Bärbel stand zufrieden im Flur und sah ihnen nach. »Und? Haben Sie gestanden?«, fragte Vroni.

»Was sollen Sie gestanden haben?«, fragte Tina zurück.

»Na, die Morde?«

»Nein. Ich bin mir auch nicht sicher, ob sie etwas damit zu tun haben. Jedenfalls haben sie ein Alibi.«

»Dann gehen wir wohl jetzt mal zu Frau Grau. Vielleicht haben wir da mehr Glück?«, meinte Bärbel.

»Frau Grau müsste eigentlich in Evelines Büro zu finden sein«, meinte Vroni.

»Ja, wenn das stimmt, was man dir gesagt hat.«

Kapitel 19

Sie gingen den Flur entlang weiter zu Evelines Büro, das Tina und Bärbel von ihrem ersten Besuch hier kannten. Wie sie wussten, hatte Frau Grau die Aufgaben ihrer Tochter übernommen. Tina klopfte. Nichts. Keine Antwort. Sie klopfte noch mal. Sie hielt das Ohr an das Türblatt und klopfte abermals. Endlich war von drinnen ein herrisches »Herein!« zu hören. Tina öffnete die Türe und betrat, gefolgt von Bärbel und Vroni, das Büro.

Frau Grau stand am Fenster mit dem Rücken zu ihnen. Der Schreibtisch stand in ihrem Rücken. Sie drehte sich um. »Was wollen Sie hier?«, schrie Frau Grau beinahe. »Warum haben Sie meine Söhne festnehmen lassen?«, fragte sie streng und kam drohend auf Tina zu.

»Sie werden sich für ihre Tat zur Rechenschaft ziehen lassen müssen. Am besten, Sie schicken ihnen Ihren Anwalt«, riet ihr Tina.

»Das hab ich bereits getan. Also? Was wollen Sie von mir?«

»Ich muss Ihnen ein paar Fragen stellen«, sagte Tina ruhig.

»Fragen? Welche Fragen und wozu?«

»Um Antworten zu bekommen.«

»Ich habe keine Antworten für Sie. Also verschwinden Sie wieder!«

»Wir haben aber einen Termin mit Ihnen vereinbart«, widersprach Bärbel.

»Papperlapapp! Was glauben Sie, wie viele Termine ich schon hab sausen lassen? Ihrer ist noch der unwichtigste von allen! Also verschwinden Sie wieder!«

»Frau Grau, es geht schließlich um die Aufklärung des Mordes an Ihrem Mann und Ihrer Tochter. Denken Sie nicht, dass …«, machte Tina einen neuen Anfang.

»Ich hab gesagt, Sie sollen verschwinden!«

Nun wurde Tina energisch. »Frau Grau, wenn Sie uns nicht helfen wollen, muss ich davon ausgehen, dass Sie …«

»Ich? Ich soll meinen Mann umgebracht haben? Vergessen Sie das! Ich bin eine alte, schwache Frau. Ich kann unmöglich in der Nacht zu dem Idioten rauf und ihn umbringen. Wie stellen Sie sich das vor?«

»Frau Grau, nun seien Sie doch vernünftig, und beantworten Sie einfach unsere Fragen. Wir sind dann auch sofort wieder weg«, versuchte nun Bärbel sie umzustimmen.

Tina probierte einen anderen Weg. »Frau Grau. Ich stelle Ihnen nun einfach mal die erste Frage. Sie sagen mir dann nur, ob das stimmt oder nicht. Einverstanden?«

Frau Grau sah sie nur misstrauisch an, widersprach aber nicht. Also begann Tina mit der ersten Frage.

»Frau Grau, Ihr Mann hat Ihnen doch gesagt, dass er sie alle enterben will?«

»Ja, das hat er. Er hätte das aber gar nicht gekonnt, weil er kein Testament gemacht hat.«

»Gut. Dann zur nächsten Frage. Woher wissen Sie, dass Ihr Mann kein Testament gemacht hat?«

»Woher wohl? Schließlich ist unser Notar ein Freund des Hauses, und ich hab ihn gefragt, ob Johannes sein Testament geändert hat. Der sagte mir dann, dass gar keins existiert.«

»Aha? Gut, dann die nächste Frage. Könnte es sein, dass ihr Mann ein Testament ohne den Notar gemacht hat?«

»Nein, das wüsste ich.«

»Woher wollen Sie das wissen?«

»Jetzt reicht's!«, schrie Frau Grau. Plötzlich hatte sie eine Waffe in der Hand. Eine Walther PPK, wie Tina sofort erkannte. Sie richtete die Waffe abwechselnd auf sie und auf Bärbel. »Mir reicht's jetzt mit Ihrer Fragerei! Ich werde Ihnen alles sagen! Oh ja! Alles bis zur letzten Kleinigkeit. Aber Sie werden nichts mehr davon gegen mich verwenden können, denn danach werde ich Sie erschießen! Alle drei!«

Tina stellte sich neben Bärbel und nahm ihre Hand. Sie flüsterte über den Rücken hinweg zu Vroni, von der sie wusste, dass sie dort stand: »Hau ab! Raus hier! Ganz schnell! Verschwinde!« Bärbel verstand sofort, was Tina vorhatte, und drückte sich nah neben sie. So standen sie wie eine kleine Wand vor Vroni, so dass sie auf keinen Fall getroffen werden konnte, falls Frau Grau schießen sollte. Tina hörte, wie die Tür hinter ihnen langsam geöffnet wurde. Ein lauter Knall ertönte. Putz bröselte von der Decke.

»Stehen bleiben!«, rief Frau Grau. »Stehen bleiben und die Tür zu!«, befahl sie. Tina hörte, wie hinter ihr die Tür wieder geschlossen wurde. Mit einem Klacken, das sich für Tina wie Donnerhall anhörte, fiel die Tür ins Schloss. »So ist's brav«, sagte Frau Grau. Offenbar war Vroni nun doch wieder ins Zimmer zurückgekommen.

Tina wagte einen zweiten Anlauf. »Frau Grau, das hat doch keinen Sinn. Was wollen Sie tun? Uns drei erschießen? Und dann? Was kommt danach? Wie wollen Sie uns wegbringen? Was haben Sie danach mit uns vor? Oder wollen Sie uns entführen und Ihre Söhne freipressen? Das funktioniert nicht, Frau Grau. Der Staat lässt sich nicht erpressen. Ich biet ...«

»Halt endlich dein deppertes Maul!«, schrie Frau Grau. Die Hand mit der Waffe ruckte zu Tina. Sie zielte genau auf ihren Kopf.

»Aber, Frau Grau, ich ...«

»Noch ein Wort, und ich drück ab!«

Tina schwieg. Sie hörte, wie Vroni hinter ihr zu weinen begann. Es zerriss ihr schier das Herz. Da stand das Kind hinter ihr, und sie war unfähig, es zu beschützen. Tina beobachtete Frau Grau. Sie sah, wie sich deren Augen weiteten und sie unruhig mit der Waffe herumfuchtelte. Tina holte tief Luft, ehe sie begann: »Frau Grau. Nun seien Sie doch endlich vernünftig. Es nutzt keinem was, wenn Sie uns erschießen.«

»Es nutzt keinem? Doch! Mir nutzt es. Dann bin ich Sie los! Genauso wie ich meinen Mann losgeworden bin. Ich hab ihn erschlagen! Ja, das hab ich. Was musste der Idiot auch daherkommen, wenn ich grad mein Eigentum an mich bringen will! Plötzlich steht er da und fragt mich, was ich denn hier wolle? Ha! Er fragt mich? Ich hab ihm nur gesagt, dass ich das haben will, was mir gehört! Er hat mich ausgelacht und gemeint, dass mir nichts mehr gehöre. Er habe dafür gesorgt, dass ich nichts mehr habe. Im Armenhaus solle ich landen, hat er gesagt. Dann hab ich das Kreuz von der Wand genommen und zugeschlagen! Das war ganz einfach. Das ging so schnell. Ich hab gar nicht gewusst, wie einfach so etwas geht. Ich hab …«

»Was war mit Eveline? Warum haben Sie die umgebracht?«

»Halt deinen Mund, hab ich doch gesagt! Jetzt rede ich! Eveline war selber schuld. Sie ist mir nachgefahren und hat mich dabei beobachtet, wie ich ihren Vater erschlagen hab. Daheim wollte sie mich dann zur Rede stellen. Ich hab ihr gesagt, dass ich mit ihr nur reden werde, wenn sie in die Siggenkapelle kommt. Morgens um acht, hab ich gesagt. Sie ist dann auch gekommen. Mit ihr hab ich nicht viel Federlesens gemacht. Zwei-, dreimal mit der Spitze der Streuheppe zugeschlagen. Sie hat sich dann noch bewegt. Dann hab ich ihr eben den Kopf gespalten! Ha! Das war so einfach!«

»Wieso eigentlich die Siggenkapelle? Die ist doch im Pinzgau, und Sie wohnen hier in Salzburg?«

»Ich stamme aus Neukirchen, und die Siggenkapelle war der Ort, an dem ich Johannes kennengelernt hab. Deshalb wollte ich mich dort mit ihr treffen.«

»Besitzen Sie ein Motorrad?«

»Ja, natürlich! Die ganze Familie hat Motorräder. Wir alle sind Mitglied im Club of Newchurch. Früher hieß der mal Tridays.

Aber jetzt eben so. Jetzt aber Schluss mit dem Geplänkel! Jetzt sind Sie dran!«

Tina nickte nur und sah sich unauffällig um, nur ihre Augen bewegten sich. Links von ihr stand ein kleiner Tisch. Rechts von Bärbel dagegen ein großer Ohrensessel. *Der wäre die perfekte Deckung*, dachte Tina. *Aber was mach ich mit Vroni? Wenn Bärbel und ich in Deckung gehen, dann steht Vroni ganz alleine vor der Frau. Ich bin sicher, die zögert keine Sekunde und drückt ab. Ich muss sie ablenken!*, überlegte Tina weiter.

Tina tippte mit ihrem kleinen Finger Bärbels Hand an. Da sie dicht nebeneinanderstanden, funktionierte das ganz gut.

Bärbel sah sie aus dem Augenwinkel an. Auch sie wagte es nicht, den Kopf zu bewegen. Tina nickte ganz leicht zu dem Sessel. Bärbel senkte die Augen. Sie zeigte damit, dass sie verstanden hatte.

Wieder knallte ein Schuss.

»Was soll das?«, rief Frau Grau.

Tina drehte sich blitzschnell um, packte Vroni und warf sich mit ihr hinter den Sessel. Im selben Moment knallte es noch einmal. Tina spürte einen scharfen, stechenden Schmerz an der Schulter. Sie sah Bärbel an, die halb unter ihr lag. Sie hatte bereits ihre Waffe in der Hand. Tina flüsterte ihr zu: »Ich bring Vroni raus. Gib uns Deckung!«

Bärbel nickte nur.

Tina umklammerte Vroni, die vor Angst am ganzen Körper zitterte.

»Fertig?«, fragte sie Bärbel.

Tina nickte wieder.

»Los!«, rief Bärbel und sprang auf. Tina drückte Vroni fest an sich und rannte zur Tür. Schon schlug ein Projektil neben ihr in den Türstock. Sie riss die Tür auf und sprang hinaus. Ein weiteres Projektil durchschlug das Türblatt und blieb in der gegenüberliegenden Wand stecken. Noch ein Knall war zu hören. Dann noch einer und noch einer. Danach war Ruhe.

Tina lag auf dem Boden. Vroni krallte sich an ihr fest und weinte laut: »Omama, Omama! Omama, hilf mir!«, rief sie.

Tina hielt Vroni fest und flüsterte: »Schscht! Schschscht! Es ist alles gut. Es ist vorbei, meine Kleine. Alles ist gut. Nicht mehr weinen. Ich bin bei dir.«

Bärbel kam heraus. Sie hatte das Handy in der Hand und telefonierte. Tina hörte: »Ja, eine Tote und eine Verletzte. Kommen Sie schnell!«

Tina spürte den Schmerz in der Schulter. Ausgerechnet dort krallte sich Vroni an ihr fest. Blut drang zwischen Vronis Fingern heraus und tropfte zu Boden. Tina biss die Zähne zusammen und stand auf. Dabei hielt sie Vroni wie ein kleines Kind auf den Armen. Diese weinte noch immer.

Sie jammerte: »Oma, bitte! Wo bist du? Omama, hilf mir!«

Tina wiegte sie in ihren Armen und versuchte, sie zu beruhigen: »Schscht! Deine Oma kommt ja gleich. Ganz ruhig. Es ist gar nichts passiert. Es ist alles gut.«

Bärbel sah ein paar Minuten zu. Dann fragte sie: »Wos is mit deim Oarm?«

»Vogiss des! Hoib so schlimm. Es duat bloß a bisserl weh.«

»Gib her«, sagte Bärbel und nahm Tina Vroni ab. Vroni weinte immer noch und schien nicht aufhören zu können. Bärbel lief mit ihr auf den Armen den Flur auf und ab. Sie wiegte sie ebenso wie zuvor Tina und redete auf sie ein. Endlich kam der Krankenwagen, und etliche Streifenwagen waren zu hören.

Der Notarzt und ein paar Sanitäter rannten, gefolgt von Streifenbeamten, die Treppe herauf. Der Arzt eilte zuerst zu Bärbel, die mit Vroni auf dem Arm neben der Treppe stand. Er fragte sie etwas. Bärbel zeigte zu Tina und sagte etwas zu ihm. Er lief sofort zu Tina und schaute sich den Arm an. Dann winkte er den Sanitätern, die eine Trage bei sich hatten, zu und rief: »Hierher! Eine Schussverletzung. Glatter Durchschuss. Sie muss sofort in die Klinik.«

Als Tina wieder erwachte, lag sie in einem Bett. Sie hatte ein

Hemdchen an, das sie nur zu gut kannte. *Nicht schon wieder in der Klink*, dachte sie. *Langsam wird das zur Gewohnheit!*

Vor dem Bett standen Bärbel, Steiger, Günther, die Kinder und – natürlich – Frieda. Direkt neben dem Bett war Vroni und hielt ihre Hand. »Hallo«, sagte sie leise, und Tränen standen in ihren Augen.

Tina schluckte, ehe sie etwas sagen konnte. »Hallo«, krächzte sie.

In der freien Hand hielt Vroni einen kleinen Blumenstrauß, den sie Tina hinhielt. »Ich möchte mich bei dir bedanken. Ohne dich wäre ich jetzt wahrscheinlich tot«, sagte sie leise.

»Da gibt's nichts zu bedanken. Ich hätt dich gar nicht mit reinlassen dürfen«, antwortete Tina.

»Doch. Du hast gesagt, dass ich bei der Festnahme dabei sein darf. Ich wollte das ja so. Also bin ich selber schuld.«

»Wie geht's deiner Oma?«, fragte Tina, um Vroni abzulenken.

»Ich weiß nicht. Ich hab ein bisserl Angst um sie. Es schaut gar nicht gut aus, sagt der Arzt.«

Tommy und Kathi drängelten sich heran. Kathi schob gar Vroni zur Seite. Sie sagte: »Also, Mama, wenn das zur Gewohnheit wird, ziehen wir alle zu Onkel Ernst nach Salzburg. Dann können wir dich öfter besuchen.«

Tommy gab ihr eine Schachtel ihrer Lieblingspralinen und meinte dazu: »Da, Mama. Aber nicht alle auf einmal essen.«

»Nein, sicher nicht. Ich heb schon ein paar für dich auf.«

Steiger flüsterte mit Günther. Tina verstand nicht, worum es ging. Sie sah nur, dass Günther nickte. »Um was geht es denn bei eurer Geheimnistuerei? Darf ich das auch erfahren?«, fragte sie.

Günther holte die Kinder zu sich. »Tommy, Kathi, wir müssen jetzt gehen. Onkel Ernst hat mit Mama etwas zu bereden«, erklärte er und nahm die beiden an der Hand. Frieda folgte ihnen.

»Wo steckt denn Herr Hallermeier?«, fragte Tina.

Bärbel räusperte sich. »Er lässt sich entschuldigen, und wir sollen dir ganz liebe Grüße und gute Besserung ausrichten. Er hat im Moment so viel Papierkram zu erledigen, dass er nicht wegkann.«

Steiger kam zu ihr ans Bett und zog einen Stuhl mit sich. »Ich muss mit dir reden, Tina. Wir haben ein kleines Problem.« Er setzte sich.

»Welches Problem? Was ist passiert?«

»Passiert ist gar nichts. Noch nicht. Aber es geht um Frau Eisele. Es ist so, und das weißt du ja, dass Frau Eisele sozusagen ein Praktikum bei dir gemacht hat.«

»Wieso hat? Sie ist doch noch bei mir?«

»Ebendas ist das Problem. Sie hatte einen Praktikumsvertrag unterschrieben, laut dem sie ein Praktikum bei der Kripo absolviert.«

»Ja, und wo ist dann das Problem? Mensch, Ernst! Jetzt red nicht um den heißen Brei herum. Du weißt, ich mag das nicht.«

»Also gut. Ich mach's so kurz wie möglich. Der Vertrag sieht vor, dass Frau Eisele während ihres Praktikums sämtliche Abteilungen bei uns durchläuft. Also Delikte am Menschen, Raub, Wirtschaft ...«

»Sitte und so weiter. Ja und?«, unterbrach ihn Tina.

»Ja, es ist nun so, dass Frau Eisele bei dir bleiben möchte. Sie ist der Meinung, dass sie bei dir am besten aufgehoben ist und möchte deshalb den Rest der Praktikumszeit bei dir verbringen. Bevor ich nun eine Entscheidung treffe, möchte ich dich fragen ...«

»Natürlich!«, rief Tina aus und streckte ihre Arme nach Vroni aus. »Au!«, sagte sie und verzog das Gesicht, denn ein plötzlicher Schmerz in der Schulter durchzuckte sie. Sie lehnte sich wieder zurück.

Vroni kam heran und nahm ihre Hand. »Bist du damit einverstanden, wenn ich bei euch bleib?«, fragte sie vorsichtig.

Tina drückte ihre Hand und sagte leise: »Natürlich darfst du bei uns bleiben. Aber bitte keine solchen Aktionen mehr!«

Ende